暖心小閨女 1

文創風 398

醺風微醉 著

目錄

序……005
第一章　事起……007
第二章　因由……017
第三章　使絆子……029
第四章　往事……039
第五章　母女……049
第六章　各房心思……059
第七章　剋扣用度……069
第八章　大老爺起色心……079
第九章　螳螂捕蟬……091
第十章　一石二鳥……101
第十一章　自請下堂……111
第十二章　奪女……123
第十三章　疑心生暗鬼……133
第十四章　母女團圓……145
第十五章　循循誘導……155
第十六章　團聚……165
第十七章　遇賊……175
第十八章　搭救……185
第十九章　暗湧……197
第二十章　婆媳較量……207
第二十一章　私會……217
第二十二章　報復……227
第二十三章　起疑心……235
第二十四章　蟄伏……245
第二十五章　較量……255
第二十六章　火燒家廟……267
第二十七章　借刀……277
第二十八章　作死……287
第二十九章　報應……297
第三十章　驟逝……307

序

醺風微醉

近年來，網路小說日益盛行，尤其以宅鬥或宮鬥為主題的小說風靡日盛，無論是穿越文還是重生文，隔著幾千年的時光，以現代人的視角去看古代那些悲歡離合，這也許是網路小說創作者努力用文字織就一個個美麗童話的目的，我們活在當下，生活也許不完美，但總有令人感動並為之傾情之處。

說來，我其實也是個資深書迷，上小學的時候便開始背著老師和大人偷看金庸和瓊瑤的小說，長大後越發不可收拾，開始沈溺於網路小說不可自拔。從前未想過自己動手寫作，只是因為愛看小說，往往一本精采的故事令我熬夜追讀，不追完誓不甘休，有時候看到文中的女主角或溫婉或機敏又或者堅強不屈有些小惡小奸，就好像看到自己人性中的缺失和不足，可往往看到小說的結局時，都會徒生些許遺憾，於是在三年前的某一天，我在構思良久後，寫下了心中的這個故事。

本書剛開始在網上連載時，反應一般，但隨著故事情節的展開，便漸漸有許多人給我按讚留言，記得有個書友是這樣評論的：「本文雖是一般的宅門文，但作者善於情節描寫，在女主的性格設計上，是由弱到強的，並沒有一般重生文的機智百出，給人很真實貼切之感，文中一開始便陷入極緊張的情節，環環相扣，一看便欲罷不能，而且作者似乎極善描寫女主與男主之間的細膩感情戲，自然而不落俗，文筆嚴謹而流暢，是一篇不可錯過的佳作。」

當我看到這篇短評時，心情簡直難以形容，既歡喜又患得患失，在網路小說層出不窮的速度下，第一次長篇連載便得到好評，無疑是書友們對我的肯定，在耗時一年半後，終於完成了本書。

有人說愛看小說的女子都有一顆夢幻的心，我也深以為然。本書中的女主角姚姒前世經歷悲慘，但在重生後沒有變成一個不折不扣的壞人，她依然善良可愛，可是對於人性有了自己的衡量點，是以亦正亦邪，最後才有與前世截然不同的結局。正因為她前世痛失所愛，這一世才對親情倍加珍惜，也因為看透了生母悲慘的結局，才讓她對愛情裹足不前，可是最終還是被男主角感化從而愛上他。

在現代人的生活中，我們或多或少都會碰到挫折和失敗，也許在獨自療傷的時候曾幻想過若事情從頭來過一次，或是生活不如意時想像著如果上天給一次機會讓我們重生，我們會不會較以往更睿智地對待一切？

小說中可以虛構光陰，天馬行空，可現實生活沒有重來一次的可能。我們也許有各種理由為自己辯解那些不小心失去的東西，面對愛情我們也曾猶疑，可人生只有一次，我想說，把握當下擁有的，追求一直渴望的，拾補那些曾經不小心丟掉的，且珍惜美好的一切，或許會有個不一樣的精采人生等著我們去完成。

第一章 事起

連綿的雨如扯線般淅淅瀝瀝的下了月餘，原本寒冷的冬日又添陰濕，衣裳彷彿未曾乾爽過，不由得使人煩悶。

這般反常的天氣下，身子羸弱的十三小姐姚姒終究是病倒了。

剛開始不過是有些頭疼腦熱，因姒姊兒的身子打小就不好，三不五時就要病一場，此當前又臨近老太太姚蔣氏的五十大壽，三太太姜氏只當如往常般請了大夫來看。沒想到姒姊兒吃了幾日的藥仍不見好，到老太太大壽的前三日，已水米不進而暈厥過去。大夫開了個方子便搖頭走了，說若半夜醒過來就好，照方子吃藥，若醒不過來，便是神仙也難救了。

饒是一向端方內斂的姜氏，在聽了大夫的話後也發了大脾氣。

不過是一場風寒，怎地就沒得救了？

姜氏不信不聽，疾聲吩咐她身邊的孫嬤嬤安排人將彰州坐堂的大夫都請來。

此時已是日暮時分，藥鋪這個時候怕是正要歇業，孫嬤嬤卻沒有多想，她得主子今後就大步跑出去安排人手，也顧不得忌諱老太太的好日子將近。

待孫嬤嬤回來，只見房外跪著戰戰兢兢的春華和碧珠，想是她倆被姜氏打發出來的。孫嬤嬤暗恨這兩個小蹄子未將姒姊兒照顧好，狠狠瞪了一眼，便往姒姊兒的內室走去。

廊下的幾株木棉樹原本枯黃的枝葉一夜間像是逢春般透著青碧的嫩色，樹梢間隱隱約約打起了花苞，這真是個好意頭！

孫嬤嬤笑著輕手輕腳地走向裡屋，不想這細微的吵動把姜氏驚醒了，她看著睡在懷中的小女兒，親了親她的臉，卻碰到頭上的傷處，只是這痛姜氏卻未理會，輕柔地起身走到外間，孫嬤嬤連忙給她披了件外衣。

孫嬤嬤心疼姜氏頭上的傷，便將早上已打發錦香去老太太那邊告假的事回稟，姜氏點頭道：「妳安排得很是得當，我這個樣子去見老太太，怕是撞了老太太的忌諱，姒姊兒這一遭醒過來比什麼都好，只盼著她再無大風大浪平平安安的才好。」

「太太說得是，姒姊兒是個有福氣的，太太且將心放寬。」

孫嬤嬤一邊給姜氏上藥，一邊壓低聲音道：「容老奴多嘴，大太太那邊是越發沒譜了，若不是給咱們使了這麼大的絆子，您也不至於這般自責姒姊兒的事，這麼些年老太太那邊明著是兩不相幫，可到底還是縱著她，這回姒姊兒在這個點兒遭了通罪，老奴想著恐怕這裡頭少不了有什麼貓膩。」

姜氏雖偏居芙蓉院一隅，可到底身上是有誥命的，再說她娘家姜家如今得勢，在彰州這個小地方，多是人敬著她，若說女兒這事是外人幹的倒不至於，她恨聲道：「春華和碧珠兩個丫頭，我相信她們是不敢怠慢姒姊兒的，至於是誰敢將手伸到才九歲的姊兒身上，給我狠狠地查！」

孫嬤嬤連連點頭，卻聽姜氏又道：「那兩個丫頭是不能用了，暫時將她們送到莊子上去，安排老秦家的仔細地審，這府裡牛鬼蛇神多了去，往後咱們院子裡都要給我守得緊緊的，誰要有一絲懈怠，都給我發賣出去，也好讓那眼皮子淺的看看，她們的命值不值當姊兒的一根手指頭。」姜氏的聲音透著狠厲，平素她可以睜隻眼閉隻眼關起院門來過日子，可動到她的姒姊兒就不行。

孫嬤嬤點頭稱是，又想到姜氏的大女兒五小姐姚姞那邊。「太太，姞姊兒那邊您看，是不是也叫人看著點？那些小人擺明起了歹心，要是姞姊兒也著了道出了事，老太太大壽的當下，難免叫老太太晦氣。」

「姞姊兒剛出生就被老太太抱去養，這些年下來，老太太把持著姞姊兒不與我親近，雖說也有小人在中間造謠生事，又教唆姞姊兒說我這個做娘的種種不是，可到底養在老太太那邊，若真出了事，老太太必定不饒的。妳且得空去看看姞姊兒，透個話風給她身邊的蘭嬤嬤就行，她是知曉輕重的。」

姞姊兒是姜氏心裡經年的痛，牽扯著那些年少內心的執著，這些陳年舊事孫嬤嬤一清二楚，心裡既為姜氏難過，又為姚家這樣待姜氏而不忿。

姜氏主僕二人雖壓低了聲音說話，可床上的姚姒早在姜氏起身時就有了些意識，只是她覺得頭非常重，暈暈乎乎的不知道這是哪裡，姜氏與孫嬤嬤的話聲斷斷續續聽了進去，卻越發不敢置信，心裡想著怕是又夢到小時候的光景了，那時姜氏還活著，孫嬤嬤也還在母親身邊，這樣的時光是多麼美好，沒有長大後那些曲折的悲離別情，她只覺心安，又放心睡了過去。

開平十八年臘月初六，是彰州書香世家姚府老太太姚蔣氏五十歲大壽，滿府賓客盈門，熱鬧非凡。拜壽吉時已到，蘊福堂的正堂大開，姚氏子孫分男女尊卑立於東西兩邊，向坐於高堂的姚老太爺和姚蔣氏齊齊行禮，蘊福堂的檻外，黑壓壓的立滿了姚府有頭有臉的僕婦管事。

大堂明燭高照，彩繡輝煌，姚姒立於華堂最末，她低垂著雙眸將裡外一一掃過，臉上雖然逸著淡淡的笑意，可攏在袖口裡的手指卻是忍不住顫抖。

從鬼門關走了一圈，醒來已有兩日。這一場風寒險些要了自己的命，可醒來的姚姒是她卻又不是她，那些歷歷在目的過往無不提醒，自己確實是經歷了上一世，不知為何此刻竟回到九歲的時候。

姚姒抬眼孺慕地望向姜氏，此時的三太太姜氏三十出頭，清瘦的臉長眉入鬢，鳳目含笑，因著今日喜慶，她渾然不似平日的居家打扮，頭上綰著高髻，用一條寬邊寶藍抹額遮住前日的傷，戴著一套金鑲紅寶石簪環，穿著件柿子紅撒金紋荔色滾邊長襖，既端莊又富貴。

姚姒不禁暗想，如果外祖父姜家沒有發生變故，依她這端莊沈靜的性子，下半生或許就這麼平靜而寂寥地走完。

只是事與願違！上一世久遠的記憶忽地變得清晰起來，姚姒用手輕輕壓著那快要跳出來的疼痛和喜悅，一步步走向娘親。

姜氏拉了小女兒在身邊，柔柔地摸她的頭，神情卻頗為無奈。「怎麼過來了，娘不是讓妳在屋裡養病嗎？」說完厲目掃向跟來的兩個丫鬟紅櫻和綠蕉，兩個丫鬟頭一低，都有些戰戰兢兢，姚姒倚在姜氏懷中眼睛一酸。

老太太姚蔣氏不是個寬和之人，慣會面甜心苦。自古婆婆為難媳婦，總有千百種手段，光看這些年來明裡暗裡的使手段為難姜氏，偏又都是合著大道理，叫人有苦說不出，便知她有多麼不喜這出身名門的姜氏。如若她今日不來給老太太拜壽，姚府三太太仗著老太太的寬容恃寵而驕、十三小姐不孝長輩這些名聲她們母女倆是背定了。

所以姜家倒後，姚蔣氏要出一口平素被媳婦身分壓著的惡氣，秋後算帳算得那樣重。

姜氏是開平十九年五月沒的，姚家對外聲稱她因娘家遭禍想不開而自焚輕生，可姚姒不相信娘親會選擇這樣的絕路。

姜氏出身名門，行事端方莊重，最是隱忍自持，雖說妯娌間少不了明爭暗鬥，婆媳間也有奪女塞妾種種不為人知的仇恨，但姜氏這些年是至少看明白了，因此很是低調，關起院門來過日子。這樣的姜氏又怎麼會想不開而輕生，而且還是以如此慘烈的方式！到底當年的真相是如何？

「真是娘的小嬌嬌，這麼大了還掉金豆子。」姜氏只當小女兒病中使性子，便掏出帕子替女兒拭淚。

姚姒聽著姜氏嘮叨，心裡酸脹不已，抬眼尋了一圈她的親姊姚娡，剛才拜壽時還看見人來著，一個錯眼人已不知跑哪兒去。她萬分感慨，這一世母親和親姊都還在，她不禁暗暗發誓，定要護得她們一世平安。

只是就在她恍神的當下，錦蓉神色焦急地走近姜氏，附在她耳邊低聲說了些什麼，姜氏的臉色驟然變得煞白就要倒下，幸得錦蓉急急扶住了。

錦蓉是姜氏的得力丫鬟，這個時候她不同尋常的焦急神色，自然引來有心人的注意，大太太和四太太不約而同望了過來。

「娘，您怎麼了？」姚姒忍住激動，儘量讓聲音平和些，雙手卻牢牢撐住姜氏的身子。

姜氏被這天大的噩耗震懾了，哪裡能聽到小女兒焦急的叫喚。

一旁的錦蓉也失了穩重，張口就要朝大太太回話，姚姒機靈地朝她踩了一腳，左右她的裙襬大，又挨得近，這一腳伸過去誰也未曾注意。錦蓉連忙止住聲，險些衝出口的話就那麼嚥進嘴裡。

「三太太這是怎麼了？」大太太等不到回話，也不知是察覺到什麼，她眉眼凌厲地望向錦蓉，神情頗有幾分不悅。

「想是這裡人多，我娘有些氣悶。」姚姒歉意解說，大太太極快地蹙了下眉，三太太的身子一向嬌弱，人參阿膠等補品也不知用了多少，可架不住人家娘家得勢，大太太的心裡酸溜溜的。

「擾了老太太的好日子，實在是不該。」姚姒瞍了眼姚蔣氏那邊，見姚蔣氏正喜笑顏開地應酬著幾個通家之好的太太們，似乎並未注意到這邊，她乘機向大太太欠身告退。「還好有大伯母在，我娘這也是老毛病了，一會兒還煩勞大伯母向老太太替我娘告聲罪，我扶娘先回去，待我娘好些了再來侍候老太太。」

「看妳這乖精的小樣兒，病可是好些了？快扶妳娘回去歇著便是，老太太那兒大伯母會替妳娘分說的。」大太太望著這命大的丫頭，皮笑肉不笑地讚了句，看著三太太青白的一張臉，心裡直道晦氣。

看著一眾人扶著姜氏離去，大太太眼中閃過一絲輕蔑，任妳姜氏出身高門大戶又怎樣？這一世沒兒子，妳就得看老太太的臉色，至少我比妳強！這樣想心頭似乎舒服了些，又想著姜氏歷來是個端方自持的人，鮮少驚慌失措過，忖了忖，她連忙使了個眼色給她身邊的陪房劉嬤嬤。

錦蓉自知剛才險些做錯事，心裡早已直冒冷汗，巴不得快點出這蘊福堂。

好在姚姒在大太太面前暫時應付過去，她扶著姜氏揀了人少的地方走，心裡卻不免後怕。三太太上有兩個嫡嫂，下有一嫡一庶兩個弟妹，可誰都不是省油的燈，大太太掌家這些年沒少下絆子擠兌三太太，老太太通常是睜一隻眼閉一隻眼，若不是三太太的娘家得勢，只怕日子難過，好在姒姊兒今日機靈，沒叫她張口壞了事。

姚姒卻不知道錦蓉的心思，孫嬤嬤今日留守在三房的芙蓉院，她邊走邊吩咐紅櫻先行去報信，心頭不免唏噓，該發生的事情還是發生了。

姜氏被人扶著，原本渾渾噩噩的，經由冷風一吹就醒了些神，這當下便哽咽地喃喃自語。「怎麼會這樣？爹一直都好好的，怎麼會說入罪就入罪，會不會弄錯了？」

這些年姜氏雖不聞外事，但出外應酬些太太奶奶們自是有的，因此朝中局勢心裡有數，姜閣老一向受今上器重，怎會突發禍事？姜氏有些語無倫次，已經顧不得是否會嚇著小女兒。

「娘，您要保重，有什麼事咱們回了芙蓉院再說。」姚姒鎮定地安撫姜氏，錦蓉警醒起來，忙朝四下望了一圈，見僕人多在蘊福堂裡等著領賞錢，這邊倒是沒人注意。

「太太，人已經在芙蓉院裡了，太太回去仔細問，莫非是來傳話的傳錯了？」錦蓉極力往好處想，一邊替姜氏擦眼淚，奈何她自己也嚇到了，伸出的手抖抖索索的。

姚姒對上一世這日的記憶尤其深刻，在姚蔣氏五十大壽這一天，她的外祖父文淵閣大學士姜閣老一門老小下了詔獄的消息恰傳回府中，當時姜氏乍聞噩耗在蘊福堂當堂哭泣失了分寸，老太太一向重規矩，當眾喝斥了她，並將她禁足在芙蓉院不准出來。

只是姚姒當時病得起不了床，並沒有親眼目睹這一切，直至事後她才看出些苗頭來，不得不說老太太狠辣無情，一番動作是快、狠、準。

第二章　因由

姚家在彰州算得上是清貴的讀書人家，姚家高祖曾官拜太子太傅，年老致仕後回到彰州祖居，沒多久便去世了。之後姚氏族人漸凋零，沈寂幾輩人後，好不容易到姚老太爺手上舉業開始有望，只是姚老太爺考了十幾年都未中舉，乾脆棄了科考經營庶務。

也該是他有些財運，經老太爺的手做成的幾樁大買賣，不聲不響都賺了大錢，往後的生意便越發順暢。

更為人津津樂道的是，姚老太爺的五個兒子中，出了一個探花、一個進士、一個同進士，姚氏子孫這樣出息，誰還會介意姚老太爺操持過商賈之事。萬般皆下品，唯有讀書高，姚家這一輩終於出頭天了，一門一探花二進士，在彰州這偏僻之地是十分了不得的。

姚家一舉躋身福建名門圈，眾人自然免不了趨炎附勢。

姚蔣氏做五十整壽，除了在外為官的三個兒子未歸，隨夫君上任的媳婦是盡數攜子女歸家賀壽，是以那日在福建的世家大族泰半都來姚府捧場，其中不乏與王家有通家之好的人家。王家在江南被譽為文壇泰斗，人才備出，王首輔權傾朝野，姚蔣氏在短時間內通過懲治姜氏這一動作，無不是在對人宣告與姜家要劃清界線。

當時這舉動是否取悅了王家她不得而知，但姚蔣氏這番動作，看在真正的世家名門眼裡卻是落了下乘！她的短視可見一斑。

姚姒譏諷地望了一眼蘊福堂，這一世，只要她活著一日，就不會讓前世母女三人的悲劇重演！

芙蓉院門口，孫嬤嬤慌張地迎上來扶著姜氏進了屋，又餵她服了幾粒定驚丸，姜氏的臉色方才緩和些。孫嬤嬤便請了張順來，揮退服侍的，只餘錦蓉守門。

張順二十歲上下，身材十分高壯，生得濃眉大眼，許是馬不停蹄地趕路，臉色很是憔悴。姚姒是知道張順的身世，他本為姜閣老昔年所救，因武藝了得，後來成了姜家的護院，姜家出事後，他並未像其他人避姜家唯恐不及，而是隻身一人千里迢迢來彰州給姜氏報信，並請姜氏搭救姜家一門。

看得出來，張順頗有俠義之氣。

「……冬月（注）初二那日，老爺還沒下朝便有錦衣衛圍了咱們姜府，抄了許多東西走，接著來了旨意，說是老爺貪墨西南賑災的銀子，全府老少便下了大獄，小的那日恰好出府辦事，見勢不大好，便沒敢回府，在外躲了幾日，眼見沒了法子，當即奔姑奶奶這兒，求姑奶奶想想辦法。」

張順的話裡透著濃濃的擔憂。

「你來的時候，一路可曾打聽到爹如今的狀況？」姜氏急切問道。

「小的這一路來都悄悄打聽著，雖快馬加鞭地跑，到底也走了月餘，自出了通州後，仍沒聽到有明旨下來。」

姜氏悲驚不已，掩面痛哭起來。「這可怎麼辦才好？爹為官一向清廉剛正，怎麼會貪墨？」

今上最是節儉，最恨貪墨的官員，因此對貪墨者的刑罰也重。

孫嬤嬤驚慌失措地喃道：「貪墨十萬兩銀可是要抄家滅族的啊！」

這句話一出，頓時讓屋子裡的人慌了手腳。

姚姒的眸色彷彿蒙了層霧似的讓人看不清楚，只有她自己知道，這一切正是開始。「貪墨的銀子搜出來了嗎？可有證據？」見姜氏一時間難以鎮定下來，她只得出聲問話。

張順心裡訝異，坐在姜氏身旁的小姑娘想必是她的女兒，看模樣約八、九歲，一臉蒼白羸弱，可她卻是這屋子裡唯一抓住重點的人，他當即回道：「銀子是在老夫人的陪嫁莊子上找著的，一色官銀，還有一本受賄的帳本，老夫人聽到後當即暈死過去。」

姜閣老是朝中清流一派，深受皇帝倚重。他年少家貧，後來中了進士娶的是恩師的女兒，姜夫人杜氏雖說出身晉中書香門第，可陪嫁並不豐厚；再說像姜閣老這般做到如今這個位置，雖是天子近臣，但依然比不得身家豐厚之世家大族，姜氏有兩個哥哥，大哥姜儀在翰林任七品編修，二哥姜佼管著家巾庶務，兩人妻族亦非累世大族，這麼多的銀子從何而來？

注：冬月，農曆十一月。

這一下姜氏也知道事情不尋常了。

姚姒卻想得更多，這次的事情還會牽扯更多人，這便是大周史上有名的「姜王變法」，以姜閣老為首的新銳派提倡新政、力求變革，而以內閣王首輔為主一派卻是守舊派，皇帝雖登大寶已十幾年，無奈東南邊沿海有倭寇，西北邊境時有瓦剌人來犯，這位溫和的帝王有心改變卻心有餘而力不足。

在此多事之秋，天時地利人和三者不占一的情況下，姜閣老試圖推行新政無疑是十分冒險的。

姜閣老為人剛正清廉，定罪時列了數十宗罪，其中一條最不能翻身的是貪墨西南賑災款銀十萬兩。

需知文人最重名聲，一個貪字毀的是未來，等於斷絕了姜閣老再起復的可能。

姜閣老為官數十載，一心為帝分憂，一朝被潑了這麼大盆髒水，眼見那位溫和的帝王失望至極，一時想不開便在牢裡自盡了。

後來姜家最終判了個家產充公，姜氏一門男女老少全數發配瓊州島，而舉凡參與此次變革之人多數遭貶。經此一役，王首輔一派把持朝政數年，直到新帝登大寶，整肅朝綱，平倭寇，開海禁，定西北，平南疆，大周在新帝手上方蒸蒸日上，同時也造就許多名垂青史的能臣。

姚姒上一世經歷坎坷，機緣下結識名臣柳筍。

柳筍後來能輔佐新帝多年榮寵不衰，亦是因為有姜閣老的新政十條，經由柳筍的手實施。她曾問過柳筍，姜閣老真的貪墨了西南賑災銀？柳筍似笑非笑答道：「天下為官者，少有姜閣老這般耿直清廉之人，可惜雖有治世之才，但為人卻堅守自身。」

也就是間接承認這是冤案，是被政敵下了血本栽贓陷害。

姜氏的痛哭聲漸漸拉回姚姒的思緒，她竭力安撫母親。「娘，您先別哭，這事瞞不住，現在要趕緊將這事告訴祖父，讓祖父想辦法。」又一聲喝住孫嬤嬤。「今兒是老太太的好日子，咱們哭哭啼啼的傳到老太太口中又是一頓官司，都振作起來，給母親重新梳洗一番，再差人去打聽老太爺宴客處都有哪些客人在。」

小姑娘還帶著些中氣不足的喘聲，這聲厲喝卻威嚴震懾，很有幾分姜氏往日的氣勢，叫屋裡慌張的幾人莫名鎮定下來。

張順抬眼再一次打量姚姒，這一次卻是帶些欣慰，姑奶奶生了個好女兒。

孫嬤嬤揩了一把眼淚，平素的精明回魂了，忙差人去打聽老太爺那邊的狀況，又安排張順下去洗漱用飯。待小丫頭打水來，她親自服侍姜氏洗臉上妝，替姜氏找了身棗紅色的交領出風毛褂子重新換上。

姜氏畢竟有些見識，過了最初的驚慌，也漸漸鎮定下來，想起小女兒還在病中，勉強扯出一絲笑容摸了摸她的頭。「姒姊兒嚇到了吧？妳外祖父不會有事的。」只是這話說得太勉強，連她自己都不知道娘家能否安然脫身。

「嗯，外祖父和舅舅們會沒事的！」姚姒點頭肯定道。

「一會兒娘要去妳祖父那邊說事情，妳就在娘這兒的暖閣休息，等過了今日，明兒再讓回春堂的大夫來給妳把把脈。」

「我聽娘的話，會儘快把病養好。」姚姒答得鄭重。

姜氏雖突聞噩耗一下失態，但好在小女兒穩當地安排著，心下略感安慰，起身整了整衣裳，帶著孫嬤嬤出了明間。

姚姒望著姜氏孱弱的背影，忽地跑上去抱住她的衣裙。「娘，您還有我和姊姊，要是祖父生氣了，咱們就去找爹幫忙，我可等著娘回來一起給爹寫信。我還要告訴爹，娘為了給爹祈福，都吃了一年的齋，我和五姊都非常想念爹，我還要問問爹什麼時候回老宅接娘？」

姚姒的這番話是有目的的，重生一世，許多事情早已看透，依姚老太爺的精明和對三個兒子仕途上的期望，怕是朝堂上有什麼風吹草動，他一定會很快得知，姜閣老與王首輔早有不和，對權勢狂熱的姚老太爺想必在事情只露個苗頭的時候便想出了對應之法，不然為何上一世姚家並未受到牽連，姚家三個當官的兒子依舊穩當地做著官。她在心裡重重一嘆，母親啊，只怕您全心依賴的丈夫為了家族，已選擇有利的一方，而對他有提攜之恩的老丈人，不說落井下石，但至少肯定把他自己撇得乾乾淨淨的了。

姜氏歷經這一遭方察覺出小女兒的早慧，今日若不是小女兒機敏，怕是自己在蘊福堂裡早已丟了顏面，姜氏使勁眨了眨濕潤的眼睛，將心裡那些無名的恐慌都壓下，就算不為自己，這個家裡她還有女兒在，她不能倒下。這樣想來心頭湧出了些許勇氣。

「娘都知道，姒姊兒是好孩子，妳爹也想妳們。妳好好吃藥休息，回頭娘讓錦蓉給妳做水晶山藥糕吃。」說到丈夫，姜氏心底苦澀難當，她掩住情緒，起身帶著孫嬤嬤出了門。

姚姒望著姜氏的衣角消失在寒風中，臉上的神情一片肅穆，心中暗暗發誓，母親您不能倒下去！我們一定會度過難關，謀一條適合我們母女三人的生存之路！

姚老太爺姚定中，如今五十有五，許是平素注重保養，臉上沒一絲蒼老之色，他身材高大卻精瘦，鬚髮皆青，方形臉上一雙眼睛炯炯有神，給他儒雅的相貌平添了幾分威嚴。聽童兒報姜氏來見，他便遣退了大老爺，讓姜氏進了他的書房。

姜氏來外院的次數屈指可數，她目不斜視地領著張順進去，給老太爺行了禮，讓張順把事情的經過事無鉅細地說了一遍，她垂手立在一旁，等著老太爺詢問。

姚老太爺端起茶盅來靜靜地呷了一口，許久方重重地嘆息一聲。

姜氏著急，正要說話，卻聽姚老太爺出了聲。「親家老爺這是出大事了，政見不和鬧得滿朝風雨歷來便有，親家老爺這次急進了些，方才有此禍事呀！」姚老太爺對時政極有見地，不得不說他的話確有一些道理。

「爹，這該如何是好啊？」姜氏急道。

姚老太爺瞥了眼面露焦色的三兒媳，問張順道：「親家老爺在之前是否有交代過什麼？

可有給你們姑奶奶留下東西？」

「回親家老太爺的話，因事出突然，自我家老爺下獄後小的便沒再見到姜家任何人，小的是自作主張才奔姑奶奶這裡求救。」張順神色如常地回道。

姚老太爺略沈思了會兒，平靜地吩咐姜氏道：「老三媳婦先下去，這件事太大，待老夫好好想想。」

姜氏心裡著急，老太爺的態度很耐人尋味，似乎想明哲保身。

平素老太爺身為姚家的掌家人，往往泰山崩於前而面不改色，但姜氏嫁過來十幾年，她很清楚老太爺的脾性，越是平靜越是難為，也越是不敢為。

姜家的事兒太大了，可是如今家裡三個做官的爺們都官場順遂，這些未嘗不是借她姜家的勢，姚姜兩家是親家，一榮俱榮、一損俱損的道理，更不用她說。

姜氏心裡七上八下，儘量不往不好的方向想。

「老太爺，求您出面救救我姜家，媳婦給您磕頭了！」姜氏說完，重重地行了大禮，已然淚流滿面。

姚老太爺又嘆了聲，看著滿面悽惶的姜氏，皺了眉語帶不悅。「姜氏，要記住妳是我姚家人，行事自當以我姚府一門為重。老三雖做到了廣東一省的布政使，可到底是要避忌著；老二同進士出身，外放到如今才做到泉州同知；老五雖在京入了吏部，卻也只是個小小的給事中，出了親家的事，只怕他們三兄弟這次亦會受到牽連，老夫就算有心相幫，可到底人微言輕。」他揮了揮袖子，讓姜氏退下。

姜氏並不笨，姚老太爺說了這麼多，無非一個意思，這是要捨棄她姜家了。她的心涼透了，反而越發平靜下來。

「是媳婦無狀，媳婦替我爹多謝您了！」姜氏的語調已然平和，擦了眼淚，領著張順出了老太爺的書房。

從秋鴻館出來便是一片竹林，冷風吹得一片竹林瑟瑟作響，姜氏身形伶仃，跟在她身後的張順皺緊了眉頭，心裡隱隱有了猜測，聽姚老太爺這個話意，怕是姚家難以出手相幫，他的手按了按貼胸的一封密信，又慢慢縮了回去。

姜氏走後，老太爺獨自在書房踱步良久，臉上卻未見一絲焦慌之色，反而呈現一種博弈之人因為布局得當終是贏了一手先機的自得，接著他在書房沈思片刻，又親自磨墨揮筆寫了三封信，叫了在書房外侍立的童兒，交代立即著人快馬加鞭送出去，做完這一切，又叫大管家張進福進來。

姜氏前腳出了老太爺的秋鴻館，後腳便有婆子悄悄跑到蘊福堂報信。姚蔣氏身邊的廖嬤嬤找了個時機，把姜氏去外院找老太爺的事立即向她回稟。「……那個小廝眼生得很，約莫過了一盞茶的時間，三太太這才愁容滿面地回了芙蓉院。」

「知道是什麼事嗎？」姚蔣氏連眼都沒抬，今兒是自己的好日子，擱哪家的媳婦不是得在跟前湊趣？三太太這是仗著娘家得勢而不把她這婆婆放在眼裡。

「胡婆子說屋子裡原本大老爺在，大老爺都被老太爺支了出去，三太太走後，老太爺讓人送了三封信出去，後來又叫了大管家進書房，其他的奴婢還沒打聽到，要不要胡婆子再去打聽？」

姚蔣氏若有所思，半晌才道：「不用了，若真是出了什麼天大的事，晚間咱們自會知曉。」

內外有別，有什麼天大的事，老三媳婦不先跟她這做婆婆的回稟，而要裝病跑到外院找老太爺，姜氏的性情她是瞭解的，看來必定是出大事了。

蘊福堂這邊賓客滿堂，大太太覷了個空，進屋與客人會見一番後，這才到姚蔣氏身邊，將三太太身子不舒服的事跟婆婆回稟。

姚蔣氏依然如往常般慈愛，連聲問三太太是否要緊，要不要請大夫等。

大太太臉上堆笑道：「還是娘最心疼兒媳們，三弟妹身子一向嬌弱，許是累著了歇會便好，今日是娘的好日子，便是有些不舒服，也會沾了老太太壽星的福氣，晚些媳婦使人單獨送一桌席面過去，興許明兒個呀，就好個齊全了。」

大太太一向會說話，挑撥離間，落井下石，用得是爐火純青且不著痕跡，奉承姚蔣氏的好話那叫一個熨貼。

姚蔣氏果然被她的奉承逗笑了，直捶大太太，只是她臉上雖在笑，心裡卻在為三太太的嬌氣置氣。

　　廖嬤嬤哪會看不明白自己服侍多年的老主子的脾性，這人啊，是越老越要人捧著。她朝大太太睃了眼，隨後又抬眼看向別處，大太太收到廖嬤嬤的眼風，果然尋了個機會出去找了她的陪房劉嬤嬤，劉嬤嬤悄聲把三太太的行蹤略說了說，大太太臉上泛起疑色，很快就交代劉嬤嬤，晚點給廖嬤嬤送十兩銀子過去。

第三章　使絆子

姚蔣氏的暖閣裡，還有她的娘家人在。

蔣家也是書香門第，姚蔣氏的弟媳婦蔣常氏接過話頭來。「都說姊姊有福氣，就連娶的兒媳婦們也是一等一的好，哪像我們家這些都見不得世面。姊姊得空還得教教我，好教我也享受回媳婦們的福氣。」

蔣常氏的話，奉承了姚蔣氏，未免叫自家幾個媳婦聽了心裡直冒火。都說家醜不可外揚，這蔣常氏是不顧臉面在出嫁的姑奶奶面前搬弄是非。

姚蔣氏心裡明白，對娘家的糟心事只得睜隻眼閉隻眼，這個弟媳婦因是繼室，又是個上不得檯面的，她一向有些看不上，這臉上的笑意就淡了許多。

二太太韋氏和五太太崔氏互使了個眼色，妯娌二人笑嘻嘻的，韋氏拉了蔣常氏讚起今兒的衣裳料子名貴，論起彰州新開的那家「霓裳居」料子齊全，她在泉州也是難以找到這樣齊全的好東西。

二老爺任泉州同知，二太太才回彰州老宅不久，蔣常氏最愛聽人讚她眼光好，也就順驢下坡重新說起笑話。五太太崔氏剛自京城回來，她說話風趣，因此拉起蔣大太太和另幾個蔣氏妯娌，談起京城見聞，屋子裡是言笑晏晏，一副賓主盡歡的融洽。

姚蔣氏這才重新有了笑容，指著二太太、五太太笑罵，直說這兩個猴兒。只有四太太盧氏安靜地立在姚蔣氏下首，不時給老太太遞茶送水，時不時與人相談幾句，趁人不注意間，暗自遣了丫鬟去打聽三太太的事。

芙蓉院這邊，姚姒聽到動靜迎出來，小小人兒立在夾棉簾子下，朝姜氏微笑著，姜氏上前緊緊摟住小女兒，像是這樣才能得到一些力量支撐。

彷彿是篤定姜氏在老太爺那裡求助無果，姚姒輕輕從母親懷裡掙出來。「娘，我們給爹寫信。」

姜氏想到老太爺的無情，心裡油煎似的，又想到與丈夫這些年來的冷淡，心口一陣發苦，權衡再三終於嘆了口氣。「好，咱們寫信給妳爹，這個時候也只有求妳爹幫忙疏通了。」

說完，姚姒給她磨墨，孫嬤嬤鋪紙，姜氏執了筆略思片刻，抬筆一揮而就。

孫嬤嬤將紙放在熏籠上烤乾後，問道：「太太看找誰去送信較好？」

姜氏望了孫嬤嬤半晌，嘆氣道：「我看還是讓妳家小兒子親自去，悄悄去廣州府送信，我還有幾句話囑咐。」孫嬤嬤附耳去聽，姜氏低低說了話，孫嬤嬤連連點頭，這才轉身出去辦事。

孫嬤嬤一家是姜氏陪房，姜氏素來倚仗她。

孫嬤嬤夫家姓林，丈夫卻早逝，只留下三個兒子，老大、老二在姜氏的嫁妝鋪子裡做活，小兒子林青山聰明上進，是塊讀書的好料子，是以姜氏把她小兒子的身契放了出去。這個時候如果姚姒沒有記錯，林青山正在城外的慈山書院讀書，他是生面孔，這樣也算是避了老太爺的耳目。

自始至終姚姒都在旁邊看著，姜氏如今並非像上一世那樣被禁在內院，丫鬟婆子也不能出去，所以她還能安排些事情。只是姜家的事，不是求這對善於趨利避害的父子倆就能轉圜的。

對姜閣老此次禍事，姚姒前世便想了許久，此刻倒隱約有些猜測。

如今離過年只剩二十來日，為免夜長夢多，王首輔一派必定會選在年前將這案子了結。今上登基已有十八載，這些年內憂外患朝上不安穩，這位性情溫和的帝王越發焦頭爛額了，以至於越來越多疑。姜閣老是皇帝一手提拔的人，如今出了這麼大的樓子，證據都有了，可想皇帝的臉面是丟盡了，就算有心想保下卻也氣惱，抄家滅族都算輕的。想來上一世姜閣老自盡後，皇帝將姜家一門發配至瓊州島，這只怕是皇帝看在從前的分上從輕發落，但這又何嘗不是姜閣老自知變革失敗而遭誣陷後，為保姜氏一門而做的犧牲。

姚姒想清楚這一點後，心中不由得悶悶地疼，「無能為力」這個詞，她兩世都深有體會。

上一世姚姒在病中，姜氏被禁在芙蓉院，她既憂心女兒的病，又擔心娘家的事，芙蓉院就如孤城般無人問津。姜閣老自盡，姜家流放瓊州島的消息還是四太太盧氏在年後偷偷使人告知，姜氏當時聽完就吐了血，卻不能替娘家做什麼。

可是現在不一樣了。她之所以讓母親去求老太爺，為的是要占著先機，不讓自身陷於姚府。

姚老太爺在彰州一向以大善人自居，姚家每年施粥的米糧不知凡幾，若是苛待娘家出事的媳婦，那姚家好不容易攢起來的好名聲，可就要被人質疑了。老太爺為了姚家聲譽，是不會在明面上為難姜氏，暗地裡若有什麼動作，只能兵來將擋了。至於她慫恿姜氏給姚三老爺寫信求助，這卻是她的私心。

如果父親還有點良心，就應該會想到他的妻女必定會受到欺壓排擠，也會明白姚家為自保，必定捨棄姜氏而做出陰毒之事來，若他無動於衷，對妻兒不聞不問，她姚姒也就真的死了心，這一世，再也不必奢求那所謂的父女情。

只是若她這一世保不住姜氏，那她不介意讓整個姚家陪葬。

芙蓉院裡主僕一陣忙活，剛到飯點，果然大太太使人送了一桌席面來。姚姒望著送席面的連嫂子帶著十來個丫頭婆子，一路招搖的大動靜，她微微蹙起眉。

姜氏心情不好沒甚胃口，見是連嫂子，客氣了一番，讓孫嬤嬤打賞了幾百個錢。

連嫂子是廖嬤嬤家二兒子水生的媳婦，在廚房領了份採買薪炭的差事，算是老太太的人，為人最是嘴碎。

姚姒待人走後，狀似天真道：「大伯母真有心！光是提食盒的丫頭都有七、八個，這麼忙還記得給咱們特地送來一桌席面。」

姜氏哪裡不知道女兒話裡的意思，心裡也不禁為女兒的早慧感到寬慰。大太太這次的絆子使得不甚高明卻很有用，今日府裡這般忙亂，大太太還記得這般關愛妯娌，外人見了只會誇她賢慧知禮。

連嫂子嘴碎，她沒病的事保准下午就會傳到有心人耳裡，恃寵生驕的罪名怕是揹定了。這不聲不響的一箭雙鵰！拿她做排頭掙名聲，大太太這招又是衝著自己來的，老太太那邊，看來是一定要走一趟了！

老太太的人面廣，只要自己低個頭，這個時候不是意氣用事之際，姜氏想了想，忍住悲痛，強打起精神來。

姚姒望著姜氏若有所思的神情，也猜得出母親的打算，無非是在老太太面前服個軟，可這個頭低得有多難，姜氏的尊嚴會受到怎樣的踐踏，就看老太太的心情了。

姚姒深恨大太太這個佛口蛇心的女人，要說大太太這個人，她能力一般，可是心胸不夠寬，看她處理大老爺的這些妾侍通房，著實心狠歹毒。這些年姜家得勢，姜氏自是被老太太捧得高高的，大太太看不順眼許久了，逮著機會就給姜氏使絆子，她忖了忖，大太太的這筆帳且先放著，眼前姜家的事情要緊。

母女二人哪有心思用這噁心人的飯，不過草草動了幾口就擱下，姜氏看女兒也用得不香，就叫人端藥上來親自餵女兒喝下，並讓丫鬟帶她去午歇，姜氏自己略微收拾後，就要去上房。

姚姒哪肯就這樣放姜氏去姚蔣氏那邊，纏了半晌，姜氏無奈，只得將她穿得嚴嚴實實的帶著一同前來蘊福堂。

才進得門，姚蔣氏身邊的大丫鬟秋菊笑盈盈迎上來。姜氏略問了問婆婆可有歇午覺，秋菊一邊給姜氏打簾子，一邊低聲回道：「還沒歇得，這會子客人都歇去了，老太太反倒精神好，正歪在裡間讓三小姐捶腿呢。」

姜氏揚手滑下一只銀絞絲手鐲給秋菊，讓她進去通報，秋菊不卑不亢地收了手鐲，神態未見絲毫不安。

姚姒不著痕跡地打量了下秋菊，秋香色斜襟比甲，繫著條蓮青色棉裙，腰間輕輕放著條粉色紗質手絹，淡雅至極，加之她膚色雪白又身量纖長，行動間自是多了些婀娜之態。姚蔣氏不喜身邊的丫鬟穿得妖裡妖氣，秋菊這身倒是正正好，十七、八歲的綺年女子，便是不穿紅著綠，卻依然嫩得似枝頭的俏迎春花。

過了片刻，廖嬤嬤自裡面笑容滿面地走了出來。

姚蔣氏身邊的得力手下素來是廖嬤嬤，管著她屋子裡的大小事，如今廖嬤嬤年紀大了反而喜在府內四處攀交，姚蔣氏屋子裡的事情有大半實際是秋菊管著。姚蔣氏身邊的四大丫鬟，尤其是秋菊慣會做人，姚府裡五房媳婦向來與她交好，她在下人口中也素有口碑。

這樣的人聰明知進退，亦是有些手段，可惜卻被大老爺糟蹋了。姚姒記得上一世就在年關前，大老爺喝醉了，就在姚蔣氏的屋裡強按著秋菊行事，後來被廖嬤嬤帶人發現了，姚蔣氏暗怒她屋子裡的人勾引爺們打了她的臉，秋菊被打了三十板後拉出去胡亂配了人。

一山不容二虎，廖嬤嬤捉姦的舉動，現在想想多少有點意味。

一個恍神，姜氏已經牽了她的手迎向廖嬤嬤，又滑了個素色荷包給她。「可煩勞您迎出來，都是我的罪過了。」姜氏微笑著，對廖嬤嬤十分客氣。

廖嬤嬤是姚蔣氏身邊最信得過的積年老僕，姜氏如今既想伏低做小，自是將身態放得低低的。

廖嬤嬤並不敢托大，有些訝異於姜氏今日的低姿態，她不動聲色間抿了笑喚了聲三太太，就引著姜氏進裡間，暗裡卻睃了姜氏幾眼，見她眼睛通紅似是哭過，心裡便一再猜測究竟發生了何事，倒越發好奇起來。

進了裡間，只見姚蔣氏歪在紫檀荷花紋榻上，三小姐姚婷坐在榻邊的小杌子上輕輕替她捶腿，祖孫倆輕聲笑語地說話，屋裡服侍的都被打發了。

姚家的小一輩子女是混在一起排長幼的，姚婷雖是二房長女卻排行第三，前頭的大小姐和二小姐是大房的庶女，早已出嫁。姚蔣氏對庶出的孫女一向看不上，是以得了第一個嫡孫女後，她便親自給孫女取名姚婷，後來各房生的女兒都從了女字旁取名。

姚蔣氏出身彰州大戶人家，她剛嫁過來時，婆母已去世，公公是個不管事的，姚老太爺那時一心讀書，是以裡外都是姚蔣氏操持，她又接連生了三個嫡子，眼瞧著老太爺考中秀才，便給老太爺納了房良妾，妾傅氏進門便坐喜，生下第四子，外間都讚姚蔣氏賢良，她也越發得老太爺敬重。後來姚蔣氏又生下第五子，有四個嫡子傍身，姚蔣氏當家主母的位置是坐得穩當的了。

歲月十分厚待姚蔣氏，五十歲的人了，看上去一點也不顯老，許是常笑，她的眼尾微微有些皺紋，笑起來看上去很是平易近人。

不過姚姒卻不敢真以為是這樣。

姚蔣氏的慓悍在兒子們成家立業後漸漸隱了起來，她年輕那時老太爺出海去，她一個人外要操持家業、內要教養五個兒子，哪是和善之人能撐得起來的，這也是老太爺不管內院的原因，他對嫡妻是相當信任，兒子們對母親更是尊敬有加，從不敢違逆。是以這些年來，姚蔣氏越發內橫起來，她的話常常是說一不二。

看著笑得彷彿無害的姚蔣氏，姚姒忽地記起來，上一世姜氏自焚後，姚家並未給姜氏停靈便將她草草收骨葬了，她大鬧蘊福堂，說娘親死得冤，當時為了壯膽，她謊稱她都看見了，廖嬤嬤當時閃過一絲慌張，忙問她看見了什麼？姚蔣氏一聲厲喝，以眼神壓住心虛的廖嬤嬤，卻叫人綁了她進自己的正屋，一臉猙獰地盯著她威脅，不管她看到了什麼，要是她敢出去替姜氏喊冤，她就毒啞了她再打斷她的腿，直說姚家不介意這樣養她一輩子。

那陰惻惻的聲音讓她兩股顫顫，無端讓她相信姚蔣氏說的是真的。後來姚蔣氏雖沒毒啞她，卻將她關在屋子裡不見天日數年，五姊姚姞替她求情，姚老太太二話不說，請了個厲害的老嬤嬤親自看管姚姞，再不許她接近自己。

姚蔣氏這一招著實厲害，她自此後見到姚蔣氏就害怕，實在是那方方正正的四堵牆，一個人也不許與她說話，若不是她因病痛自小就意志堅定，指不定早就被關瘋了。或許姚蔣氏的本意便是要將她逼瘋，這樣就算她出去亂說，也會被人當成瘋子看待。

再見姚蔣氏，姚姒已經不再害怕，而是深深地憤怒，只是她現在懂得隱忍，姚姒將緊握的拳頭鬆開，臉上微笑著，一副天真不諳世事的孱弱模樣。

她跟在姜氏身邊，低下頭一同給姚蔣氏行禮。

姚婷脆聲喊了聲三伯母和十三妹，姚姒忙喊了聲三姊。姚蔣氏笑著叫廖嬤嬤扶姜氏起來。「妳們一個兩個的既然都病著，怎地不歇著反而這個時候又過來，老婆子這裡有的是人侍候，難道還缺妳們兩個不成？」

姚蔣氏的聲音雖然淡淡的，但在場的都聽得出來，這話含著濃濃的不悅，一時間屋子裡靜悄悄的。

正在捶腿的姚婷適時出聲打圓場。「祖母，這不三伯母和十三妹才好些，就來祖母您這兒了，可見她們心裡是有祖母的。」

如果不來這一遭，是不是心裡就沒姚蔣氏？這姚婷可真是……上一世姚姒鮮少出芙蓉院，因此對這些堂姊妹們自是不大熟絡，看來這些個姊妹們一個個可都不是省油的燈。

「娘，是媳婦的不是，還請您別生氣，媳婦有話對您說。」姜氏卻沒那麼多彎彎繞繞的，直接上來就跪在姚蔣氏面前。

姚蔣氏微微訝異，廖嬷嬷瞥向她，見姚蔣氏沒說讓她扶起來，也就沈默著立在身後不動。姚婷忙起身笑著對姚蔣氏道：「這會子還不知道五妹她們歇著沒，孫女帶十三妹尋她們去，晚些時候再來和祖母說話。」

姚蔣氏揮了揮手，笑著吩咐說不許太胡鬧。姚婷得了令，上前來牽姚姒的手，姊妹倆一同給姚蔣氏行了禮，安靜地出了屋子。

姚姒回頭望了望姜氏，見她脊背挺得直直的，心裡莫名心酸。姜氏這是頭一回求人吧，若是姜家無事，母親何須這般卑躬曲膝？

第四章　往事

姚姒心裡悶悶的，談興不高，姚婷素來不喜這病秧子似的木訥堂妹，她心裡想著娘親幾日前跟她提的那門親事，她其實是不樂意的，因此才想趁老太太今日高興來探探老太太的底，哪知話還沒說三太太母女就過來了。

兩人心裡都擱著事，一路無話，不過片刻就到了蘊福堂左邊的小花廳，姚婷放開姚姒的手，讓她自去玩，便將她丟下說要去更衣。姚姒也不在乎她是真的要去更衣還是做什麼，她往人堆裡尋了一圈，便看見穿著品紅色銀線繡薔薇花褙子、眉眼玲瓏的姑娘姚姮。

不知怎地，她竟有些近鄉情怯，看到活生生的五姊，她無不感激上蒼讓她重生回來。

姚姮雖是姜氏的大女兒，卻在生下來後就被老太太抱去養了，這些年在老太太明裡暗裡的挑撥擺弄下，姚姮對生母並不親近，加上姚姒身子病弱難得出院門，這親姊妹恍似陌生人般。

只是姚姒重活一世，再不是當初那個怨恨親姊不孝親母的意氣之人，上一世被姚蔣氏禁足，只有姚姮替她求情，那幾年也只有姊姊時常偷偷趁人不注意，買通看守自己的婆子，給她送些吃食和安慰。

姚蔣氏深恨姚姒不顧姚家的臉面而出言威脅，是以也睜隻眼閉隻眼任由下人欺負這個不聽話的孫女，她的身子就是這麼虧損的。吃不飽、穿不暖，不見天日的恐懼，確實曾讓她的心志動搖過，但一想到姜氏死得不明不白，她的胸間就一把恨灼燒著，就這樣撐過了那段灰暗日子。

日久見人心，姚姑並不是像看起來的這般無情，落難了才見著最珍貴的東西，上一世姚姒見著親姊為自己所做的一切後，曾想過要修復姊妹情，可惜卻頓生禍事，這種遺憾直到她遁入空門後，一直是個心結，如今重來一世，她最想做的，是要解開姜氏與姚姑間的重重隔閡。

想要解開母女間的重重隔閡，卻不得不說些往事。

姚老太爺的父親與姜閣老之父是同窗，二人意氣相投，姜閣老出仕後，也與姚老太爺常有往來，姚三老爺當年去京城參加秋闈時便是住在姜家，姜閣老十分欣賞姚三老爺的文采，對他頗多照顧，只是姚三老爺那年名落孫山，姜閣老也還在翰林院裡熬著，出於愛才之心，姜閣老與姚老太爺通信後，雙方有意做親，於是姜閣老將自己唯一的嫡女許給姚三老爺。

姚三老爺住在姜家，自然是同姜氏見過面的，他二人郎才女貌，兩人也有些情意，就這樣姚三老爺在京裡與姜氏成了親，姚三老爺一心讀書又有老丈人的指點，夫妻二人便留在京城，直到姜氏有孕，姚蔣氏以要養胎為由將姜氏接回彰州老宅。

姚姜兩府做親，最不滿的自是性子強悍的姚蔣氏。兒子要走仕途，那自是擇一門對兒子有助益的親家。姜家她看不上，只是這門親事是姚老太爺點頭同意的，她只能氣在心裡；真正讓她不能釋懷的是，兒子與姜氏在京裡成了親後，媳婦不回祖宅侍奉她這婆婆，反而跟兒子滯留京都，這是仗著出身名門而不把她放在眼裡啊，就這件事激怒了姚蔣氏，婆媳間就此結下梁子。

姜氏生大女兒姚姑時十分不順，身子有所虧損，姚蔣氏不管不顧地將姚姑抱回屋裡養著，並明裡暗裡指謫她不為三房子嗣著想，不給三老爺納妾。

姜氏和三老爺相處甚佳，自嫁到姚家還從未受到如此委屈，婆媳自是鬧過一些時日，不過姜氏身為人媳不好鬧得太過，無奈之下同意給三老爺納妾。

姚姑還不滿週歲，錢姨娘就被抬了進來。可那個時候三老爺一心讀書，對錢姨娘也不大熱中，幾個月後錢姨娘生下排行第八的庶女姚嫻，三老爺便再次上京，沒想到竟中了探花。那時候姜老爺已從翰林院裡脫穎而出，因一手鐵劃銀鈎的好字開始得皇帝喜愛。所以錢姨娘就這麼有意無意地被冷落在後院，姜氏也終於鬆了口氣。

三老爺透過老丈人的使力，留在翰林院裡任職，便不顧姚蔣氏反對，將姜氏又接去京城。姜氏看錢姨娘服侍自己盡心，為了三老爺的臉面，便也將錢姨娘母女帶了一同上京，錢姨娘自此服侍主母姜氏十分盡心盡力，日日做藥膳給她調養身子，姜氏的身體也慢慢好轉，因此姚嫻便由錢姨娘自己養在身邊，這是姜氏給她的恩典。四年後姜氏生下姚姒，只是生產時大出血，好不容易撿回一命，卻再不能生育子嗣。

姚蔣氏在兒子不顧自己的意願將媳婦接到京城時，心裡非常不痛快，但她為著兒子的仕途著想，忍了下來，但忍下來不代表不秋後算帳。

隨著姜老爺升到行人司當差，御前侍候十分得皇帝倚重。三老爺仕途剛起，自是要得岳家扶持，姚蔣氏得知姜氏不能再生的時候，也沒半句再給三老爺納妾之語，反而百般安慰這個媳婦，而且提出要接姜氏回老宅調養身子，言語間頗是關愛這個不能再生孩子的媳婦。三老爺自違母命將姜氏接到身邊後，對姚蔣氏自是有些愧疚的，接到母親的信後心裡大慰，也就同意送妻子回老宅調養身子。

姜氏不傻，明知婆母用心險惡，就是要她夫妻二人分離再圖打算，姜氏本指望丈夫會留她在身邊，可是沒想到竟然同意婆母的意思，心下涼了一大截。年輕的姜氏還不懂得小意隱忍，便同三老爺鬧，這一鬧之下，三老爺自是以姜氏不識大體、不孝婆母而同妻子離心，姜氏則以為三老爺是嫌棄自己再不能生育了，這下徹底涼了心。

姜氏一氣之下，將身邊的丫鬟秋桂抬成姨娘，自此留在三老爺身邊侍候，而她負氣下則帶著錢姨娘回了老宅，自此妻妾二人就留在彰州老宅教養女兒度日。

隨著姜閣老仕途步步高升，姚蔣氏是越發待姜氏好起來，時常在其他四個媳婦面前捧高姜氏，姜氏哪裡不明白捧殺的道理，心裡更是對婆母生恨，又怨丈夫一心仕途不理解她這做妻子的苦處，於是在姚家她越發深居簡出起來。

姚姞在姚蔣氏身邊長大，自小便被灌輸生母姜氏的不是之處，服侍的奴僕們更是有意引著她不親近生母。姜氏傷心之餘，便一心撲在教養小女兒身上，加上心中鬱氣難出，身子越發不好，便也淡了對丈夫的心，卻更恨婆母生生拆散骨肉。

由於她不能再生育，也不好讓娘家相幫，這氣是越積越多，因此與姚蔣氏是面和心不和。這是姚府幾房人心知肚明的事，是以大太太深知老太太的心思，才敢這麼明著使絆子，其他幾房卻因要借姜家的勢，而不敢得罪姜氏。

上一世直到姜氏去世後，姚姒被關起來，想來姚姑的日子也是不好過的。姚蔣氏要強了一輩子，起初將姚姑養在身邊，是存了心要姜氏母女離心的，後來姜氏被她鬥下去了，那麼姚姑這個孫女便可有可無。姚家孫子輩加起來有二十幾個，再者看著那張與姜氏十分相似的臉日日在跟前晃悠，姚蔣氏心裡也是不舒服的，又因著新的三太太焦氏暗中使壞，於是將姚姑隨便嫁了。

姚姑夫家宋家亦是福建的大戶，看著風光的一戶人家，她嫁的是家裡最小的兒子，那宋三郎風流成性，包戲子養孌童，成天鬥雞走狗不務正業，姚姑嫁過去後沒一年人便沒了。看著親人一個一個離世，在這令人寒徹心扉的姚府，姚姒絕望了，因此她逃出姚家，自此一生再也沒回過彰州。

許是這些年姚姑與生母間的愛恨隔閡，加之老太太也未必是真心待這個孫女，權當拿捏姜氏的棋子，是以姚姑性情十分古怪，不太愛說話，凡事悶在心裡卻又固執自卑，可她到底不失良善。

上一世的遺憾就由她這一世來圓滿吧。

今日來姚府賀壽的都是福建有頭有臉的人家。姚姒因著年紀小且身體不適，之前這樣的場合甚少出現，認識的閨秀寥寥無幾，她也就裝作懵懂害羞，見人只是微微一笑，也沒失禮處。

負責招待這些小姐們的正是姚府長媳大奶奶劉氏和姚娡，大奶奶出身大族，學識自是不差的，此時帶著眾小姐們開起詩社正在擬題作詩。

姚娡性子內向，平素彈彈琴寫寫字倒還好，卻一向不愛弄這些個舞文弄墨，雖說肩上擔了個招待來客的擔子，可有大奶奶這八面玲瓏之人主事，她自是不去討這個嫌，可架不住有人上趕著來結交她這二品大員的嫡女。這不，以林知縣家的嫡女林三娘為首的眾小姐們一起，團團圍在姚娡身邊，姚娡應付這個又怕冷落了那個，實在是有些力不從心。

這時，只見姚姒走上來，軟軟地叫了聲「五姊」。

在外人面前，姚娡不願意別人窺破三房的家事，也就抿起笑意喚了聲。「十三妹來了，身子可是好些了？」嘴上不過是客套話，心裡卻納悶這個長年生病的妹妹怎麼會出現在這裡？

不想姚姒卻上前親暱地挽起她的手，語氣頗為委屈道：「五姊，我頭疼，妳送我回芙蓉院可好？」可憐兮兮的聲音，加上她單薄的身子，無端惹人憐惜。

跟在姚姒身後的紅櫻、綠蕉相互對視了眼，從對方眼中皆看出一絲疑惑，卻都選擇默不作聲。

姚姑想到與親母之間的恩怨，本想要拒絕，可眾目睽睽下這拒絕的話卻又不好說出口，再一想這是自己的親妹妹，雖然姜氏的心裡眼裡只有她，完全忽略了自己這個大女兒，可眼下要脫身，也只有答應下來再打算，便脫口道：「妹妹的身子要緊，我這就送妳回去。」

遂一一與圍住她的小姐們連聲道歉，見姚姒一直挽著她的手不放，生怕自己把她給丟下，心中一嘆，也就輕輕拉起她的手，姊妹倆一同出了花廳。

姚姒當然不是真頭疼，雖也有替姚姑解圍之意，更多的是想與親姊親近，她也明白凡事不能一蹴可幾。撇開姚姑與姜氏二人間的隔閡，一旦姜氏在姚府的地位有變，最直接受到影響的肯定就是她們姊妹倆，到時她們只有受人欺負的分兒，如今唯有母女三人團結一心，有了姚姑這個大女兒的諒解，也許姜氏會撐過這個難關。

姊妹倆手牽著手一路無語地進了芙蓉院，孫嬤嬤有些目瞪口呆，好在轉得快，立時高興地喚了聲「姑姊兒來了」，便親自打簾迎二人進了裡間坐定，又吩咐小丫頭們上了一桌子的茶水點心，顯然待姚姑是十二分地殷勤。

對孫嬤嬤來說，五小姐姚姑是稀客，幾乎從未踏足過芙蓉院。

姚蔣氏將姚姑抱過去養，姜氏自是十分不捨，日日看望，有一次姜氏看完姚姑後，不巧姚姑發起了燒，吐了幾日的奶。姚蔣氏發了大火，追問之下才知道是姜氏看過孩子後才如此的，便當著一屋子的下人狠狠責備了三兒媳，說她這個做娘的不安好心，且將服侍姚姑的奶娘、奴僕都發落出去，待姜氏再來看大女兒時，新來的奴僕便攔著了，次數多了，姜氏便知道這是姚蔣氏授意，不許她再去看大女兒。

姚蔣氏手段強硬，姜氏自是想過若干辦法，卻得了個不孝婆母的名聲，後來她隨夫上任，再又回到老宅，姚姑已養成了性子，對生母十分不善，姜氏傷心難過後萬念俱灰，只在私底下關照姚姑身邊的蘭嬤嬤好好照顧她。

這些陳年往事孫嬤嬤是一清二楚，知曉今兒定是姒姊兒將姑姊兒弄來三房的，目的大概也是想要母女倆親近親近，給姜氏些許安慰，她不由得臉上堆起笑，十分關切地問姚姑可想吃些什麼。

姚姑對孫嬤嬤的熱情就冷淡得多，身子坐得筆直目不斜視，茶也未沾一口，便說要回去。「人我也送到了，妹妹既是頭疼就好生歇著，今兒是祖母的好日子，請大夫來未免晦氣，明兒再請大夫來瞧瞧。」說完又自嘲地笑了笑，喃喃自語。「哪裡需要我這個外人操心，她自是會好好照顧妳的。」

這個她自是指姜氏，姚姑聲音雖低，可孫嬤嬤和姚姒卻都聽見了，各人心中不免唏噓不已，到底姚姑心裡是有著三房的。

孫嬤嬤想攔著她，母女倆這些年未曾好好相處過，今兒好不容易姑姊兒踏進芙蓉院，至少也要等姜氏回來再走。可姑姊兒的脾氣她是知道的，也不敢生攔，焦心之下苦留。「姑姊兒再等等，三太太最近身子不大好，到底是母女，姑姊兒看了三太太再走不遲呀。」

「我生病她在哪兒？憑什麼要我看她？今兒我能送十三妹回來，已是給三房留了天大的臉面。」姚婧自己也不知道為什麼會吼出這句話，一時想起這些年來的委屈，是又氣又急，便捂著帕子急匆匆往外跑，哪知剛跑幾步，就迎面與人撞上了，抬頭一看，竟是姜氏。

姜氏被姚婧一撞，幸得錦蓉扶得穩才不至於跌下去，卻也被這力道撞得身上生疼，她卻顧不得自己痛，急急問姚婧。「婧姊兒，妳撞到哪兒了？身上可有哪兒不舒服？讓娘看看。」姜氏情急之下真情流露，此刻哪有平日在外人面前對大女兒的冷淡。

姚婧撞了姜氏，見她臉色泛青，眼睛更是紅紅的，顯是哭過一場。這樣失態的姜氏少見，可姚婧心裡更多的是委屈，甩手就推開來扶自己的雙手，急急說了句。「不用妳假好心。」

「婧姊兒，怎麼能這樣說妳娘。」孫嬤嬤追了出來，恰恰聽到這句話，不由得替姜氏抱屈。

姚姒也追上來，拉住姊姊的衣袖不讓她走。「姊姊，娘也生病了，今兒其實我不頭疼，我只是想讓姊姊來芙蓉院看看娘，這麼些年了，娘和姊姊都不容易。」

「妳們是一夥的，自是替她說話，今兒妳騙我過來，只怕是她的主意吧，我有什麼可被妳們算計的？妳們要這樣待我？」彷彿是要將這些年的委屈和不甘統統發洩出來，姚婧將積攢在心裡多年的話一口氣說了出來，便捂著帕子哭得肝腸寸斷。

「婧姊兒，這些年來，每次妳生病，三太太哪次不是急得很，次次都是避著人買通底下的去看妳，老太太吩咐下人不許三太太接近妳，只怕這個是妳不知道的。三太太好在使了手段避人耳目送了蘭嬤嬤在妳身邊服侍，妳的衣食用度哪樣三太太沒有親自過問過，除了不能去看妳，三太太這個做娘的不容易，妳要諒解妳娘啊！」

「不要再說了！」姜氏喝住還要再說下去的孫嬤嬤，自袖口掏了帕子彎下腰替大女兒拭淚，一邊擦一邊哽咽道：「娘知道對不住妳，讓妳受委屈了。娘這輩子只生了妳和妳妹妹，心也只在妳們身上，我絕不許人苛待我女兒，娘發誓終有一天會從老太太那兒將妳奪過來。」

最終姚姑在芙蓉院重新淨了面梳了頭髮，這才回蘊福堂。

第五章 母女

姜氏經了這一齣，反而越發鎮定下來。

婆家人靠不住，甚至有可能丈夫也無能為力。娘家的事已然發生，她是左思右想，也沒得個齊全法子，那麼就要作最壞打算了。

她坐在案前寫了多封求人的信，讓孫嬤嬤打發人送出去；又清點了自己的私房銀子和手上一些值錢的字畫等物，因姚家五房並未分家，三老爺的俸銀皆是放入公中，而私底下三老爺另有送了銀子和些值錢物品交由姜氏保管，可這些她不能隨易動用。看著手頭上這些年的體己銀子，她喚來孫嬤嬤，再三交代全去換成通兌的銀票，此刻她心裡已有了打算。

姜氏這些動作雖避著姚姒，可三房的動靜瞞不過她的眼，孫嬤嬤更是有問必答。姜氏現在可以說是振作起來了，知道姚家靠不住，只能憑一己之力想辦法，姜氏在絕望中醒悟，大不同於前世的被動。

姚姒並不後悔自作主張將姚娡騙到芙蓉院來，膿包總要挑破才能醫治好。想來姜氏今日的心緒是愁腸百結的，因著這一齣，相信她會更加堅強起來，就算不為娘家，為了被奪走的大女兒和險被人害死的小女兒，她必須挺起來護著她的血脈至親。

到了晚間，熱鬧喧囂的姚府終於安靜下來。錢姨娘帶了八小姐姚嫻踏著夜色進了姜氏的正堂。姜氏與姚姒正和孫嬤嬤說著話，錦香進來回稟。「錢姨娘提著食盒和八小姐來看太太，聽說太太身子不好，她將前兒太太賞她的幾支五十年老參燉了雞湯，特地給太太送來，奴婢請姨娘坐在外間稍候。」

姜氏眉頭微蹙，孫嬤嬤會意，對姜氏道：「待老奴去會會她，這會子她倒是耳朵尖，也不知在哪兒聽到了一星半點，這不就往咱們正房一探究竟來了。」

姜氏點頭，孫嬤嬤起身剛要去，被姚姒攔住，她低聲道：「娘待她一向好，既然她聽了一耳朵，那麼咱們就該吊著她些，也好看看她後頭到底是誰。」

這主意正合孫嬤嬤的意，她斂起笑意，帶著錦香去了外間。

堂屋裡，果然錢姨娘聽說三太太頭痛的老毛病又犯了，擔心著急的神色是情真意切，當即就想進來看三太太，卻被孫嬤嬤客氣地攔住了。「不巧了，太太這才剛喝了藥睡下，天兒不早了，多謝姨娘走這一遭，老奴定會把姨娘來過的事知會太太。」孫嬤嬤打心裡看不得她這番作態，若真是關心主母病情，在主母已經歇下的時候還要硬闖，這安的是何心！想到這些她的臉上就不悅了幾分，話說得有些輕飄飄。

八小姐姚嫻原本笑著的臉頓時崩下來，剛想回兩句嘴，卻叫錢姨娘悄悄按住了手。姚嫻來時錢姨娘便有交代，在正屋裡要忍住。

錢姨娘見女兒嘟起嘴，也不去管她，眼神稍稍飄向內室的夾棉簾上一晃而過，臉上是十足的掛心。「既然太太已經歇下，那婢妾明兒再來服侍太太。」

真是纏人得緊，看來不打探出點什麼誓不甘休！孫嬤嬤謝過錢姨娘，就起身往外送客。錢姨娘也不惱這般被趕，帶著姚嫻起了身。

孫嬤嬤送了錢姨娘母女出門，返回來對著紅漆食盒裡的雞湯是一臉嫌棄與無奈，對著門外的小丫鬟招了招手。「這雞湯賞給妳們了，下去不許多嘴。」

小丫鬟高興地謝過孫嬤嬤，接了食盒下去。

芙蓉院的西北角有座小小的兩進小院，高高掛著「重芳齋」三個字。錢姨娘母女攜手進了堂屋，只留了心腹之人服侍，待母女倆坐定下來，姚嫻是一臉不忿。

「姨娘也真是的，這都多少年了，為何要一直做些老媽子做的事？不是給正院做藥膳就是煲各類湯水，也沒見您對自己這麼好，我不明白姨娘您對她們掏心掏肺的，有什麼用？這不那個老虔婆連門都不讓進。」有別於在外人面前的溫婉秀麗，此刻的姚嫻十足尖酸刻薄，對著錢姨娘頗為不耐。

「住口，姨娘教了妳這麼些年，難道就只教會妳遇事胡亂嚷嚷？」錢姨娘忙喝斥女兒。

姚嫻恨恨地望著錢姨娘，她在替錢姨娘不值，見不得生母這般伏低做小。

錢姨娘見自己說話頗重，頓時心軟地拉了女兒坐在身邊，語重心長道：「妳祖母將她和我都接回老宅，這些年妳爹身邊連個像樣的姨娘都沒，只有她提起來的桂姨娘在那邊張羅一切，這還不都是因著她娘家得勢的緣故，咱們如今且忍著些也吃不了什麼虧。」見姚嫻還有些不耐，又嘆氣道：「妳祖母那個人看著將她捧得高高的，卻放任妳大伯母對她使絆子，可不是捧殺她嗎？妳以為那幾房就真對她親近，不過是奉承罷了。咱們三房沒兒子，遲早有一日妳祖母會再給妳父親納姨娘送去，若是我能趕在那之前生下三房長子，還怕沒有咱們出頭的一日？」

燭光映在錢姨娘白皙秀美的臉上，無端添了幾許說不清道不明的風情，有別於在姜氏身邊低眉順目之態，她繼而沈聲道：「姨娘一直教導妳，小不忍則亂大謀，我這些年在她身邊伏低做小，為的無非是妳的前程，只要妳好，姨娘就值得。」

這些話錢姨娘是第一次講得這般透澈，姚嫻想到生母一直以來的隱忍，聲音就弱了幾分，她拉起錢姨娘的手道：「可是父親一直在任上，這些年都未歸家，您就算想要有子嗣……」接下來的話她終歸是個未出閣的女兒家，不好說出口。

「傻丫頭！」錢姨娘摸著女兒的秀髮柔聲道：「姨娘做事自有道理，妳只需好好的，眼看著妳一天大過一天，姨娘也得為妳好好謀劃一下將來，若是能讓妳記到她的名下，將來說親也能……」

「我不要！」姚嫻嚷道。「憑什麼我要記到她的名下？我是姨娘生的。」她說得無限委屈不甘。「我們想辦法讓祖母送我們去父親任上，到時讓父親給我說門好親不好嗎？那桂姨娘這輩子都休想生出個一兒半女來，姨娘您費了這些年的苦功，難道要便宜別的女人？」

錢姨娘一怔，沒想到女兒竟然知道她所做的事情。想到桂姨娘，她一把將姚嫻摟在懷裡，恨聲道：「可憐的孩子，妳樣樣都比姑姊兒出挑，卻是命不好，託生到姨娘的肚子裡，不過不要緊，今兒廖嬤嬤多喝了兩杯，姨娘去了她那邊一趟，倒是聽她吐出些話來，三太太今兒定是發生了什麼事，或許這便是為娘的轉機，我兒放心，都有姨娘替妳想著呢！」錢姨娘溫柔地摸著姚嫻的頭，狠戾的神色一閃而逝，讓不小心瞥見的柳嬤嬤也不由得打了個冷顫，再不敢看她。

娘家出了大事，姜氏哪睡得著，不過瞇了會，天便矇矇亮了。姜氏披衣起來，孫嬤嬤進來回道：「錢姨娘一大早就來了，等著侍候太太呢，看這黏纏的水磨功夫倒是十年如一日，太太看著可是又要出么蛾子不成？」

姜氏嗤笑了聲，不無諷刺道：「大約是急了，她也就這點子能耐了，打發她去吧，話說得圓些，姨娘十年如一日的辛苦了，賞她一疋前兒剛得的好料子裁衣裳。」

孫嬤嬤心裡明鏡似的，錢姨娘上躥下跳的小把戲不斷，可卻翻不起什麼浪頭來，姜氏這一招欲遮半掩的，可不就吊得錢姨娘上了鈎。

只一個廖嬤嬤與錢姨娘勾勾搭搭的，還不至於成事，廖嬤嬤這人她是知道的，不見兔子不撒鷹(注)的主兒，錢姨娘手頭上怕是填進去不少窟窿了。孫嬤嬤暗暗呸了聲，活該，想到錢姨娘的銀子就這麼落入那個老貨手中，她是樂得瞧見的，臉上也揚起笑容，與錢姨娘周旋去了。

注：不見兔子不撒鷹，比喻不到時機，或對沒有把握的事，絕不貿然行動。

姜氏帶著姚姒與姚嫻進了蘊福堂，老太太還在梳洗中，母女三人便在偏廳稍坐了會兒，小丫頭陸續上了茶。

姜氏坐姿端正，端著手中的茶盅不語，只有姚嫻接到小丫頭奉上的茶，笑盈盈地問起了姚蔣氏昨晚睡得香不香、可有起夜等，關心之態可做足了樣。

姚姒不由得多看了幾眼這個庶姊，一身茜紅色薄襖配柳綠色繡梅花百褶裙，水靈靈的直如枝上柳芽般嬌嫩，真是像足了錢姨娘的好顏色，又這般乖巧懂事孝順，可不就投了姚蔣氏的喜好嗎？

姜氏母女三人略坐了會兒，大太太就帶著大房一家子走進來，姜氏忙起身迎上去，喊了聲大嫂安，姚姒姊妹倆俱起身給大太太行禮。

「三弟妹今兒個來得倒是早，身子不好怎地不好生歇著？歇一、兩日有甚要緊的，妳呀就是太守禮了些，哪像我卻是個勞碌命，忙著侍候老爺和幾位小爺，我倒是想歇卻沒這好福氣，這不今兒倒落後了弟妹一步。」

大太太逮著機會就拿三房沒兒子開刀，這般明嘲暗諷的話經由她嘴裡說出來，見怪不怪。姜氏懶得同她打嘴仗，微笑過就同大奶奶劉氏說起她的嫡子誠哥兒，把大太太晾在一邊氣得肝疼。

劉氏見婆母臉色變了，姜氏是長輩問她話，她不好不答，卻又不想惹得婆母不歡，悄悄將手伸到誠哥兒的大腿上捏了一把，誠哥兒頓時大哭起來。

大太太心疼長孫，忙問：「我的乖孫怎麼了？」也顧不得生氣，從劉氏手上接過誠哥兒便哄起來。

屋裡鬧得歡，待二房、四房以及五房人到齊後，偌大的偏廳就顯得擁擠了些，除開姚府這五房媳婦，光是第三代孫子、孫女和曾孫加起來也有二、三十人，不一會兒姚老太爺和姚蔣氏齊齊從內室出來，屋裡一下子就靜下來。

姚蔣氏身後跟著姚姞，只見她低垂著頭，看不清表情，姚姒有些擔心她，卻按捺下心緒，斂眉收目站起身來迎接二老。

姚家自來以書香世家自居，因此將禮儀規矩看得甚嚴，就如晨昏定省這事，若無大事發生，一家大小勢必都要來蘊福堂走上一遭。待姚老太爺和姚蔣氏在蘊福堂正廳坐定，堂下男女各立一方，齊齊向兩老行家禮問安。

問過安後，姚老太爺如往常般帶著大老爺和四老爺等兒孫去了外院，姚蔣氏帶著兒媳們起身相送，等送走人，大太太帶著大奶奶擺起了碗箸準備早膳，姚蔣氏卻出了聲，對著大太太婆媳道：「為著老身的生辰著實辛苦了老大媳婦，妳們也別忙著，讓底下人去擺弄，我今兒有話要對妳們說，都坐下吧。」

「看娘說的，您有什麼話就吩咐媳婦們一聲，保准都給您辦得妥妥的！」大太太含笑答話，略推託一下便放下手頭上的活計，坐在下首第一把圈椅上。

餘下幾房媳婦也都謝過姚蔣氏賜座，大奶奶人精似的，看一向有主意的二奶奶不聲不響站到二太太身後，她瞥了眼姚蔣氏，見老太太臉上風平浪靜看不出個所以然來，只得睃眼廖嬤嬤，廖嬤嬤收到眼風回了個無妨，大奶奶便收起心來抱著誠哥兒站在大太太身後。

「方才我彷彿聽到誠哥兒哭了幾嗓子，是怎麼回事？」姚蔣氏對這個嫡孫媳婦的活絡眼神自是注意到了，這麼一問顯是敲打之意。

大奶奶怨大太太作怪，自己不得已讓兒子受痛，忙扯了個由頭回道：「回祖母，誠哥兒正出牙怪痛的，總要哭上兩、三聲，孫媳這都愁壞了。」

姚蔣氏便吩咐廖嬤嬤將誠哥兒抱到她懷裡，哄了幾聲，將身上的一個翡翠玉鐲給誠哥兒拿手上玩，一邊道：「這次為著老身的壽辰，老二媳婦和老五媳婦都帶著孩子們趕回來給我祝壽，這是妳們的孝心，老身受著。」

二太太和五太太都站起來道不敢，五太太更是笑道：「娘這是折煞我們了，給您祝壽是我們的孝道，可惜老爺請不了假回不來，囑咐我必定要給老太太多磕幾個頭當作給您的孝心呢！」

想起最疼愛的小兒子，姚蔣氏真心實意地笑了，對五太太和顏悅色道：「難為你們山長水遠地從京城回來，就快要過年，老大媳婦辛苦些，替老二和老五媳婦看看還有什麼要添加的，這回你們就在老宅安頓下來。孩子們也都大了，姚氏家學過完年就要開學，望妳們多用心督促小子們讀書，缺什麼直管找妳大嫂要，可不准虧了我的孫子們。」

這話猶如一記重錘砸下，二太太和五太太是面面相覷，她們都隨夫在任上風風光光地做官家夫人，又沒有婆母在頭上壓著。這下好了，回了老宅，老太太不放人回夫君身邊，那還得了？只是姚蔣氏積威甚重，兩人不敢有絲毫違逆之意，只得應是。

大太太頓時有了危機感，這下子五房媳婦齊聚，身分上只有自己是白身，大老爺在讀書上不濟，就是庶務也管得不甚好，唯在女色上頭是十足有勁頭，大太太往姜氏身上瞥了眼，這事怕是跟三房脫不了干係。

四太太見姚蔣氏要留下二太太和五太太，等著看好戲的神情一閃而過，她是庶媳，姨娘傅氏早就去世了，這幾房嫡媳哪一個是省油的燈，她掩去神情，低垂著頭，盯著手上的帕子彷彿要瞧出個洞來。

而姜氏聽到姚蔣氏的吩咐，自是聯想到娘家的禍事。將五房兒女和媳婦都拘在老宅，這等於是在防備事態朝著不可預測的方向發生，而做出的保全之策，姜氏臉色灰敗，只怕姜家此次難逃大難。

姚蔣氏將幾房媳婦的神情盡收眼中，也不管各人反應如何，又出聲道：「至於女孩子們，出了正月就開始由女先生教導功課，可妳們做娘的也少不了要督促她們針線女紅，女子柔順賢德，方是大家風範，望爾等謹記，方不辱我姚氏書香之名。」

眾人皆起身恭敬稱是，可心裡卻著實翻騰起來，幾人聯想到姜氏去老太爺外書房之事，就都把眼睛瞄向姜氏。姚蔣氏端起茶盅舒心地飲了口香茗，心道，姜氏妳就等著吧！

姜氏意識到事態嚴重，離開蘊福堂後，急急吩咐孫嬤嬤將張順請來芙蓉院，姚姒光明正大地坐在姜氏旁邊不挪動，也不管孫嬤嬤頻頻朝她睃眼。

張順來得很快，姜氏將姚蔣氏留下二太太、五太太兩房人在老宅的用意告訴張順，十分憂心地遞給他一個楠木小匣子，囑咐道：「這是五萬兩銀票，你速速帶著回京去，我另使人跟著你一同去京中，你只管差使他，到了京裡儘管使銀子往獄裡打點，只要保得爹娘、哥哥嫂子人不受苦便好，後頭我再想法子。」

張順沒想到能得姜氏這般重託，他本是豪爽之人，也不推託，接過匣子就鄭重道：「姑奶奶這般信任小的，小的定當盡力，請姑奶奶放心，小的這就啟程回京。」

姜氏起身對張順福了一禮，張順連忙避開不受禮。

姜氏又道：「恩公的大義，姜氏銘記在心，我姜氏一門都感念你的恩情，本該我和你一同去京城的，只是老太太必不會放人，我這裡一時半會兒的想不到更好的法子，你且先回京裡打點，若是我姜家真有不測，恩公只管自行離去，再不必回來我這裡，謝過恩公了！」

張順忙道不敢，直稱會全力在京裡打點，若是有進展，到時會叫人送信回來。

姚姒很贊同姜氏的決定，先讓張順回京中打點，若姜家還是同上一世那般，姜閣老在獄中自盡，其他人皆流放瓊州島，那麼能保全姜家平安到達流放地，是少不了銀子的；再者時間上非常趕，姜氏能下決定先行營救，這是最好不過的。

第六章　各房心思

待張順離開芙蓉院，姚姒悄悄追上他，有紅櫻、綠蕉把風，姚姒將準備好給姜閣老的一封信親自交予他，叮囑他務必要送到姜閣老手上。「拜託張叔了，無論如何都要想辦法送到外祖父手中。」

張順望著還不及自己一半高的小姑娘，這麼鄭重其事地囑咐他，神情像個成熟的大人般含著焦慮與期盼，張順鬼使神差地作了個決定，他把書信收進懷中後放眼四望，眼見無人便飛快掏出一封封好無落款信件交到姚姒手上，姚姒眼疾手快地將信掩在袖中，很是能意會他的舉動。

見她這般機敏聰慧，這個憨厚的大個子露出真心笑意，低聲道：「老太爺出事前交付給我的密信，信的事能不讓姑奶奶知道最好，這也是保全姑奶奶之意，這是我和表小姐之間的小秘密，表小姐能替我好好保管嗎？」

真把她當小孩子了，她心下有些不自然，黑幽幽的眼睛向他眨了下，細聲道：「既是我們之間的小秘密，肯定不會讓第三人知道。」接著她拉了一下他的袖子示意他彎腰，飛快地貼近他的耳邊說了句：「小心我祖父。」

就在張順驚訝的神情中，姚姒已離開三步遠，語氣平常道：「張叔這一路辛苦，萬萬要小心，不管如何，我娘和我都謝您這份大義！」

張順鄭重道：「表小姐放心，小的省得。」

姚姒收了密信，並未再往姜氏跟前湊，她帶著紅櫻、綠蕉回了雁回居。雁回居是芙蓉院正堂的西廂房，姚姒便在這裡起居，三人進了裡屋，姚姒示意小丫頭們都下去，獨留三人說話。

「剛才的事妳們都看到了，我娘那邊若是問起，妳們要怎麼回話？」姚姒對姜氏給的兩個貼身丫鬟觀察了好幾天，紅櫻十四歲，比綠蕉大一歲，兩人都是姜氏的陪房所生，她們自七、八歲便在姜氏身邊當差，二人話不多，行事也透著大家婢的章法。

紅櫻、綠蕉實在沒想到姚姒會忽然發難，她的話透著股威壓，哪像是這個年歲該有的模樣，二人隨即明白，這是在逼她們表忠心，她倆雖是之前侍候姜氏的，但也知道小姐人雖小卻十分聰慧，跟著這樣的主子也是她們的造化，兩人遂連忙跪地磕頭。「奴婢兩個是侍候小姐的，自是一切事情聽小姐的意思，今兒的事奴婢只是陪小姐在院子裡走了會，再無其他事，若是三太太問起也是這話。」

綠蕉也道：「紅櫻姊姊的話也正是奴婢要說的，小姐不必疑我們的忠心，我們的爹娘都是太太的陪房，我們打小就在太太身邊服侍，得太太信任，將我們二人給小姐，往後的主子就是小姐。」

紅櫻聰明，綠蕉機靈，這幾日見她二人處事便看得出性子，姜氏為她真是樣樣妥貼。

姚姒親自扶起二人。「二位姊姊的為人我是知道的，咱們這裡不比別處，這府上其他幾房待咱們三房如何，妳們跟在我娘身邊也曾目睹，這些日子發生許多事，我娘操碎了心，我也一日日大了，不說替我娘分憂，至少不至於發生先前的事。二位姊姊若是願意，便將我生病前後府裡的動向一一說給我聽，我心裡也有個底，二位姊姊將雁回居給我守好了，也是替我娘分憂，往後有我的好，也自是不會虧了妳們。」

二人連道不敢，對視一眼，紅櫻上前一步道：「奴婢長綠蕉妹妹一歲，便由奴婢回小姐的話吧。」綠蕉見姚姒點頭，自發去門邊守著。

姚姒心裡暗嘆姜氏治下嚴謹會教人，前世姜氏將她護得太好，以至於母親去了她再無所依。人不可能永遠依賴別人，姜氏從前是她的依靠，往後她得成為姜氏的依靠。

紅櫻將她生病前後府裡的動向以及姜氏的狀況都細細道來，姚姒不禁心驚肉跳，如若她這場病沒撐過來，姜氏既受老太太的厭惡，她自己也會萬念俱灰。三房一下子就沒了主事人……好深的算計，這招借刀殺人，一石二鳥之計使得真真好，一想到這等陰險之人就藏在這些熟人中，姚姒便不寒而慄。到底是誰呢？可以確定的是絕對不是大太太幹的。

柳筍曾教過她，一件事情實在找不著頭緒時，那麼就看這事背後誰最受益，這人嫌疑最大。如果真的如她猜想這般，誰最受益已經不難猜出了。

沒想到她的膽子真大，這些年來錢姨娘絕不像表面上伏低做小，時而翻個小風浪讓姜氏放鬆警惕而已，看來姜氏和她都大意了。

姚姒又問了春華、碧珠現在何處，聽紅櫻說被孫嬤嬤送到秦婆子莊子上去了，姚姒便沒再追問，她賞了紅櫻、綠蕉各一支金釵和二兩銀子，二人感激地磕頭，她受了禮，往後便主僕一心。所謂籠絡人，不外乎打一棒子給個甜棗，主僕間的情誼也是要時間培養的。姚姒深知，是以重新安排了二人的職司，往後紅櫻守內，綠蕉對外，二人俱應是。

姜氏聽說小女兒重新安排了紅櫻和綠蕉的職司，又聽說她帶著二人在屋裡說了好大會子話，並賞給二人不少東西，姜氏難得露出笑容，孫嬤嬤也老懷甚慰，小姐真的長大，知道如何治下了。

卻說幾房太太自姚蔣氏屋裡請安回去後，個個是心緒難平，都找了自己的心腹嬤嬤密談。

大太太回到茗翠院，氣得摔了個粉彩茶盅，對心腹劉嬤嬤道：「當這個家有多難妳是知道的，如今白身的只有我一個，一個姜氏已難以對付，二弟妹和五弟妹若是住個一年半載的，我好吃好喝供著也就是了，可若就此在老宅住下，往後人多口雜，那兩個哪是省油的燈啊？眼看著二房的遠哥兒、婷姊兒就要定下親事，二弟妹是個雁過拔毛的，想她出錢為庶子娶媳婦哪有可能？婷姊兒是嫡女，這哪頭都是要錢開銷，老太太疼婷姊兒，又是個事事要臉面好看的，這些都是在花我泰哥兒和瑞哥兒的身家啊，哎喲簡直是要我的肉了。」

劉嬤嬤心想，您就將姚府的家產打心底以為是泰哥兒和瑞哥兒的了，花自己兒子的銀子替別人辦事當然心肝兒疼，可問題是老太爺和老太太都還在，這個家說到底還不是大房的呢。可這話她也只敢在心裡說說，嘴上還是勸道：「太太，左右是二房要娶媳婦嫁女兒，公中歷來有例可循，您只要按例操辦，也花不了多少銀子，再說一個庶子老太太也看不上，就是婷姊兒，自有老太太的私己和二太太的嫁妝貼進去，您又何必多操心呢？」

「話是這麼說，可我這心裡就是不平，憑什麼她們在外撈銀子攢私房，就咱們死守著這一畝三分地，偏大老爺又指望不上，我的命苦啊！」

劉嬤嬤這回不出聲了，一說到大老爺無能又風流的事，那是一天一夜都說不完的，說來說去，大太太無非是嫉妒那三個身為官夫人的弟媳罷了。

且說二太太韋氏回了寶華院，就與二奶奶小蔣氏關起門來說話。

二太太臉上帶著喜氣，拉著小蔣氏道：「這回咱們暫時不回泉州也好，遠哥兒和婷姊兒眼看著親事就要定下，遠哥兒一介庶子，無非是公中出銀子辦親事，我也不甚操心，只我的婷姊兒，這嫁妝咱們得好好合計合計；還有娓姊兒的，也得開始備下。婷姊兒一向得老太太喜愛，這幾日我抽個空將婷姊兒的親事往老太太那兒提上一提，老太太怕是首肯的，到時妳幫娘在老太太那邊做做樣子哭窮，老太太沒有不多出私己替婷姊兒添妝的。」

二奶奶小蔣氏是姚蔣氏娘家姪孫女，這門親事還是姚蔣氏作的主。

這些年姚家步步高陞，只蔣家日漸沒落，按理二老爺任泉州同知，二爺姚博明是二老爺的嫡長子，何況姚博明已是秀才，能嫁到這樣的人家算是小蔣氏高攀，是以她自嫁過來後，明知韋氏喜算計又吝嗇，她也只有忍氣吞聲的分兒，此刻竟然出餿主意要她去老太太面前哭窮替小姑子要嫁妝，虧她這婆婆想得出來。

小蔣氏正在思量怎麼推託，卻不想二太太將她勉強的神情看在眼裡，頗有些不忿道：「今兒誠哥兒這一哭鬧，大太太是心肝肉地哄呀，也不知我有沒有這福氣，妳說妳這肚子怎地就沒消息呢？這都成親兩年多了。」

這是小蔣氏的軟肋，被二太太時不時拿出來要脅一下，她頓時冒出一身冷汗。二太太生了兩子兩女，庶出的又有兩子一女，加上二老爺不喜二太太對姨娘庶出子女手段小氣，一直不大待見她。是以小蔣氏嫁進來，雖然二太太也給了兩個婢女做通房，但正妻未生，通房是不能懷孕的，若是二太太一個不耐煩，以她兩年未有所出而停了通房的無子藥，那真是哭都沒處哭去。

二奶奶當即橫下心道：「娘放心，婷姊兒是我的嫡親小姑，她嫁妝豐厚嫁得如意，我這做嫂子的只有替她高興的，只是娘也知道，我的陪嫁本來就不豐，要不我都想給婷姊兒和娓姊兒多添些妝呢。」

見兒媳婦又是哭窮這招，生怕她這婆婆惦記她那可憐的嫁妝，二太太不耐道：「行了，也別在我面前哭窮了，要真想婷姊兒好，那就多往老太太那邊使力，娘可全看妳的了。」

二奶奶擦了把冷汗，連聲應是。

要說最不樂意在老宅住下的，非五太太莫屬。五太太自小長在京城，她父親如今官拜京兆府尹，兄弟又在禮部任職，加上丈夫五老爺任吏部給事中，大小也是個實權官，在京裡她是如魚得水般自在，哪像在這老宅，吃穿用度一概沒法跟京城比不說，她頭上還有一坐大山要奉承，她是樣樣都覺不如意，只是老太太發了話要她留下，她也只得先留下再打算，反正丈夫那邊她已去信，叫他想辦法接她回京城去。

只是她這一不在，家裡幾個姨娘通房那不上了天去，一想到那些個狐媚子她就抓心撓肺的不舒坦，若不是她這些年看得緊，只怕也要像大房一樣滿院子的庶子庶女了。

想到這兒她不禁羨慕起三太太來，三房如今只有兩個姨娘和兩個嫡女、一個庶女。沒兒子怕什麼，到時從五老爺這幾兄弟中過繼一個去承繼家業也是行的，反正她有三個嫡子，看三老爺如今仕途順遂，指不定將來有入閣拜相的可能，若是能將她的一個兒子過繼給三老爺，那三房等於也就是她的了。

五太太思量許久，喊了她的貼身丫鬟翡翠進來。過沒幾天，翡翠就被五太太抬為姨娘，帶著五太太交代的任務上京去了。

這府裡各房人的心思，姜氏自是猜不到的。午歇剛過，四太太盧氏帶著嫡出的六小姐姚姮、九小姐姚嬌來芙蓉院串門了，四太太在姚蔣氏面前木訥恭順，雖說沒多大脾性，但也只有四太太與姜氏來往得多些。

無事不登三寶殿，姜氏見四太太盧氏帶姚姮、姚嬌來看望姚姒，也領她這份情，喚了錦香去暖閣侍候著這三姊妹，她與四太太則在內室說話。

四太太瞥眼見姜氏身邊只有孫嬤嬤和錦蓉在，她自己帶著丫鬟憐兒，便放心低聲道：「看姒姊兒這模樣，是大好了吧，前兒可真真是嚇壞人，我同四老爺還說，三嫂一向待人好，又一心向佛，姒姊兒應得到福報，這不果真是大安了，我這心也放回肚子裡了。」

「勞四弟妹有心，姒姊兒身子骨打小就不好，這些年雖精細養著，到底比不得姮姊兒、嬌姊兒康健，我這都愁煞了。」姜氏順著她的話頭，適當地表達了謝意，旁的也不多說。

當真是滴水不漏，她就不信姜氏不知道姒姊兒這次病得古怪。她有心想要姜氏領她這份人情，便故作神秘道：「我前兒個聽到件事，也不知道當不當得真。三嫂是知道的，姮姊兒她爹管著咱們府裡的藥材和茶葉鋪子，這彰州地兒說大也不大，有個坐堂大夫前兒與姮姊兒她爹喝酒喝高了些，透了句話風，說是姒姊兒這病本來也不大，吃幾帖藥休養個幾日也就好了，如之前那日水米不進的暈過去卻是有些古怪。那大夫便說，除非姒姊兒的藥裡面加了點東西，不過那放藥之人顯然深諳藥性，放的分量也拿捏得當，若是再吃個一、兩日，姒姊兒怕是危險了。」

若是姒姊兒在老太太的壽辰當日沒了，老太太一向不待見她……姜氏掐斷後頭的想法，驚出一身冷汗來。

「四弟妹這話可當真？究竟是哪個喪了天良的來害我的姒姊兒？」姜氏激動得眼眶通紅，雖查到小女兒的病有貓膩，卻苦無證據，事後竟連藥渣都找不到，她便坐實了有人要害小女兒。今日聽四太太這麼說，不禁心下怒氣翻騰，直想將那害人之徒千刀萬剮猶不解恨。

姚姒在暖閣裡和兩位堂姊雖在說針線上的事，可豎起的耳朵一直聽著外面的動靜，姜氏這一句話她是聽得清清楚楚，真沒想到，四太太深藏不露，有本事將一向沈穩的姜氏激得失了言行，她不禁思索著四太太這般動作的深意。

四太太盧氏是庶媳，四老爺雖不走讀書一途，可做生意頗有一手，很是得老太爺器重。府裡大老爺只是個花架子，拈花惹草有他的分，看帳做生意怕是半吊子不通，姚蔣氏也對這庶子很是忌憚，奈何有老太爺明裡護著，姚蔣氏也不敢有所動作，暗裡對四房一家子很是不喜。

如今四太太就她的事來賣姜氏這個人情，怎麼看都有些私心在裡頭。姚姒想了想，隱約猜出些四房的意圖來，沒有什麼能比看著姚蔣氏嫡出的幾房窩裡鬥更舒心的了，這只怕就是四太太的目的，水攪渾了看戲才過癮。

看來這府裡的牛鬼蛇神不少，各人都有圖謀，這姚府錦繡堆裡是越來越精采了。

四太太走後，孫嬤嬤見姜氏臉上隱有怒氣，不由得心疼，這事是一樁一件的出，真個沒完沒了了不成？

姜氏自己亦是細細思量半天，也排除了大太太作怪的可能。她與大太太妯娌十幾年，大太太那人的脾性還是摸得清幾分的，但若不是大太太又是誰在作怪？姜氏把府裡的主子個個都想了遍，似乎都沒有要加害小女兒的可能……難道是她？姜氏往重芳齋的方向望過去，只見院門緊閉，和裡面的主子一樣低調。

姚姒順著姜氏的方向望過去，心下明白姜氏起了疑心，這下可好，她正愁該如何讓母親對錢姨娘提高警惕，沒想到瞌睡來了就有人遞枕頭，四太太盧氏不管是什麼用心，倒是幫了她大忙了。

第七章 剋扣用度

也不知是哪處走了風聲，三太太娘家姜家出事的消息很快在姚府傳開，早上去請安時，大太太裝模作樣地安慰了幾句。「這麼大的事虧得三弟妹瞞得實，現如今三弟妹可要想開些才好，罪不及出嫁女，三弟妹現在算是姚家人了。」

大太太不想著安慰幾句，偏落井下石嘲笑一番，姜氏本想好好回敬她幾句的，姚姒扯了扯她的衣袖，姜氏這才穩住心神回道：「我娘家的事就不勞大嫂煩心了。」

姚蔣氏在明面上是不許兒媳婦們當著下人的面吵嘴的，對著大太太她不悅地哼道：「行了，都少說兩句，雖說是老三媳婦娘家的事，可到底是咱們家親家，妳們做主子的可要管好下人的嘴，若是再讓我聽到議論紛紛，便是大媳婦妳管家不嚴之過。」

姚蔣氏當面給大太太沒臉，二太太韋氏和五太太崔氏都是看戲不怕臺高的人，老太太和姜氏之間的恩怨大家都知道得一清二楚，老太太這招真毒，大太太是個什麼樣的人誰不知道，器量小受不得氣，稍一挑撥就成事，這一回她定是恨姜氏讓她在這麼多人面前沒臉，指不定後面又使什麼絆子呢。兩人相視一笑，隱有些看戲的神情。

四太太盧氏到底與姜氏有些交情，同情地對姜氏使了個安慰的眼神，姜氏眼眶泛紅地點了點頭。

姚姒喚了紅櫻和綠蕉進來，昨兒她安排了些事情給她倆去辦，今日應該都得了消息。

綠蕉先回話。「小姐，奴婢有個說得上話的小姊妹叫五兒，五兒因為說話不靈光常被人欺負，有一次我幫了五兒一把，她與我便一直有來往，我將意思說給她聽，五兒答應，只要大老爺趁老太太不在時進蘊福堂，她就會使人給咱們報信，我給了她一支銀釵和幾身衣裳，她推說不要，還是我硬塞她才收下了。小姐放心，這事奴婢給您留心著呢。」

「好個綠蕉，多虧了妳這憐貧惜小的善念，老太太的院子油鹽不進，倒真是為難妳了。好丫頭，將來嫁妝少不了妳的。」姚姒打趣道，說到嫁妝綠蕉臉都紅了。

「好個小姐，奴婢給您跑腿，您倒打趣起奴婢來了！」

「是說真的，這幾年我少不了妳們，再過幾年一定會給妳們倆找個好婆家，一份厚嫁妝小姐我還出得起的。」姚姒含笑望著這兩個臉皮薄的丫鬟，真心許諾。

她們家小姐人雖小但說到許人家的事自然得很，把兩個丫頭羞紅了臉。

姚姒又問起了紅櫻，紅櫻眉頭微皺，想到遭廖嬤嬤的大兒子金生調戲，言語間便沒那麼自然。「小姐，打探錢姨娘老家的事，我已捎信給我哥哥去辦，雙陽縣離咱們這裡較遠，消息怕是沒這麼快傳進來。大廚房裡管食材的桑大娘是我爹的表妹，錢姨娘的食材和藥材都是從大廚房取的，然後在她的院裡用小爐子煲湯，再拿到咱們正房來給太太。只是奴婢疑惑，錢姨娘未必會用取回去的藥材和食材，她身邊的柳嬤嬤向來會奉承廖嬤嬤，她要進進出出的買些什麼不打眼的東西，門房也不大清楚。」

姚姒認真聽著，當然也沒錯過紅櫻皺眉頭的動作，她關心問：「我見妳剛才皺眉，可是出了什麼事情？」

紅櫻有些委屈，她娘是姜氏的陪嫁丫頭，後來嫁給姚府布料鋪子裡的一個二管事，她從前在家也是哥哥們寵大的，今兒吃了這麼個暗虧，這麼沒臉的事，又怎麼說得出口？

姚姒可以肯定紅櫻遇著事了，她嘆了口氣道：「妳們是我跟前的貼身丫鬟，妳們的臉面就是我的臉面，誰欺負了妳，我必然要替妳討公道的，即便我年紀小，還有我娘在呢，說說，這是怎麼了？」

紅櫻這才羞愧道：「奴婢去找桑大娘時，叫大老爺身邊的長隨金生給撞著了，他是廖嬤嬤的大兒子，一向在大老爺身邊做些雞鳴狗盜的事，奴婢當時賠禮道歉，卻叫他……」

「叫他輕薄了可是？」大老爺這些年越發糊塗風流起來，什麼香的臭的只要看上眼了，怎麼著都要討上手，他身邊的金生仗著廖嬤嬤和大老爺的勢，混帳事是沒少幹。尤其紅櫻長得漂亮，那一身細白嫩膚，怎麼看怎麼美。

「這麼個下作東西，讓妳受委屈了。往後見著他就繞道走，別叫他再見到妳，他若是有膽子來求妳，我娘也不是吃素的。」姚姒起身安慰，又賞了她兩日假家去。

紅櫻推說不用，姚姒握住她的手道：「紅櫻姊姊別推託，這麼個暗虧咱們往後一定會給妳討回來的。」

紅櫻淚盈於睫，點頭應是。

轉眼到了臘月十八，張順走了有十一天，姜氏眉頭日漸深鎖，這般耗心憂思下，終是病倒了。姜氏歷來有偏頭痛的毛病，這陣子痛得更頻繁了，又受了些風寒發起燒來。

姜氏病中受不得吵，姚姒乾脆搬到正院住在暖閣裡照顧她，雖說是照顧，也不過是陪母親說說話，旁的服侍姜氏一概不讓她插手，自是有錦蓉和錦香照料。其實姚姒也是心急如焚，張順搭快船北上，水上行程只要五、六天就可到天津，再由天津快馬上京，也就三、四天的路程，這麼算下來，張順應該已到了京城，可姜氏一門到底是何狀況，她們母女一概不知，只能苦苦等待。

其間錢姨娘提了幾回湯湯水水的，都叫孫嬤嬤給打發了，錢姨娘便未再來過，姜氏讓丫鬟給她傳話，免了她的請安，讓她在自己院裡待著，沒事不要出去。這算是禁了她的足，錢姨娘笑著應了，回到重芳齋，轉頭就使柳嬤嬤去找廖嬤嬤。

重芳齋的事瞞不過正院，柳嬤嬤過了個把時辰才回來，錦蓉往廊下站了片刻，便有個小丫頭上前來和她說了會話，轉頭錦蓉就把聽到的事都說給孫嬤嬤聽。

姜氏病中受不得吵，孫嬤嬤在屋外見姚姒眼兒睜得圓溜，她有心教她知曉些內院的事，便道：「一個妾室，總在府裡勾三搭四的，要給她沒臉還不是太太一句話的事，小姐記著，姨娘什麼的就是個玩意兒，她的命都在主母手上吊著。」

孫嬤嬤的話透著對姨娘妾室的輕蔑，可姚姒卻不想這麼輕易除掉錢姨娘，有許多謎團還未解開，上一世姜氏的死到底錢姨娘扮了什麼角色？

知道錢姨娘的院子有正院安插的人，姚姒也就不用自己想辦法，要什麼消息直接問錦蓉便是。

屋裡在說著話，忽地錦香撩了簾子臉色不忿地進來，見了孫嬤嬤便抱怨。「這幫勢利小人，咱們院裡的月例銀子這都遲了好幾天，我剛才出去一問，別的幾房都發了，就咱們這兒剛剛才使人送來，奴婢接過一看，都是些成色不好的碎銀子。這且不說，卻有更氣人的事，剛才送來的炭我看過了，每個院的銀霜炭是定例五十斤，今兒送來的炭不光成色不好，還短少了十斤，我問是不是弄錯了，送炭的焦大娘嗤嗤地笑說沒錯，因著府裡前兒操辦壽宴，如今又到年關，所以每個院都要減省些，我剛才出去打聽了會，哪裡是每個院都減少，明明獨咱們芙蓉院裡的東西缺斤短兩的，還遭那幫小人的白眼，可不是氣死我了。」

姚姒與孫嬤嬤面面相覷，大太太的報復來得快，偏是些上不得檯面的小手段，叫人認真計較吧，卻為這些小事去鬧，丟的還是自己的顏面；不去理會吧，又叫底下人不忿。

孫嬤嬤到底薑是老的辣，喝斥了錦香。「瞎嚷嚷什麼呢，太太還病著禁不得吵，妳這丫頭忠心是忠心，卻氣性大，就這麼點芝麻綠豆的小事也經得妳這通脾氣。」一見錦香委屈，孫嬤嬤放軟語氣道：「那位也一向就這麼個脾氣，咱們太太心胸寬不計較，真要跟她槓上也是徒讓人看笑話。一會兒妳從我這兒支一百兩銀子，就到年關了，一等丫鬟每人發五兩銀當作這一年的辛苦費，二等是三兩，三等的一律兩千大錢。記住了，都給我閉緊嘴巴，咱們院子裡的事一個字也別外漏，叫她們也別在外頭說嘴，若是被我聽到半句，芙蓉院可容不得她。」

錦香自是應是，從孫嬤嬤處支了銀子，便笑嘻嘻地出去了。

孫嬤嬤轉頭慈愛地對姚姒道：「要小姐辛苦了，這麼小就要學內院手段。需知太太一生要強，治下雖嚴，可手頭一向大方，對下頭人一向是剛柔並濟，咱們院子裡這才安逸不少，如何用人，老奴慢慢地都教給小姐，省得將來到了婆家受欺負。」

姚姒汗顏，真有報應一說，她前幾日才打趣過她的丫鬟，今兒輪到她被孫嬤嬤打趣了，紅櫻和綠蕉捂著嘴偷偷地笑。

大太太剋扣三房用度的事，自是沒讓姜氏知曉，這日傍晚請過晚安後，姚姒以請教針線上的事為由，厚臉皮地踏進了姚姞的怡然樓。

姚姞的針線功夫十分俊，看過她繡的花都讚嘆，尤其是給老太太做的鞋那才叫精細。姚姒其實是心疼這位姊姊的，姚蔣氏屋裡多的是丫頭婆子，府裡還有針線房，姚姞每季做四雙鞋給老太太，如何教人不心酸？大太太明著剋扣三房用度，身為三房的嫡長女姚姞，極有可能被牽連，雖說她養在老太太身邊，可明眼人都看得出來，老太太待這孫女怕也只是個面子情，這些小事哪有心去管。姚姞是個心氣高的，敏感又脆弱，若是受了欺負，怕是會擱在心裡悶聲不說出來。

姚姑對姚姒的不請自來訝異不已，心下說不出是欣喜多些還是惱怒多些，想到上次她騙自己去芙蓉院的事，還耿耿於懷，見妹妹腆著臉，她面上卻是淡淡的。

姚姒有心想修復與親姊的關係，自是將姿態擺得低，進門就拉著姚姑的手，雙眼不經意地打量她屋裡的擺設，床幔桌椅都已老舊，窗上糊的還是去年時興的高麗紙。

她心裡再不好受，掩了心思，和姚姑坐下後，就軟聲道：「姊姊還在為上次的事生氣嗎？妹妹今日來實是給姊姊道歉的。是我的不是，以己度人，若我是姊姊也會生氣，今兒來是想看看姊姊，快過年了，屋裡的東西可都齊全？」

姚姑心知姚姒並非是來問她這些事情的，看她手上拿著繡花框，心中有數，怕是叫外人看著也只是猜測姊妹間尋常走動。俗話說伸手不打笑臉人，姚姑對這位妹妹倒也真心生不起氣來，可叫她就這麼算了，跟她平心靜氣地處著，她也做不到，遂板起臉冷道：「既道過了歉就走吧，我這裡也有事要忙，就不留妳了。」

「別呀，姊姊，妳瞧，我連繡花框和針線都帶來了，我聽人說姊姊的活計做得好看，妹妹人蠢手笨的，今兒特地來請教姊姊一二。平時還有娘在旁邊瞧著，如今娘生病了，這些日子反覆發燒，娘一向有偏頭痛的頑疾，又有外祖父家裡的事，這回我怕娘撐不住。」

姚姒邊說邊覷著眼瞧她，見她面上不顯，雙手卻無意識絞著帕子，心知這位姊姊心地善良，只怕還是關心姜氏的。

「娘」這個多親密的稱呼，姚姑一時間心緒大慟，有怨恨，有念想，複雜莫名的情緒混在一起，實在叫人難受。半晌她才冷聲回道：「跟我說這話做甚，她病了我又不是大夫，我人小力弱，妳也看到了，我這裡長年沒幾個客人，恕我也幫不上什麼忙，妳若沒事，還是回去吧。」她大呼了幾口氣，這才壓下翻滾的思緒，負氣說出這些話來，心裡卻揪著疼。

姚似也不點破，嘆道：「反正我人已經來了，姊姊可得好好指點我。」

姚姑頭痛，心想著這麼個黏纏的人兒，哪有姜氏半點的端方，她心下一嘆，既然趕不走，那就隨便教她點針線再打發吧。

姚似實在不是個好學生，針線上的功夫十分疏懶，姚姑讓她隨便繡朵花兒吧，她將線頭纏在一處沒法分開不說，最後繡成一朵說是紅梅實則像狗腳印的東西，令姚姑撫額大嘆，這這……真是糟蹋東西！

姚姑讓她重繡，一邊講一邊動手親自教她，姚似雖在聽，可眼睛卻瞄到姚姑手指頭上的老繭，她的手也略微粗糙，頓時心頭發酸，更加憐惜這位親姊姊。

她一把捉住姚姑的手，一邊輕聲道：「當時很疼吧，這麼厚的老繭到底是做了多少針線活？妳是咱們三房的嫡長女，論尊貴她們都比不過妳，將來嫁人難道還親自做針線活不成？那咱們養著那麼多丫鬟是做什麼的？姊姊，娘當妳是心頭寶，她雖不能來看妳，卻讓蘭嬤嬤好生照顧妳，可她們怎麼能這樣待妳？這些年姊姊受苦了。」

姚姑一把奪回自己的雙手，眼淚不爭氣地落下來，背過身道：「若妳是來替她當說客的，那以後也別再來怡然樓了，我這裡不歡迎妳。」

「姊姊，天下無不是的母親，這裡頭的恩怨妳也知道，到底誰是誰非，姊姊讀過書明道理，心裡自是清楚，我不替娘說話，因為她也是受害者，天底下沒有人願意骨肉分離的。」

姊妹倆最後不歡而散，姚姞躲在內室床榻上無聲地哭，蘭嬤嬤進來摟著她安慰，將姚姒給了她五百兩銀子的事說給她聽，姚姞哭得更厲害了。

過了兩、三日，姜氏的風寒稍緩，便問起這幾日芙蓉院的事務。

孫嬤嬤並未將大太太剋扣之事隱瞞，姜氏聽了面無表情，想是她心裡有數，大太太這麼做也不是一次兩次了。

姚姒乘機將紅櫻被金生欺負的事說給母親聽，姜氏臉上閃過厭惡之色，交代孫嬤嬤，不管誰來說紅櫻的事，直接打發回去。這天殺的下三濫，小姐的貼身丫鬟也是他妄想的？

姚姒心下對母親愧疚，只是不在姜氏這裡吹吹耳風，到時若金生真的來芙蓉院要紅櫻，免得姜氏誤會她身邊的丫鬟不檢點，其實她知道姜氏還是心病居多，為母則強，她希望姜氏快快好起來。

姜氏身子稍有起色，便帶著姚姒、姚嫻去蘊福堂請安。剛跨進正院門，就看到大老爺站在廊下朝內室張望，簾子半開，一雙色咪咪的眼盯在秋菊身上挪不開，秋菊渾似無所覺，屋裡人多，秋菊忙得團團轉，屋裡太太奶奶們都在，成年的哥兒們都挪到旁邊的東廂房去等，卻不知大老爺這會兒在廊外偷窺美色。

姜氏也不點破，朝大老爺福身。「大伯怎地不進去？」

「是三弟妹呀！」大老爺這才發覺姜氏母女立在身後，頗不自然地笑道：「裡頭都是些娘們在，我一大老爺們就在這裡等也罷。」

就這德行，怕是又惦記上哪個俏丫鬟呢！錦蓉打了簾子，姜氏看到屋裡稍有顏色的丫鬟便只得秋菊一個，心下瞭然。

屋裡小丫頭來報說是老太爺和老太太起身了，大老爺這才回了裡間，還喊了秋菊要茶。上茶這等小事一向是小丫頭們做的，可大老爺點名吩咐她，她也只得托了茶盤給大老爺上茶，順帶也給四老爺上茶。

大老爺趁秋菊端茶時悄悄摸了把她的手，眾目睽睽之下，秋菊低著頭身子顫抖了下，不動聲色托著茶盤往四老爺那邊去。

姚姒暗中嗤了下，再看大太太，正笑盈盈地同二太太說著家常，顯是沒注意到大老爺的動作。

眾人行過禮請了安，姚蔣氏並未留膳，各房便散了。大老爺的插曲讓姚姒留了心，悄聲吩咐綠蕉讓五兒看緊點。

第八章　大老爺起色心

轉眼到了臘月二十三，俗話說「官三民四船五」（注），姚府算得上是官紳之家，因此小年一向是臘月二十三這一日，府裡開始掃塵和祭灶神。

姜氏母女請安回來，孫嬷嬷已經帶著丫頭婆子們忙活起來。姚嫻看了眼正院的熱鬧，再一想重芳齋的冷清，不禁對嫡母姜氏又添了重恨，她姨娘不過是想著給姜氏侍疾，哪知好心沒好報，反倒被禁足，這個毒婦！

她心裡這般想，臉上卻端著溫婉柔順的樣兒，將姜氏送進正房後，又小意奉承幾句，便替她姨娘求情。「母親，我姨娘掛念太太的身子，得知這幾日裡太太好了不少，姨娘很想過來給太太請安。只是上次錦香姊姊讓姨娘少出院子，姨娘真的就只在屋裡做做針線，這不剛給太太納了雙鞋呢，太太且行行好，今兒又是小年，就讓姨娘出來侍候太太吧！」

瞧瞧這嘴可真會說話，不知情的人還道她怎麼搓磨妾室呢。

姜氏也不同她計較，緩聲道：「嫻姊兒真孝順，罷了，妳姨娘誤解我不打緊，倒是嫻姊兒是個懂事的，這些日子家裡人多事也多，我是怕她衝撞了人，好心一場偏得妳姨娘不理

注：官三民四船五，古代過小年祭灶神，官家在臘月二十三日，百姓在二十四日，水上人家則是二十五日，故有此說。

解。行了，我這也得空閒出來，讓妳姨娘來趟正房吧，沒得外人聽了說我這正室動不動就禁妾室的足。」

姚嫻一口悶氣堵在心裡，明明是她禁了姨娘的足，這話怎麼聽著像是她姨娘不懂事，會在府裡得罪人？姚嫻忍得辛苦，道了謝，出了正院門，趁人不注意朝門口呸了聲，恨恨地走了。

姚姒看姜氏與姚嫻打了場嘴仗，錢姨娘就這麼給放了出來。放出來也好，她招了紅櫻來，悄聲吩咐了一些事情，紅櫻聽完眼睛都亮了。

到了中午，錢姨娘果真來正院給姜氏送了雙剛納好的鞋，又服侍姜氏用午膳，伏低做小的姿態，讓外人看了還真憐惜。孫嬤嬤是明裡暗裡都不待見她這裝模作樣，待錢姨娘一走，忙將她用過的茶盅吩咐小丫頭們多洗幾遍去去晦氣。

錢姨娘回到重芳齋，不禁思索起來，剛才出正院時，無意間瞧見紅櫻躲在一邊偷偷抹眼淚，又想到剛才在上房時，確實姒姊兒身邊只有綠蕉一個在服侍，她心思幾轉，不由一笑，正想著給正房找些不痛快，她這心才痛快些。

上次這丫頭命大死不了，姜氏那邊越發防得嚴了，這會子紅櫻肯定是受了什麼委屈才哭，說不定正好利用起來。

錢姨娘幾經思索，就差了柳嬤嬤去打聽。

果然很快就有人來向紅櫻打聽，問她是不是受了委屈，紅櫻半真半假地就說出了那日遭金生調戲的事，眼見著那丫頭得到答案，紅櫻就趕緊往姚姒身邊回話。

「奴婢故意在錢姨娘面前抹眼淚，果真重芳齋那邊就有丫頭假意尋我打絡子，見我眼睛通紅便問起來，我便要她賭咒發誓這事不許說出去，才遮遮掩掩將事說給她聽，過了個把時辰，就見柳嬤嬤悄悄地去了廖嬤嬤在外頭的宅子。」

姚姒冷笑著，果然錢姨娘是個會來事的，前幾年倒還老實，這會子可能覺得姜氏娘家出了事，是時候來找找正院的碴，給正院下臉子的事不做白不做，真是不知死活。

到了下午，姜氏接到林青山自廣州府送回來的信，她急急拆開來，看完後，失望加上怨忿在她心底縈繞許久，頓時萬念俱灰。這些年的置氣真真是可笑，別人都不在乎她，只有她是個傻的，以為他會念著年少夫妻情分，至少心裡她是有位置的。如今遭逢大難，才看清楚子非良人，他的心裡只有權勢。

姜氏無比後悔，她當初怎麼會看中如此狠心之人？她為他在老宅寂寞度日，日日侍奉公婆，安心為他打理內宅，即使被婆母奪女誣陷她也忍著，他就是這樣回報她的？

姚姒不看信也知道，三老爺定是回絕了姜氏，姜氏最後的期望落空，肯定對三老爺是失望的，看母親這樣，她怕她有個閃失，忙使眼色給孫嬤嬤。孫嬤嬤無聲地將信從姜氏手上取下放置桌上，嘆了口氣，扶著姜氏進了裡間躺下。姜氏的眼淚洶湧而至，孫嬤嬤拍著她的背無聲安慰。

姚姒拿起信紙，一行一行地看，越看心越涼。這真是做了婊子又想立牌坊，三老爺的無情讓人寒心，更替姜氏不值，這麼些年了，姜氏在老宅所受的一腔委屈該向誰訴？他的女兒他從未盡過父親之責，老丈人家出事了，他倒好，明哲保身無可厚非，可向姜閣老的對敵王氏一派投誠竟還被他說成情非得已，我呸！

柳嬤嬤趁著夜色，一身酒味地趕回重芳齋，主僕二人避著人說了會兒話，重芳齋的燈火才熄滅。與此同時，正房內室悄無聲息，姜氏睜著眼一夜到天明，將紛亂的心緒理了個透澈，天亮時分，吩咐守夜的錦香喚小丫頭來給她梳妝。

京城那邊一直沒來信，姜氏大清早招了孫嬤嬤，安排再派幾個信得過的小廝去京裡打探。孫嬤嬤見姜氏一夜未眠臉色發青，卻用了厚厚的鉛粉遮掩，老牙一咬，更加卯足了勁，提腳出去安排事情。

姚姒看著這樣的母親，心裡對三老爺的恨又添了一重。

儘管這種事旁人的勸解就如隔靴搔癢，但她還是安慰姜氏。「娘，昨兒女兒讀詩，山窮水盡疑無路，柳暗花明又一村，外祖父家的事娘盡了心，結果就看天定，娘只有我和姊姊兩個，您若不好，我和姊姊也會不好。」

「為娘都知道，姒姊兒不用擔心，娘也想明白了，往後咱們好好過日子。」姜氏摸了女兒柔軟的頭髮，苦水往肚裡嚥。

姚姒雖得了姜氏的保證，卻將她看得緊，寸步不離。姜氏哪有不明白，知道女兒貼心，心下大慰。

母女倆攜手進了蘊福堂，就見一向神采飛揚的大太太雙眼浮腫，臉上雖然撲了粉，到底看得出是哭過的。見姜氏來給她見禮，大太太嗯了聲，發現姜氏也似一夜未睡好的萎靡樣，她被大老爺傷的心就好了一半。

她皮笑肉不笑地問姜氏：「三弟妹來得晚了些，可是為娘家擔心？看這模樣好似一夜未歇，哎喲喲，三弟妹可得保重身子，妳要倒下去了，就似姊兒這風吹就倒的身子可怎麼辦呢？」

俗話說打人不打臉，大太太這話尤其誅心，真是踩著別人的痛自己樂。

饒是姜氏好脾性，都被激得臉色鐵青。「大嫂，我敬妳是長嫂，可話不能亂說，我的姒姊兒身子怎麼了？好端端的這是咒我們母女倆呢？這安的是什麼心？」

「我這可是好心提醒，妳不領情就算了，二弟妹和五弟妹來評評理，我這話可有別的意思在裡頭？」大太太被頂得有些訕訕的，立即將二太太和五太太拉進來。

二太太和五太太正看好戲，不承想被點名，畢竟是在老太太的屋子裡，鬧起來不大好看，說不定都得吃掛絡兒（注），兩人相視一眼，一人拉大太太，一人拉姜氏，小心勸解起

注：吃掛絡兒，比喻名聲受到連累而損傷。

來。

姚姒對著大太太做了個鬼臉，氣得大太太指著她就要罵，結果老太爺和老太太出來了，眾人趕緊起身行禮。

秋菊站在老太太身邊，察覺大老爺頻頻瞄向她，秋菊目不斜視地服侍老太太。大太太看大老爺這副急色樣，恨不得上前撕了秋菊那花容月貌的臉。廖嬤嬤陰笑地瞥了眼秋菊，眼裡有著濃濃的算計。

姚蔣氏咳了聲，她怎麼就生了這麼個不中用的兒子，還有大媳婦這善妒的性子真是上不得檯面。至於姜氏，挺著張青白的臉真是晦氣，大清早的就聽見兩個打嘴仗，越來越沒個樣兒了。

姚蔣氏待老太爺帶著大老爺等男丁走後，她決定敲打兩個惹是生非的媳婦。「大清早的妳們這是鬧哪一齣呢？」她睃了眼大太太。「老大媳婦，就快年關了，各處莊子上的年貨該送來了吧，怎地到今天還沒聽信兒，這個家妳也不是頭一次當，若是辦不好妳要跟我說，家裡人多起來，都指著妳過個好年呢！」

大太太忙上前認錯。「媳婦知錯了，還請娘責罰，都是我的不是，三弟妹娘家出事，我這不是擔心三弟妹的身子，說了些安慰的話，倒害得三弟妹好一番責問。」她覷了眼老太太的臉色，見她沒有發怒的跡象，趕緊回老太太莊子上的事情。「因今年天候不大好，各地的莊頭也都遞了話，最遲不超過明日便會到，娘不用擔心，媳婦特地交代幾個莊頭，緊著老太爺和老太太的口味來，也不會讓大伙兒短缺了什麼，包準咱們過個好年。」

好個倒打一耙的大太太，姜氏睃了眼姚蔣氏，想到如今多一事不如少一事，只得忍下這口氣。

姜氏忍得，姚姒更是忍得，大太太是該給些教訓了，不然沒完沒了地找母親麻煩。

姚蔣氏也只是輕輕敲打，見大太太識趣，也就放過了。對姜氏她一向在人前做得足，安慰了幾句，便讓幾房人退下。

廖嬤嬤趁著老太太午歇時，獨自去了大太太的屋子，兩個人避了丫鬟婆子說了好些話，轉頭廖嬤嬤出了茗翠院，就往芙蓉院來見姜氏。

孫嬤嬤把人迎進來，丫頭上了茶，姜氏便道：「廖嬤嬤是稀客，怎地得空過來芙蓉院，可是老太太傳話過來？」

「這倒不是，是有一樁喜事，與三太太有關。」她抬眼掃了一下堂屋，見紅櫻立在十三小姐身旁，堂屋光線足，這麼一看過去，紅櫻一身好皮肉，該凸該翹的端的是骨肉勻稱，尤其是屁股大，這樣的身子最好生養，廖嬤嬤朝她笑了笑。

紅櫻覺得自己像獵物，被廖嬤嬤志在必得地看在眼裡。

姜氏何等眼色，見廖嬤嬤如此，心裡就猜到了幾分她的意圖，於是指了紅櫻就吩咐。「姒姊兒要歇午覺了，紅櫻服侍妳小姐去。」打發了女兒和紅櫻，錦蓉隨後乖覺地給廖嬤嬤上了好些茶果點心，又親手端了盅上等鐵觀音，廖嬤嬤便有些飄飄然。

「嬤嬤嚐看看，這還是月前林知縣夫人送來的，我嚐著這味倒還好。」姜氏有心打太極，揀著不相干的話題盡繞圈子。

廖嬤嬤有些不耐煩了，覷了個空檔，將意圖說了出來。「三太太是知道的，我家那大媳婦身子不好不能生養，只可憐我那大兒都三十出頭的人，卻沒得一兒半女的，這不急煞了我這做娘的。我那大媳婦倒也賢慧，張羅了幾個通房丫頭，可我大兒看不中，這事就這麼巧，那日紅櫻姑娘去廚房，恰好撞上了我大兒，這不是天定的姻緣嘛。我兒回去呀像是著了魔，硬是磨得我來央求三太太，老奴這才腆著臉來求三太太成全。紅櫻姑娘過了門也不分大小，只要生養一兒半女的，這個家絕對就是紅櫻當。」

沒想到廖嬤嬤真來求紅櫻，姜氏早上受了大太太的好一番氣，她能忍下無非是尊大太太為長嫂，鬧開了不好看。如今倒好，一個刁奴也不把她放在眼裡了，她女兒身邊的貼身丫鬟要給一刁奴的潑皮兒子做小，真是天大的笑話。

姜氏的臉色頓時不好看了，打斷廖嬤嬤的話，毫不客氣地道：「想要娶紅櫻，那得看他配不配，莫說是做小，就是堂堂正正的大房，我也不能將紅櫻給了他，我敬嬤嬤是老人，今兒也不與嬤嬤置氣，這話我就當沒聽過，嬤嬤今後來，我自當好好招待。」

廖嬤嬤滿心以為紅櫻一個不受主子寵的丫鬟，料姜氏也不敢得罪自己，哪想姜氏不但不答應，還好一番嘲諷。她這張老臉算是丟到家了，好個姜氏，看上紅櫻是她的福氣，姜氏一介娘家失勢又不得丈夫心的內宅婦人，這場子不找回來她就不是廖嬤嬤。

廖嬤嬤灰溜溜地離了芙蓉院，姜氏只覺胸腹有一口惡氣堵著，當真是奴大欺主，連這個老貨也敢欺到三房的頭上來了。

姚姒和紅櫻哪裡在歇午覺，主僕兩人將堂屋裡的動靜聽個一清二楚。紅櫻有些忐忑不安。「小姐，這樣得罪廖嬤嬤不要緊嗎？」

「妳就把心放在肚子裡，有我娘在，妳不會去給那潑皮做小的。」姚姒帶著紅櫻出來，見姜氏猶在生氣，她是好一番地哄。

廖嬤嬤此番受了這天大的沒臉，除了深恨姜氏外，她的一番氣就怨怪在錢姨娘頭上。錢姨娘當初可是跟她打過包票的，這事也是錢姨娘起的頭，這口惡氣她怎麼也得找錢姨娘出出。

錢姨娘晚間聽到消息，知道此番心急錯估了姜氏，連帶讓廖嬤嬤怨怪自己，她深知廖嬤嬤既貪婪又自大，這樣的惡僕她這小小的姨娘自是得罪不起，為了讓廖嬤嬤消氣，她打開首飾匣子拿了根足有二兩重的赤金簪子，又開了樟木箱子取出兩疋上好的尺頭，讓柳嬤嬤連夜送給廖嬤嬤。

簪子加上料子這兩樣東西加起來也值些個錢，廖嬤嬤雖有些看不上，但好歹錢姨娘知情識趣，看在她們有些淵源，她也就勉強收了。但收了禮不代表她不生氣，錢姨娘後來又賠了不少私己，才將這老貨給哄舒坦。

錢姨娘院子裡的事沒能瞞過姚姒，原來在廖嬤嬤背後挑唆的是錢姨娘，姚姒連連冷笑，上不得檯面的東西，就只會耍些陰招，且放她們狼狽為奸一陣子。

第二日天氣晴朗，果然幾個莊頭在下午送了許多年貨來府。莊頭都是姚蔣氏的人，自然要見一見老主子的，大太太在茗翠院請老太太坐席，幾個莊頭也被大太太安了席面，姜氏不耐煩應酬，就推了去。

姚蔣氏去大太太的茗翠院坐席，大太太安排了幾個弟媳作陪，還弄了兩個清唱的堂客來湊，姚蔣氏樂得享受大兒媳的殷勤。

她把秋菊留在蘊福堂看家，只帶著秋紋和秋月在身邊服侍。席間大老爺也來敬了姚蔣氏幾杯酒，不見秋菊人影，出來便問人，知道秋菊在蘊福堂守著，遂獨自一路避了耳目溜進蘊福堂。

廖嬤嬤一向愛在府裡亂竄，姚蔣氏體諒她是老人，也不大管她。酒正酣時，廖嬤嬤來給她湊趣，又哄著姚蔣氏喝了幾杯，見姚蔣氏有些醉意了，便自告奮勇替她回蘊福堂拿醒酒丸子，姚蔣氏自是應允的。

廖嬤嬤同大太太對視一眼，兩人眼中充滿算計人的興奮，廖嬤嬤摸了摸鬢髮，扯了扯衣裳，這才昂首出了茗翠院。

掃灑的五兒每日午後都要將早上的落葉再清掃一次，剛打掃到正堂的兩邊扶木，就見大老爺一路鬼鬼祟祟溜進正堂，五兒忙把頭轉向一邊，見此時院中無人，她將掃把往旁邊放好，撒了腿就往芙蓉院報信。

姚姒得了信兒，賞了五兒幾百個大錢，又叫她回去的路上莫叫別人見著她從芙蓉院出來，五兒經綠蕉提點過，自是極為小心地回了蘊福堂。

午間姜氏是要歇會兒午覺的，孫嬤嬤今兒恰外出有事，姚姒帶著綠蕉往蘊福堂一路疾行。

第九章　螳螂捕蟬

蘊福堂的東廂房裡，秋菊正拿著針線在給姚蔣氏做抹額，她配色極巧，銀灰色的底拿寶藍色的線沿邊上繡了一圈福壽紋，抹額中間再配了一顆碩大的珍珠。這珍珠成色好，熠熠生輝，襯得秋菊一張明麗的臉越發嬌豔。

突然一旁伸出手將她手上的抹額拿走了，這是一隻男人的手，手上戴著白玉扳指，秋菊頓時心生不好，抬頭就看見大老爺兩眼綻光地望著她，口中卻稱許她這活計。「好一雙巧手，也不知老爺我有沒有這福氣摸一摸？」

大老爺是急色鬼，話還沒說完，就真的摸上那雙細白嫩肉的手，秋菊被大老爺的孟浪嚇到，忙急著行禮，想將手從大老爺手中抽出來，幾下用力見掙脫不開，又見此時只有自己一人在，其他丫鬟見老太太不在也各自偷懶去了，秋菊心裡明白過來，急得臉兒煞白。

大老爺更是喜她這副像受驚兔子模樣，把她雙手放了卻摸上她的臉，她的臉嫩得像豆腐，手感極為滑膩，少女身上隱約傳來馨香，大老爺是風月老手，只有處子才有這等體香，大老爺越發猴急了。

俗話說得好，妻不如妾，妾不如偷，偷人這等刺激大老爺最愛。

「好秋菊，妳就從了爺吧，爺答應妳，回頭就抬妳做姨娘，往後也只寵妳一個，跟著爺保妳吃香喝辣的，還不用再去侍候人。」大老爺說完，就在秋菊嘴上香了口。

秋菊嚇懵了，剛想喊人卻叫大老爺捂住了口，她的心涼了半截，見大老爺如此急色，她把心一橫，便使勁掙脫起來。

可女子的力道哪敵得過成年男人，大老爺見她不從，有些惱了，威脅道：「別給臉不要臉，女人都是半推半就的，真得了手哪回不求著爺憐惜一回。乖，妳這回從了爺，往後就知道這事的樂趣了。」

說完把秋菊的一雙手反剪在她背後，一隻手將她腰帶一拉扯，裳裙便開了，只見她紅豔豔的肚兜下，鼓鼓囊囊的兩團嬌乳顫巍巍地聳立著，大老爺更得勁了，拿手揉搓了幾把，越發動情，再把褻褲用力一拉，秋菊的下身便光溜溜了。

這樣不清不白地被大老爺糟蹋，秋菊羞憤得想死，卻掙脫不得，兩眼淚汪汪的，煞地可憐。

大老爺見慣了不從的女人，心想只要破了這身子，也就會心甘情願跟了他。他一把將秋菊推到榻上，自己解了褲腰帶，正欲提槍入巷，這時，遠遠的一個聲音由遠及近傳來。

「秋菊姊姊在是不在？」

這聲音很是稚嫩，秋菊卻如看到了救星一般，她瑟縮著朝大老爺哭道：「求老爺您放了奴婢吧，這是十三小姐的聲音，只怕這會兒是來找奴婢借花樣子來的，若是污了小姐們的眼，秋菊也活不成了。」

此刻正是慾火攻心之際，大老爺心裡直罵娘，見秋菊連哭都哭得這般惹人憐愛，他在秋菊胸脯上重重捏了把，這才火燒火燎地提起褲子整衣服。

姚姒聽見裡頭的動靜，又怕秋菊真被大老爺糟蹋了去，一邊故意說話，一邊放大腳步聲。「秋菊姊姊明明在屋裡，也不回一聲，這老太太一沒在屋裡，丫頭們倒都躲起懶來，越發沒規矩了。」話音還未落，她人就掀起簾子。

屋裡秋菊的小衣還沒來得及穿上，大老爺沒好氣，板起臉來不管不顧就先喝斥起來。「沒規矩的東西，老太太的屋子也是妳亂闖的，還不下去！」

姚姒目瞪口呆，裝作被嚇到了，一動也不動。

秋菊羞憤難當，眼淚直流，好歹還存了些理智，見著姚姒身後的綠蕉不停朝她打眼色，心裡猜到只怕十三小姐是來救她的，遂顧不得羞愧，慌急地穿起了衣裳。

大老爺臉上訕訕的，又見姚姒似乎嚇呆了，他面子掛不住，一邊整衣服一邊喝斥道：「妳娘是怎麼教妳的，未經通傳就亂往裡頭直闖，還哪裡有半分大家閨秀的模樣？下去了不許在外頭亂說話。」

姚姒瑟縮了下，彷彿這才回過神來，拉起綠蕉就往外跑。看樣子，秋菊還沒被欺負到，她的心這才一鬆，想著廖嬤嬤只怕就快到了，此時不溜更待何時。

姚姒只顧著和綠蕉往外跑，卻沒承想，恰恰和廖嬤嬤撞了個正著。

廖嬤嬤哎喲一聲，哪裡注意到突然衝出來的是哪個，等她往後望去，卻只看到兩個背影跑得一會兒就不見了人影，她心裡喊了一聲糟糕，也不去管那剛才跑開的是誰，急急就帶著婆子往屋裡闖。

廖嬤嬤親自設了這個局，自然帶的都是些心腹之人，進來的人看到屋裡的情形，秋菊和大老爺皆是衣衫不整，秋菊的頭髮更是散開來，嘴上紅腫，小衣還露出半截，大老爺一副好事被人打擾的不耐煩樣子，這樣的情形哪裡用得著猜，大戶人家時常有丫頭爬主子床的，幾個婆子就都掩嘴笑起來。

廖嬤嬤上前對大老爺打起了哈哈，直道擾了大老爺的好事真不該，可她是進來問秋菊拿老太太的醒酒藥的，看這事如今弄成這樣，她也不想。

她一邊說話，一邊給婆子使眼色，雖然沒有直接捉姦在床，但如今這樣，秋菊就算是有口也說不清了，青天白日的勾引爺們，何況是在老太太的屋子裡，這還得了。

過了約莫半刻鐘，蘊福堂裡熱鬧極了。

姚蔣氏沒想到大兒子這般急色，趁著她不在時在她屋裡偷人，既嘆他不爭氣又覺得丟臉，她看了一眼廖嬤嬤暗含警告，若說這事她沒摻和進來鬼也不信，再一看秋菊哭得梨花帶雨的嬌怯樣，心裡越發不痛快。這張臉果然是禍水，引得兒子摸了老娘身邊的丫鬟，這事若傳出去，她是什麼臉都沒了。

大太太隨後趕來，拉著大老爺哭天兒抹淚，什麼難聽的話都朝他身上罵去。大太太的醋勁一向大，這當場捉姦更是罵得理直氣壯。

姚蔣氏被大太太哭得腦門直抽，心火一起，抽了秋菊一個耳光，朝大太太怒道：「妳就是這麼待我兒子的，也怪不得他成天想著偷人，妳瞧瞧妳，哪裡還有當家主母的模樣，我真是瞎了眼，當初怎麼就將妳這妒婦聘進門來？」

大太太嘔得很，現在偷人的又不是她，她心裡這樣想，嘴上卻不再罵罵咧咧的。她把滿腔怒火都發作在秋菊身上，走過去就是幾耳光，打得秋菊眼冒金星，大太太猶不解恨地指著她道：「都是妳這狐媚子，勾爺們的下作娼婦，既是這麼喜歡爺們，回頭就把妳賣到窯子裡，那裡多的是男人。」

秋菊忍著痛朝姚蔣氏哀哀哭求道：「不關奴婢的事啊，奴婢沒有勾搭爺們，今日奴婢在東廂給老太太做抹額，大老爺一進來就按著奴婢，奴婢掙脫不開，想喊人院中卻半個人也沒有，恰巧廖嬤嬤進來，奴婢還是完整的身子啊，求老太太開恩！」

秋菊的話意思很明白，她是被廖嬤嬤害了，這裡頭有隱情。

姚蔣氏哪有不明白的，這怕是大媳婦與廖嬤嬤合計，一舉除了秋菊這容色好的丫鬟。可憐她的大兒子，被媳婦這般算計，真是家門不幸啊！

蘊福堂裡一開始是鬧哄哄的，姚蔣氏到底顧著大兒子和媳婦的臉面，叫人關上院門，又把不相干的人都退下去，蘊福堂便安靜下來，最後是大老爺甩了大太太一耳光說她不賢，秋菊被發賣了出去。至於廖嬤嬤，姚蔣氏還是給她留了一分體面，既沒責罵也沒打罰，只淡淡地叫她回家歇兩天去。

要說這事，可真是誰都沒討著好。大太太看著是除了眼中釘，卻被大老爺給記恨上了，廖嬤嬤雖私下裡受了大太太的銀子，可在姚蔣氏身邊再不似先前那般得寵。

下人們竊竊私語在蘊福堂發生的事情，雖姚蔣氏不許下頭人傳，可香豔的事是禁不住的，沒多久，大老爺偷人不成反被捉姦，可憐秋菊被發賣出去的秘辛，就傳遍了姚府各個院落。

姚姒從蘊福堂出來後，綠蕉擔心地問她，這事會不會牽扯到三房頭上。姚姒安慰這膽小的丫鬟。「廖嬤嬤自己把蘊福堂給清了個空，以方便大老爺行事，她怎會將咱們供出來，妳就把心放回肚子裡吧。」

這還真是廖嬤嬤的想法，若是叫姚蔣氏得知府裡的小姐被捲入這等香豔之事，姚府小姐們怕是名聲盡毀了。

姜氏聽聞大老爺的荒唐事，不無嘲諷，責令芙蓉院所有丫鬟婆子不許私底下議論，她積威甚重，丫鬟婆子自是不敢再議論紛紛。

二太太聽說這事後笑彎了腰。「我的好大嫂唷，都抱孫子的人了，還在吃哪門子的醋呢！這下好看了，爺們偷自己老娘身邊的人，竟然叫人當場捉姦，大老爺這名聲是盡沒了。」

「何止如此，看老太太一臉怒色，廖嬤嬤那老貨也得不了好，她一向極為奉承大太太，將咱們都不放在眼裡，這不，夠那老刁奴喝一壺的了。」說話的是她的陪房楊婆子。

「那妳說，既然咱們回了老宅，大嫂子又鬧了這一齣，這管家的事……」二太太沒有將話說完，楊婆子自是聽得明白，她湊嘴往二太太耳邊湊。「大太太這些年可沒少撈油水，不然光是大老爺那外頭的開銷，就不是那幾兩月例銀子能填補得了的，太太不必心急，咱們暗裡抓住大太太的把柄，再乘機奪了管家權。」

「妳說得很是，咱們得好好合計。」

消息傳到五太太的梨香院時，五太太臉上盡是輕蔑，大房這一家子真是丟人現眼，她還是要想辦法儘快回京城，沒的家裡的小子們都要被人帶壞了。

四老爺和四太太晚間歇息時，兩人相視一笑。四老爺眉目舒朗，心裡想著總算叫她丟了回臉，這還不夠。

這個「她」自是指姚蔣氏。

四太太看丈夫長年抑鬱，此刻得以片刻舒緩，輕輕撫上四老爺的眉，溫聲道：「老爺，事緩則圓，老爺別太辛苦，咱們總有一天會替姨娘報仇的。」

老太爺對大老爺這偷雞摸狗的色胚樣那是半點也瞧不上，念著他是長子，又近年關，只罰大老爺不許再出門惹事，而他自己則帶著四老爺忙前忙後對帳，與店鋪掌櫃們日日應酬，四老爺一時間在外極受人逢迎。

外頭的事多少影響內宅，姚蔣氏聽說了四老爺外頭的風光，一口銀牙險些咬碎。當年為面子納了傅家女為妾，滿以為她是個好拿捏的綿軟女子，哪知竟是個有手段的，極善溫柔小意行事，哄得老太爺的心都偏了，姚蔣氏悔不當初，暗地裡與廖嬤嬤謀劃起來。

一次老太爺出海，姚蔣氏挖了個坑給傅氏跳，傅氏自己作死就怪不得她了。待老太爺回來，傅氏與男僕有染之事人證物證俱在，傅氏自然是聲聲喊冤，但老太爺還是將她沈了塘。

姚蔣氏除了傅氏，心下大出一口氣，可老太爺是何等精明人，他自此將五個兒子遷出內院，又花重金聘請當世名儒教導他們讀書。姚蔣氏深知不能失去丈夫的心，遂對幾個兒子是極放在心上照顧的，老太爺出外行商，姚蔣氏陪兒子們挑燈夜讀，她將家裡內外都打理得妥貼，老太爺這才對妻子稍稍釋懷。

姚蔣氏獨自在內室想著這些往事，秋月輕手輕腳進來回稟。「大老爺和大太太又鬧起來了，大老爺直嚷著要休妻，老太太您看……」秋月有些害怕，自秋菊被發賣，她們這幾個在老太太身邊的大丫鬟行事都有些畏首畏尾。

「這兩個不爭氣的東西，又是為了哪門子吵？」姚蔣氏此刻心火旺，語氣盡顯不耐。

「大太太把大房的姨娘和通房都搓磨了遍，大老爺瞧見了說大太太善妒，又有幾個不安分的姨娘在挑唆，大老爺就說要休妻。」

姚蔣氏餘怒未消，又聽得是內宅爭風吃醋之事，簡直是大為光火，對秋月吩咐道：「去傳我的話，姨娘通房什麼的若再不安分，老身我才不管是不是爺們跟前得臉的，一律發賣出去。大太太罰抄《女誡》一百遍，什麼時候抄寫完了什麼時候再管家；至於家務則暫時交給大奶奶打理，大奶奶當家當得好，我自有賞。」

姚蔣氏手段直接，拿各人看重的東西吊著，就不怕人不老實下來。果然，秋月去傳話後，大房是真的安靜了。

二太太的陪房楊婆子晚間避人耳目，使人送了幾疋好料子給大房的春姨娘，春姨娘頂著紅腫的臉高興地接下了。

大房的笑話是一齣接一齣，姚姒樂得大太太瘋狂，大太太暫時不管家，大奶奶八面玲瓏，定是不會剋扣三房用度的。大太太被罰深覺丟臉，是以這幾日請安都未見她身影，姜氏也覺鬆快不少。

只是可憐了秋菊，到底被發賣到哪裡去了，姚姒一時之間倒查不出來，這件事想必定是大太太的手法，她不禁為秋菊惋惜。

轉眼就到了過年，由於外面都聽說了姜氏娘家的禍事，姚姜兩府是親家，許多原來與姚家相好的人家皆只送了年禮並未走動，有的乾脆不往來。姚老太爺深知人情冷暖，約束所有子孫要行事低調，男子安心在家讀書，女子不許出家門，因此這個年就過得安安靜靜的。

姜家的事終於給姚家帶來了影響，首當其衝的便是姚婷的親事。

二太太找老太太哭訴。「多好的人家啊，那孩子當真生得一表人才，我的婷姊兒命苦啊，這都怪三弟妹的娘家，咱們家老爺也不知會不會受到牽連呀？」

「瞎說什麼胡話，老二好生生做他的官呢。再說咱們也不是一般人家，那是他姜家貪贓枉法，與咱們家干係不大，妳給我把心放下。」姚蔣氏看了眼哭個不停的二媳婦，看在孫女無辜受到牽連的分上，好聲安慰道：「婷姊兒模樣性情樣樣不差，老身還捨不得將她嫁那麼遠呢。妳哭什麼，沒了這家還有更好的，再說就依他們家這等行事，好在沒做成親家。」

姚蔣氏打心眼裡看不上二太太的目光短淺，把姚婷摟在懷裡好一陣安撫。

姚婷原本就不大中意這樁婚事，現在聽說不成了，是打心裡高興，見二太太是真傷心，有心替她娘開脫。「祖母別惱，就像您說的，咱們家的女兒不愁嫁，有祖母您替我看著，將來有我的福氣享呢。」

這記馬屁拍得真是好，怪不得姚蔣氏最疼愛她。

二太太擦了把眼淚，也笑著小意奉承起來。「還是娘有道理，婷姊兒的親事我是挑花了眼，如今回來老宅，還請老太太給掌掌眼，媳婦這回都聽娘的。」

第十章 一石二鳥

自大奶奶接手家事後，大太太就在茗翠院躲了幾天，給姚蔣氏交齊了一百遍《女誡》，姚蔣氏也沒給她好臉色，更沒提再讓她管家的事，大太太這個年過得很沒滋味。

大太太認為是大奶奶在姚蔣氏面前挑撥是非，私底下開始擺婆婆的款了。躺在屋裡直哼哼，大夫來看也沒說出個所以然來。其實大家都心知肚明，大太太這是不滿老太太讓大奶奶管家，在給自己的兒媳婦使臉子呢。

老太太懶得管大房的破事，沒了廖嬤嬤在她身邊湊趣打諢，用了幾十年的老人一朝不在身邊，也是不大習慣的。但廖嬤嬤摸準了姚蔣氏的脾性，不過冷一冷她而已，過幾天還會讓她回去當差的，果不其然，過了兩天廖嬤嬤又開始在上房走動起來。

姜氏把府裡發生的事都看在眼裡，感嘆人心難測，自古錦上添花易，雪中送炭難。照理說張順回到京裡就該有消息來了，可這都快一個月了卻無隻言片語，而她拜託的那些與姜家素有交情之人，沒一個回信的，她心下隨即有了不好的預感，人越發憔悴起來。

姚姒沈默地看著姜氏消沈了些日子，覺得這樣也不是辦法，只得囑咐孫嬤嬤弄些精細的吃食給姜氏養著。其實她比姜氏更心焦，姜家若是如同上一世那般處流放之刑，那麼姜氏的命運是不是也不可逆轉？這個想法頓時讓她打了個冷顫，不，她不能讓姜氏出事。

出了上元節，姜氏母女倆都瘦了一圈。

上元節後的第二日，姜氏盼來了姜家的消息，信是張順親筆所寫，姜氏急切地撕開信封，短短幾行字就落入眼裡。姜氏看完信就暈厥過去，好在孫嬤嬤和錦蓉幾個丫鬟都在她身邊，趕忙把姜氏抬到榻上，錦蓉跑出去請大夫。

姚姒看姜氏臉色慘澹，滿是淒色，就猜姜家怕是不好了。她把信拿過來看，裡頭寫著張順到京後，是如何往獄裡打點的，姚姒的信送到了獄中姜閣老的手上，只是仍然挽救不了他自盡的命運，姜閣老是在年前趁牢頭不注意，拿身上的腰帶吊了脖子，皇帝親自審理這樁案子，最後姜家一門老小發配瓊州島。

跟前世一模一樣，她努力想要改變姜家的命運，希望姜閣老能活下來，可世事還是按原有軌跡運行。她在絕望中反省，那雙華光璀璨的雙目露出堅毅之色，她不能被命運打倒。

姜氏娘家敗落的消息在姚府傳開來。她換了喪服，親自去蘊福堂請示姚蔣氏，說要去城外的琉璃寺給姜閣老超度。姚蔣氏不允，這個時候姚家是需要避嫌的。姜氏沒承想姚家是這樣的嘴臉，毫不念惜往日情分，遂傷心地回了芙蓉院。

姜氏連番遭受打擊下，本就病歪歪的人這回是徹底倒下了。

牆倒眾人推，姜氏娘家沒落下去，大太太只稍吩咐，不光姜氏院子裡的吃食用度遠不勝從前，就連請大夫也要孫嬤嬤三催四請才來，更別說那些名貴的藥材了，其他四房，對姜氏一干人等冷臉子就甩過來了。

看到姜氏這樣忍氣吞聲，大太太這心可算是稍稍痛快些，可一想如今手頭上沒了管家權，她這心又不舒坦起來。大太太在心裡仔細琢磨了一通，遂想了個一石二鳥的毒計，不僅能重新奪回管家權不說，也能給姜氏身上潑些污水。於是大太太繞過了大奶奶，暗中將她之前管家時的幾個心腹婆子喚來，如此這般的交代一番，又許了些好處，幾個婆子離開時喜笑顏開，兜裡揣著鼓囊囊的。

大奶奶的心腹丫鬟瑞珠好巧不巧的，看見這幾個婆子從大太太的屋裡出來，遂將此事稟了大奶奶。大奶奶在想婆婆這回怕是又要弄什麼么蛾子出來，她管家這些時日，被大太太搓磨得心力憔悴，大太太又塞了兩個貌美的丫鬟給大爺，大奶奶真真看不上婆婆這氣量，心下也是恨的。

若說這管家權，當真是個好東西，人一旦抓住了權力，再想放手卻也難，大奶奶也是這樣的心思，人前被人逢迎，私下有人孝敬，這日子才有些盼頭不是？

大奶奶初嘗滋味，自是貪戀權柄。她怕大太太針對自己而來，遂打起十二分精神防備著。

她著人特別留意那幾個婆子的動向，幾天下來，不過是些針對芙蓉院落井下石的勾當，上不得檯面，大奶奶有些輕瞧大太太，反正這把火是燒不到她身上去，大太太的心思用在別人處也就不會再找她的麻煩，於是大奶奶決定先隔岸觀火。

芙蓉院裡，姜氏這一病著實唬了孫嬤嬤一跳。姜氏足足燒了三日，底下的人懂得看勢頭，姜氏這回怕是地位一落千丈，於是個個起了小心思，尋摸著要往別處當差。

姚姒冷眼瞧著，她深知牆倒眾人推，這個時候最易出亂子，於是和孫嬤嬤商量一番，芙蓉院遂內緊外鬆起來。

一日趁著姜氏沐浴後，二等丫鬟紅綢趁人不注意間，將姜氏穿過的肚兜偷偷往懷裡塞。錦香正替姜氏絞乾頭髮，銅鏡裡暈暈的光線中，紅綢的舉動叫她看個一清二楚，她也不作聲，過了會將這事回了孫嬤嬤，孫嬤嬤恨得咬牙切齒，然後悄悄地叫了幾個大力的婆子躲在紅綢房裡，等紅綢一回房，便將她捉住了。

紅綢是外頭買進來的丫鬟，在府裡算是無根之人，錦蓉上去就是幾耳光打得她眼冒金星，沒多久就招了。東西是採買那邊的管事柳二家的要的，原來紅綢在府裡有個相好的，是採買上的一個小廝，柳二家便用了這二人的姦情來要脅她，因此紅綢這才冒險來偷主子的貼身之物。

需知女子最重名節，女人的貼身之物一旦落到外男手上，這女人的性命也便要沒了，孫嬤嬤嚇出一腦門子的冷汗。不過好在姚姒早有防備，要她看緊了姜氏身邊的一干人等，孫嬤嬤不想讓姜氏知道此事再添一重煩惱，思量良久，還是橫下心去找姚姒商量。

自年後姜家事出，姚姒的心是緊緊懸著，她絲毫不敢懈怠，就怕姜氏被人害，看到孫嬤嬤來找她，她並未鬆口氣，事情才露冰山一角，她越來越有勇氣想掀翻這詭局，帶母親逃出生天。

她留了孫嬤嬤，二人合計一番，一個局就布下去了。

肖婆子是府裡巡夜的，年剛過完，還有好些人心未收回，這不各個院裡趁守夜吃酒聚賭的還是有，肖婆子在府裡號稱鐵面肖，犯到她手上的人不計其數，皆因肖婆子有一副好眼力，一抓一個準。

肖婆子手上提著大紅燈籠，她身後跟了五、六個膀大腰圓的婆子，一行人自各個院落巡邏一遍後，行至芙蓉院附近一側假山時，隱隱約約聽著有動靜，肖婆子臉上漾著興奮的神情朝其他幾個婆子打了個手勢，幾個人就往假山洞裡摸索去。

這時男女喘息的聲音傳來，肖婆子心裡有譜，正待拿個齊全時，不承想一個婆子許是太興奮了，不小心踢到一塊碎石子，這一下可驚動了假山洞裡的野鴛鴦，待肖婆子提著燈籠趕到事發處，鴛鴦不見了，只留一塊做工精細的茄色錦緞肚兜躺在地上。這肚兜料子好繡活精細，一看就不是丫鬟下人之物。出了這麼檔醜事，肖婆子扛不住，提著髒物往上報了去。

大太太掌家時日久，雖說如今暫不管家，但餘威尚在。肖婆子一溜地報到大太太處，大太太連夜著她心腹劉嬤嬤，將幾房主子姨娘身邊的貼身丫鬟叫起來，一個一個問這件物事的主人。

劉嬤嬤雖將此事做得隱密，那些主子姨娘身邊的貼身丫鬟哪個不是伶俐人，自是否認，只是輪到芙蓉院的紅綢時，來了個支支吾吾。

她這番作態，眾人心下皆起了猜疑。事情涉及到主子，一大早的，大太太就來到姚蔣氏的院子，因老太爺還未起身，為避嫌，大太太將昨兒晚上的事說給廖嬤嬤聽，請她進去回稟姚蔣氏。

廖嬤嬤陰笑了聲，遂添油加醋將這事學給了姚蔣氏聽。姚蔣氏勃然大怒。沒想到在她眼皮子底下竟發生這樣了不得的大事，她眼珠動了動，心下遂有了算計。

動靜鬧得這般大，姜氏只要沒嚥氣，也只得爬起來。廖嬤嬤得了姚蔣氏的令，一大早親自帶著婆子來芙蓉院請姜氏，說的好聽是請，實則是兩個膀大腰圓的婆子站在她身後耀武揚威，看這意思是要架著姜氏而去？

姜氏由孫嬤嬤和錦蓉半扶半抱著，她強撐著病體，弱不禁風。

姚姒怕母親吃虧，於是纏著要一起去，廖嬤嬤早就得了姚蔣氏的吩咐，要小姐們今日不用去請安，於是著人強行拉開她。

姜氏見幾個婆子就敢對小姐動手，她還沒死呢！她給這一激，身上湧出股精氣神來，對著婆子們一聲厲喝。「反了天去！小姐妳們也敢動手，這事就是到老太太跟前，拚下我這一口氣，發賣了妳們這幫刁奴都是輕的！」

廖嬤嬤怎會聽不出來這話是衝著她說的，姜氏這一聲倒有些氣勢，廖嬤嬤情知自己一個不小心就叫姜氏抓住了把柄，真要一狀告到老太太那裡，自己也沒好果子吃，於是皮笑肉不笑道：「哎喲，都是些笨手笨腳的，聽個話也聽不全，這不惹惱了三太太，還請三太太原諒。時候也不早了，老太太可還等著三太太問話呢。」

姚姒挨近姜氏，乘機在她耳邊說了一通，姜氏眼神這才有些活氣，她複雜莫名地望著小女兒，又望了眼孫嬤嬤，孫嬤嬤卻對她點了點頭，姜氏的神情這才大安。

蘊福堂裡，很有些三堂會審的架勢。姚蔣氏高坐上首，臉帶怒色，大太太帶著其他四房的太太一臉端肅地立在下面，見到姜氏進來，眾人目光都瞄向她。

姜氏嫁入姚家十六年，她的青春年華和一顆柔軟的心，早就葬送在這些如狼似虎的所謂親人手中還不夠，今兒這一齣，她們這是想要她的命哪。姜氏昂起頭腳步從容地跨入堂中，她先給姚蔣氏請安，再給大太太和二太太行了個福禮，就端然立在大太太另一邊也不作聲。

姚蔣氏給姜氏眼中的傲色激得是火冒三丈，她揚聲道：「老三媳婦，枉妳出身書香名門，如今竟做出這等醜事，妳自己看看，那肚兜可是妳的？」姚蔣氏一副痛心疾首的樣子，言語間就先把姜氏定了罪。

姜氏不急不緩地從丫鬟手中接過那肚兜翻看，臉上既不驚也不訝，更沒有慌亂之色。

大太太見姜氏還端著樣子，心裡嗤笑都到這地步了還裝清高，她一臉義正辭嚴地數落道：「三弟妹，咱們女人家最是看重名節，這些年三弟在外任，三弟妹歸家侍奉二老，外間哪個不讚妳賢良淑德？可真是知人知面不知心哪，這……平素一副三貞九烈樣，卻暗地裡幹著這等偷人的勾當。」

姜氏何曾受過這等言語誣衊，氣得嘴唇直哆嗦。「沒影的事大嫂請慎言，我有朝廷親封的二等誥命在身，大嫂毀謗朝廷命婦，需知罪加一等。」

大太太惱羞成怒了，她最恨姜氏這高高在上的姿態，她白身的痛處被姜氏踩了個正著，遂冷笑道：「不貞的淫婦，如今還不老實供出那姦夫是誰？」

姜氏也不理會大太太的詰問，直挺挺地對著姚蔣氏跪下來。「媳婦冤枉啊！僅憑一個肚兜，就認定媳婦不貞，這是要逼死媳婦啊，即便是我娘家敗了，也容不得大嫂將這髒水往我身上潑。」

可是眾人都忽略了一個最重要的事情，姜氏還沒親口承認這肚兜是她貼身之物。旁邊看戲的五太太也不相信一向端莊的姜氏會幹出這等勾當，她瞧著姚蔣氏的怒容，再看大太太隱帶興奮之色，心下悠然明白起來。

姜氏的話令姚蔣氏臉上訕訕的，她縱容大太太這般行事，也不過是想順水推舟發落了姜氏。一個沒娘家倚仗的媳婦，且還是生不出兒子的，又善妒又狡詐，三房眼看著就要斷嗣，不趁著這回收拾了她，更待何時。

姜氏似是知道姚蔣氏的心聲，揚起手中的肚兜對大太太道：「大嫂，平素妳剋扣我院子裡的吃食用度我忍了，時不時給我下個絆子，我也只當圖個樂子奉陪，可這回妳竟誣衊女子最重要的貞潔名聲，是可忍孰不可忍！」她指著手上的髒物，恨聲道：「這肚兜根本就不是我的，妳休想拿條不知來處的髒東西就隨意毀我名聲！」

大太太正要反駁，姜氏卻朝姚蔣氏嘲諷道：「娘，您現在就使人去我院子裡拿我貼身之物來比對，自會知曉這非我之物，這是有人要陷害我呀！媳婦自知沒能給三老爺添嗣，這些年來我愧對夫家，但我盡了做媳婦的職責，如今我也不礙誰的眼了，媳婦自請下堂！」

姜氏的鎮定之態以及指責人太太的義正辭嚴，令姚蔣氏頓覺不妙，她使了個眼色給廖嬤嬤，很快廖嬤嬤就取來姜氏幾條用過的肚兜，果真一比對下，姜氏的所有肚兜上頭都做了徽記——姜氏的閨名一個「依」字，那「依」字就繡在每件肚兜的繫繩上。那件肖婆子拿的髒物，不論料子做工還是所繡花色都確實與姜氏的其中一件極為相似，唯獨沒有徽記。

大太太傻眼了，她一把拿起廖嬤嬤手上的肚兜看了個仔仔細細，緩了好大會子才喃喃道：「這這……」

這下偷雞不著蝕把米，大太太心裡五味雜陳。

她自認計謀非常完美，臨了被姜氏給脫了身，便疑心是那幾個與她謀事的婆子，難道她們將此事露了風聲出去？不然姜氏都病得起不了床，她又是怎麼防備的呢？想到自己這般使力陷害，一旦姜氏反撲，再怎麼說姜氏身後有個三老爺，男人麼不管內裡怎樣，面子是一定要維護的，這樣一想，大太太便抬起眼望了眼姚蔣氏，面露怯色。

姚蔣氏在心裡哼了聲，本想借她的手除去姜氏的，哪知還真是爛泥扶不上牆。但姚蔣氏是經過風浪的，她立即改變對策，責罵道：「老大媳婦，妳是怎麼辦事的，拿這麼件東西就紅口白牙地說妳三弟妹的不是，好在是弄錯了，還不給妳三弟妹道個歉？」

老太太這會倒做起了好人，大太太暗恨自己這回可真是搬起石頭砸自己的腳，事到如今她只得把心一橫，捨下臉面對姜氏是好話賠盡，末了又道：「泰哥兒媳婦也真是的，才管家就弄了這麼一齣，這事還得好好查查，到底關乎咱們府裡的名聲，咱們書香門第，沒的讓這起子骯髒事壞了門風。」

大太太腦子轉得快，又咬出大奶奶劉氏管家不力，若是大奶奶在這裡，肯定是十二分怨恨大太太這等蠢樣。

大太太出了記昏招，以為把大奶奶推出來，這管家權就會再度回到自己手中，卻沒想到姚蔣氏一聲厲喝打斷她的話，訓斥道：「既是大奶奶管家不力，也有妳一半的責任，她是年輕媳婦不知事，虧妳還是老人也擔不起事嗎？如妳這般說，這起子骯髒事妳是打算鬧得府裡人盡皆知不成？」

姚蔣氏這番話算是重錘，鬧得大太太好沒臉，其他幾房是看盡了笑話。

姜氏瞧著姚蔣氏這是想淡化這事對自己的傷害，打算睜一隻眼閉一隻眼，她想起小女兒說的以退為進，遂由得屋子裡眾人百態，她由孫嬤嬤扶著起身，揚長出了蘊福堂，穿過二門逕自便往姚府大門走去。

第十一章 自請下堂

姚府大門平素是不開的，只接待貴客或是過年過節方打開。

此刻三太太姜氏一聲令下，那守門的不敢怠慢，厚重的木門吱呀幾聲，姜氏抬頭跨出門檻，一聲不響就跪在離大門百步遠之處，旁邊的孫嬤嬤老淚縱橫，也隨主子跪下去。

正月還沒過完，姜氏這一身縞素的跪在姚府門前自請下堂，不大一會，姚府大門前便來了好些看熱鬧的人。

沒出盞茶工夫，老太爺知道發生在內院的事，氣得摔了個茶盅。

真是些個無知蠢婦，他好不容易花錢捨銀造的名聲，就快要被這些無知婦人敗光了。他心裡也知道老妻的打算，可要除去姜氏也不能在這個時候。

他起身去了蘊福堂，遣了所有下人，對姚蔣氏是劈頭一頓怒罵。「妳就是這麼打理我姚府內宅的？真是不知所謂，即便要動老三媳婦，也不能選在這當下，我看妳是老了，越發糊塗起來，我還沒死呢！」

姚蔣氏也深知今日失策，姜氏這一跪大門自請下堂，可是把她姚府所有的好名聲要敗光了，好個狡猾的姜氏！老太爺的脾性姚蔣氏是清楚的，對他的痛罵她一概忍下，面子上卻做得足足的，對老太爺賠盡小意，過後扶著廖嬤嬤的手，親自去大門前扶姜氏起身。

姚蔣氏將面子做給姜氏，可心裡的怒火是騰騰往上冒，她這十幾年來何曾受過老太爺與姜氏的夾板氣，於是使人喚了大太太與大奶奶婆媳來，她也不罵她倆，就讓這婆媳二人在蘊福堂站了兩個時辰。

大太太想著反正面子都丟光了，今兒這事估計就會這麼熄火，於她來說是件好事，不就站兩個時辰嗎？反正也不會掉塊肉，大奶奶瞧大太太這油鹽不進的蠢樣，心裡面嘔得五臟都移了位。

沒出兩日，彰州城裡關於姚府的謠言是滿大街飛，有的說姚府也太勢利了，想逼死娘家沒落的兒媳婦，竟然用了個陷害偷人的手段，這也太下作了。再過幾日，姜氏的舊事也被傳了個街頭巷尾，明裡暗裡指責姚府老太太苛刻媳婦，奪女塞妾，還讓兒子媳婦夫妻分離的事情，是傳得有鼻子有眼的，一時間姚蔣氏的賢良名聲遭人質疑；反而姜氏得人同情，把姚蔣氏氣極，這才明白，姜氏是一早就看穿了大太太的毒計，於是將計就計，來了個以退為進。

老太爺難得沒有使人在外面闢謠，有些事越是多說越是止不住人們的窺視慾，他們寧願相信自己想像出來的事實，他越發約束子孫謹言慎行。而姚蔣氏為了挽回聲譽，不僅讓人不得剋扣芙蓉院裡的用度，還從福州城請了有名望的老大夫來替姜氏瞧病，人參等名貴藥材那是成堆地送到芙蓉院。

姚姒瞧著兩老貨道貌岸然的作派，心裡譏諷不已。

到此事情才告一段落，從姜氏病倒、姚姒嚴守芙蓉院開始，到紅綢偷肚兜事發後，她布下後面的局，一環扣著一環，既解了姜氏如今受困於內宅被欺負不說，還讓姜氏以退為進，讓姚家至少現在還不敢動她。

她需要時間來解姜氏前世自盡的謎局，恰好大太太就撞上來了，一個大太太就敢這樣明目張膽攀誣姜氏，她仗的是誰的勢？不用說，大太太一向懂得看風向，就是因為太清楚姚蔣氏的心思，才敢這般明目張膽地行事。不過姚姒現在倒是可以肯定心中猜疑，姚蔣氏分明存了除掉姜氏之心，只是老謀深算的老太爺又是怎樣的心思呢？

大太太婆媳倆在蘊福堂罰站之事，沒半天就被其他幾房得知，大房的面子裡子是丟光了，大奶奶回到房裡氣得直捶床榻。她出身望族，自小亦是看盡了內宅算計，可是她未料到大太太這般愚蠢毒辣，大奶奶心恨哪，一個管家權她劉氏雖貪戀，可比起大爺將來仕途上的作為，這點權算什麼。大爺是長子嫡孫，這家業怎麼著將來也還是大爺的，只不過是早晚的事，可得罪了姜氏就不一樣，姜氏再落魄，也依然是名義上的三太太，將來大爺少不了三老爺幫扶，可經了這一齣，大房是把三房給得罪狠了。

大奶奶在房裡思量許久，招來瑞珠，兩人開了她的嫁妝箱子，從裡面左挑右選，最後拿了一尊通體白玉無瑕的觀音，加上一頂金纍絲鑲寶石的小花冠，再又一匣子拇指大小的珍珠，這三樣東西樣樣金貴，是大奶奶壓箱底的嫁妝，她嘆了一口氣，將東西包上，悄悄使瑞珠避了人，送去芙蓉院。

瑞珠送完東西來回覆大奶奶，說姜氏並未推託就收了東西，孫嬤嬤客氣地送她出來，臨了卻無意提了提大太太的陪房劉嬤嬤。

大奶奶破了財，心頭把大太太是恨了千遍，見姜氏收了東西，又提起劉嬤嬤，她心裡有了底，於是私底下將大太太的心腹劉嬤嬤喚了來，好酒好肉親自招待了番，又塞了不少私己東西賞她。

劉嬤嬤見大太太這陣子連番吃掛絡兒，心裡早已對大太太的行事不滿，大太太卻又聽不得勸，是以大奶奶這般殷勤，她對大奶奶的心思猜了個七、八分，酒足飯飽之後，她對大奶奶表起忠心，連連說會在大太太身邊好生替大奶奶看著的。

大奶奶收買了劉嬤嬤不說，又使瑞珠去大房幾個得寵的姨娘處許了些好處，沒幾日大老爺被枕頭風一吹，又找起大太太的不是。大太太心性善妒，最是見不得姨娘小妾爬到她頭上，因此大房是好一陣的烏煙瘴氣，大老爺被吵煩了，索性就在外梳櫳（注）了個清倌，越發不著家。

芙蓉院裡燈火通明，孫嬤嬤送走瑞珠後，回來同姜氏道：「話兒老奴是點到了，就瞧大奶奶有沒這個本事收服住這劉嬤嬤。」

姜氏斜倚在雞翅木六角榻上，身上搭了條秋香色錦被，並未答話，倒是問起坐在榻邊的小女兒。「姒姊兒，說說看，妳大嫂可有這個本事讓咱們清靜幾日？」

姚姒脆聲回道：「娘親自出手，哪有不成的？瞧著吧，大嫂心裡的不痛快準會在大太太身上找回來。這劉嬤嬤是個牆頭草，卻比她主子看得長遠，至少大奶奶掌家好過二太太之流，咱們是能清靜幾天了。」

她這記馬屁拍得好，姜氏陰霾許久的臉漾起笑，將小女兒摟進懷裡，心下大慰的同時，隱隱伴著無來由的擔憂。都說早慧易逝，依小女兒這副病身子，又生得這樣多智，怕不是長壽之相，她朝孫嬤嬤望了一眼，孫嬤嬤伴她多年，心裡立時明白她的擔憂。

孫嬤嬤安慰道：「姒姊兒打小就聰明，都說女兒肖母，這是太太的福氣！」

姚姒道：「古有甘羅七歲拜相，女兒就快十歲了，也該知些事了，娘且放心養好身子，可不就如嬤嬤說的，福氣還在後頭呢，誰叫您生了這麼個聰明的女兒。」

姜氏被逗笑了，心裡的鬱結彷彿都散去。其實她經了此番變故，頗有些看透世情之意，婆家群狼環伺想要自己的命，娘家也敗落了，丈夫更是無情之人，還是老話說得好啊，靠山山倒，這些年真是白活了。姜氏心裡有了打算，既然大家都撕破臉，那麼也該是為以後好好謀劃一二了。

姜氏身子好些後，把芙蓉院好好整頓了一番，那些瞧著手腳憊懶又喜搬弄口舌之人都被攆了出去，姜氏又大方賞了忠心不二的丫鬟婆子。如此賞罰分明，底下的僕婦再也不似先前那般人心惶惶。她的這番大動作，上自姚蔣氏，下至幾房太太們都很詭異地選擇了沈默。

姜氏恢復了去蘊福堂請安。天還矇矇亮之際，錢姨娘帶著姚嫻進了姜氏的正堂，姜氏很

注：梳攏，娼家處女第一次接客。

反常地讓錢姨娘服侍她梳洗。

錢姨娘眼中的錯愕稍縱即逝，自她生了姚嫻後，姜氏便再也沒讓她親自服侍過，如今這般反常，她心裡霎時湧起無數猜測，臉上卻堆起笑，接過小丫鬟手中的巾櫛，恭敬地服侍姜氏梳洗。

姜氏端坐在銅鏡前，從鏡裡望去，錢姨娘一張二十七、八的臉依然娟秀，只是她眼珠來回轉動，姜氏瞥了眼，也不理會錢姨娘肚裡是如何的彎彎繞繞，她伸手撫了撫鬢角，語態尋常地對錢姨娘一嘆。「果真是老了，歲月不饒人哪，咱們回到老宅來也有十年了吧？」

錢姨娘不知姜氏是何意，順著她的話小意奉承道：「太太哪裡就老了，倒是婢妾，前兒梳頭時發現了幾根白頭髮，這日子過得真是快，這一打眼十多個年頭就過去了。」

「可不是？就連姑姊兒、嫻姊兒都要開始說親事了。」姜氏悠悠道。

錢姨娘不是笨人，聽話聽音，她摸不準姜氏接下來的打算，尤其是提到姚嫻的親事，她試探道：「太太說得是，姊兒們也都到了年紀，太太可是有合適的人家？」

姜氏起身撫了撫衣上的褶痕。「哪裡有什麼合適的人家，我也不過就那麼一說。」錢姨娘的忐忑姜氏瞧在眼裡，她似笑非笑道：「嫻姊兒如今也快十四了吧，是該好好尋戶人家了，姨娘心裡可有成算？」不待錢姨娘答話，姜氏似是自言自語。「可憐我的姑姊兒，我生她一場卻未養她，如今便是連她的親事，只怕也不能由得我來作主。」

錢姨娘被姜氏拿姚嫻的親事來說道，心神早就亂了幾分，又提到姚姑，也不知是何意。

姜氏話說到這兒，見時候不早，就出了內室，錢姨娘強自鎮定跟在她身後。見到姜氏出來，姚姒和姚嫻給姜氏福身納禮，姜氏的眼神飄到姚嫻身上時，忽地就蹙起眉頭。「嫻姊兒，回去把衣裳換了，今兒念妳初犯，一會兒罰抄《孝經》十遍。」

錢姨娘瞧著女兒大紅色的褙子，福至心靈，她連忙跪下。「是婢妾的錯，嫻姊兒還小不知事，婢妾這就帶嫻姊兒回去換衣裳。」

姜氏瞧錢姨娘乖覺，便親自扶她起來，話也點得透澈。「姨娘歷來就是個明白人，要知道咱們三房共榮共辱，嫻姊兒也是我的女兒，同姑姊兒和姒姊兒一樣，為她外祖父略盡一分心意，是她們的孝道。」

錢姨娘忙道是，拉著姚嫻出了正堂。

姜氏瞧著錢姨娘母女遠去的背影，問孫嬤嬤。「嬤嬤瞧，錢氏可會心動？」

孫嬤嬤忙道：「不是老奴背後說人，錢姨娘心思活絡，一眨眼便生出那許多心眼，您把話說到這分兒上來，她哪有不明白的。」

姜氏嘆氣道：「我也不指望她真能成事，以她和廖嬤嬤的交情，由她出面讓廖嬤嬤在老太太身邊敲敲邊鼓，總好過妳我貿然出手來得恰當，我拿嫻姊兒的親事交易，只要姑姊兒能回到我身邊，便是將嫻姊兒記在我名下又何妨。」

姜氏想了會兒，交代孫嬤嬤。「若是錢姨娘回頭來找妳，妳儘管再提點她一二，態度上隨意些，別讓錢姨娘看出咱們心急，這事她出力也好不出力也罷，橫豎咱們給了條道讓她走，別說我這做嫡母的不為庶女考量，若是她乘機提出些銀錢物事的，妳只管給她，這回咱們就瞧瞧錢氏的本事。」

孫嬤嬤欠身道是，又與姜氏合計一番，姚姒在旁邊並未插話，她明白姜氏接下來的打算。如今外頭謠言四起，姜氏乘機將姚姑奪回來，時間上最是恰當不過，因此讓錢姨娘打頭陣去探探姚蔣氏的底，確實是一步妙棋。

姜氏的一番話把錢姨娘吊得是七上八下的，回到重芳齋，急忙找出件天青色素面褙子給姚嫻換上，又摘了她頭上鮮亮的大紅絹花和金釵，換了根銀鑲珍珠的簪子，這樣一瞧，既合喪服的禮數又不打老太太的眼。

姚嫻莫名被姜氏懲罰，見錢姨娘這般乖乖聽話替她換衣裳，氣不打一處來。「那是她死了爹，關咱們什麼事，她心氣不順就找姨娘和我的不是，她既是自請下堂，老太太怎地不休了她去。」

錢姨娘慌急地捂住女兒的嘴。「越發沒樣子了，這種話也敢嚷出來？被人聽到了，不孝嫡母、不尊長輩、搬弄口舌這三條，哪條都於妳名聲有礙，將來親事可怎麼辦？」

姚嫻自己也知道，她也就只在錢姨娘面前逞能，賭著一口氣不說話，換了衣裳就去了姜氏的正堂。

錢姨娘送走女兒後，是左思右想，為了證實自己的猜測，轉頭便拿了個花樣子來尋孫嬤嬤說話。

孫嬤嬤從前雖不大待見錢姨娘，但面子上從來都做得足足的，見到錢姨娘來尋她，堆起笑臉。「姨娘這個時候來真是稀客。」

說完讓小丫頭上茶，瞧錢姨娘手上拿著個花樣子，那繡活配色清淡，心下明白這是給姜氏做的，便讚道：「還是姨娘手巧，錦香和錦蓉這兩個丫頭平素忙，針線上的婆子們手藝也就那樣，虧得太太跟前有姨娘盡心意。」

錢姨娘瞧著孫嬤嬤與往常般客套，不像是要求她的樣子，於是試探道：「我也就這手活計拿得出手，給太太做幾雙鞋也不算什麼，這些年下來，太太看著倒是與我生分了些，今兒侍候了太太這一著，倒讓我想起當年與太太隨老爺在京城的日子，一眨眼這都十多年了，姊兒幾個眼看著也到年紀要說親事了。」

孫嬤嬤回道：「可不是，兒是娘的心頭寶，女孩在家時千寵萬愛的，一旦出了門就像是再次投生，姨娘知書達禮，我這話糙理不糙，姨娘可認同？」

錢姨娘約莫心中有了底，嘆了一氣。「前兒老太太的蘊福堂鬧了這麼一齣，我這心裡也是為太太擔心、不值。」她見孫嬤嬤深有同感，又道：「這些天外面傳什麼的都有，我也聽了一些，太太在家侍奉高堂，這等賢慧還遭那幫人攀誣，我這心裡也不好受，有心想替太太分憂，又怕我這莽撞性子惹得太太不高興。」

孫嬤嬤嘆道：「還是咱們三房自己人最清楚，太太這些年來受的委屈還少嗎？」

彷彿找到知己般，孫嬤嬤推心置腹道：「光說姑姊兒的事，外人看姑姊兒養在老太太身邊是她的造化，可天底下誰願意母女分離？就拿姨娘來說，當初太太就是看在姨娘處處為太太著想的分上，讓姨娘親自養著嫻姊兒，這是太太體貼姨娘的一片為母之心。可太太心裡苦啊，這話我也就對姨娘說說，太太這輩子頭一個心願，就是希望姑姊兒能回到身邊，這比什麼仙丹妙藥還靈，若是姨娘肯為太太解憂，不是我說，姨娘立了這麼大的功勞，還怕太太不急姨娘之急？」

錢姨娘眼波一轉，心頭更加坐實自己的猜想。姜氏與老太太之間的恩怨她比誰都清楚，姑姊兒的事確實是姜氏心裡的一大痛，如若真能辦成此事……可她轉念一想，姜氏如今處境尷尬，她這麼貼上去是否值得？

錢姨娘到底沒有心頭發熱當面就承諾孫嬤嬤，只道：「看嬤嬤您說的，只怕太太看不上我這微末心意，不過有您待我這番推心置腹，我就算冒著被太太責怪，也值了。」

孫嬤嬤知她素來謹慎，從不肯落人口實，她也不催錢姨娘，二人說著話，又說到姜氏喜歡的花樣子上頭，錢姨娘多坐了一刻鐘，趁姜氏快回來之際告了辭。

姜氏從蘊福堂回來後，打發姚嫻回重芳齋抄《孝經》。姚姒自己乖覺，帶著綠蕉回了雁回居。孫嬤嬤侍候姜氏重新換了身家常穿的素色襖子，又拿了個暖手香爐給姜氏，這才不慌不忙地把錢姨娘的話學給姜氏聽。

姜氏聽得仔細，錢姨娘的反應也在意料之中，遂道：「她這是想要拿喬，也得看我樂不樂意。告訴她，我生姒姊兒時大出血才致不孕，我沒兒子旁人也休想再生，婠姊兒的事若是辦得好，自有她的體面。若是不樂意插手，我也不怨怪她，嫺姊兒的親事，最終也得我這個嫡母點頭才算。」

姜氏這是不耐煩錢姨娘了，孫嬤嬤也知如今要把婠姊兒奪回來是最好的時機，估計錢姨娘也是看清了這點才會有心想討價還價，哪知姜氏一針見血地把錢姨娘的後路給堵了。

第十二章 奪女

錢姨娘沒一會就收到風聲，姜氏的話一字不落傳到她耳中。只有她知道姜氏為何會大出血，姜氏這是知道了什麼嗎？錢姨娘被嚇得不輕，轉頭思量起姜氏的話，又百般安慰自己，如此這般她才瞧清楚姜氏的手段，先禮後兵，事情由不得她答不答應，她都得卯足了勁辦妥。

錢姨娘晚上侍候姜氏歇下，孫嬤嬤送她出來時，遞了個小匣子給她。錢姨娘回到重芳齋打開一看，裡頭裝著五錠金子，每錠十兩，這些金子成色算是上等，若按市價算，折合成銀子足足快五百兩，看來姜氏為了大女兒是下血本了。

第二日，孫嬤嬤帶了幾個小丫頭提著七、八個包袱，進了姚姑的怡然樓。一路招搖經過花園時，幾個藏頭露尾的婆子睜大眼，有膽大的腆著臉上前同孫嬤嬤諂媚，那眼珠子直往那沈甸甸的暗花杭綢包袱上瞧，孫嬤嬤得意地對奉承她的婆子道：「五小姐雖養在老太太身邊，可三太太疼她的心和對十三小姐是一樣的，這不為著親家老爺的喪事，三太太體恤五小姐也要守孝，特地揀了些好東西送到五小姐那裡去。」

有個婆子膽大，隨手摸了一把，手感扎實，摸著像是衣裳料子。是了，三太太娘家再怎麼落魄，可三老爺這幾年在廣東任二品官，按理五小姐比這府裡其他小姐都要來得尊貴些，即便老太太明裡暗裡離間這母女二人，可禁不住人是從三太太肚裡爬出來的，打斷骨頭還連著筋呢。

孫嬤嬤將這些婆子的神情看在眼裡，她故意露出些傲氣來，朝那個摸包袱的婆子輕斥道：「好生沒規矩，仔細摸壞了東西，拿妳一家幾口來也賠補不了。」

那婆子訕笑了下，忙給孫嬤嬤說了幾句好話，這樣一鬧，又有好些丫鬟婆子們圍上來，孫嬤嬤見差不多了，這才招手帶著丫頭們離去。

孫嬤嬤進了蘊福堂，並未去姚蔣氏的正院，而是從角門進去，再去怡然樓。廖嬤嬤站在廊下一邊聽小丫頭在她耳邊說孫嬤嬤在園子裡招搖的事，一邊打眼瞧著孫嬤嬤從角門得意而去，她抬手招了個二等丫鬟叫柳葉的來，在她耳邊吩咐了幾句。

孫嬤嬤的動靜大，蘭嬤嬤早就聽了信兒，等在怡然樓前將她迎進去。姚姞拿著個繡花框，低著頭神情專注地繡花，她的貼身丫鬟采菱勸道：「小姐且去孫嬤嬤跟前露個臉，畢竟那是三太太身邊最得臉的嬤嬤，小姐賭氣不搭理她也說不過去。」

姚姞頭也不抬，對采菱的苦勸只是不聽，煩了便道：「妳是我的丫鬟還是她的？淨幫著那邊說話，今兒她鬧這麼一齣又是拿我掙名聲，天底下就沒見過這樣做娘的。」

采菱忙上前捂了她的嘴，急道：「我的好小姐，孫嬤嬤可就在外頭聽著呢。」

孫嬤嬤和蘭嬤嬤坐在外間說話，姚姞這話兩人當然都聽到了。蘭嬤嬤打心眼憐愛這個被大人做棋子的可憐孩子，因此有心替她開脫。「這話您莫要惱，姞姊兒尋常是個知書達禮的好孩子，不過就是有些拗。回頭我且勸勸姊兒，讓三太太也別把姊兒的話放在心上，母女間哪有解不開的結呢。」

孫嬤嬤忙道是，她心裡自有算計，起身對蘭嬤嬤道：「姑姊兒有些小性兒老奴是知道的，也是咱們三太太對姑姊兒虧欠。三太太疼愛姊兒還來不及，哪裡會計較姊兒的小孩子話。」說完便略提高嗓音道：「還得煩勞您將這些東西清點下，都是三太太精挑細選的，好給姑姊兒日常使用。」

言罷也不等蘭嬤嬤接話，她自顧自招手讓丫頭們上前來，一一將包袱打開，指著頭一個包著一匣子的頭面道：「這些都是些老物了，這珍珠看看都有拇指大，素銀的做工倒也巧致，最是適合姑姊兒守孝戴。」又指著下一個丫頭手裡的物事道：「眼瞧著開春了，只怕姑姊兒的春裳要備起來，這些素淨料子最襯姊兒膚色。」

林林總總的，從頭面首飾到衣裳布料，再到些精巧擺件，真是樣樣周到，孫嬤嬤的話無不露出幾分施捨的憐憫。

躲在內室的姚姑再也聽不下去，她心裡的怒火騰騰往上冒，眼淚在眼眶裡打轉，倔強地不讓它滴下，她大步從裡面跑出來，指著孫嬤嬤怒道：「拿上妳的東西給我離開，妳回去告訴她，我是老太太養大的，這世上我只與老太太親，打今兒起，叫她離我遠遠的，我只當沒她這個生母。」

姚姑的自卑與固執皆來自對自身的深深認知，她是大人之間的棋子，孤伶伶地被丫鬟婆子養大，尤其見不得人對她的施捨憐憫，她的心是高傲的，由不得人來踐踏。

蘭嬤嬤快步上前摟住她。「姑娣兒，好孩子，怎麼能這樣說話呢？」其實她心裡疑惑得很，依孫嬤嬤尋常的脾性，根本不會這樣一路招搖，又在娣兒面前趾高氣揚，她是百思不得其解，只能先勸住姚姑。

孫嬤嬤打心裡心疼姚姑，可如今不得已做這個局，只是可憐了她。她故意面上帶了幾分惱意，說出來的話卻像是哄不懂事的小孩。「姑娣兒年紀還小，小孩子的胡話老奴是不會當真的，這些東西就留下了，老奴也好回去安太太的心。」

姚姑更加惱怒，這是在嫌她不懂事。是啊，她是有娘生沒娘養，這府裡的人哪個不輕瞧她，她也就是這麼個尷尬人！好啊，要丟臉大家一起丟臉。她一聲不吭地拿起東西就往屋外丟，動作快得不可思議。

蘭嬤嬤和孫嬤嬤都傻了眼，沒想到姚姑會來這麼一齣，待回過神來，東西已被她扔到地上東一堆西一堆的。最後孫嬤嬤帶著原來的東西不復來前的得意，灰溜溜地回了芙蓉院。

廖嬤嬤見孫嬤嬤被個小丫頭弄得灰頭土臉的，看了一場笑話，轉身就在姚蔣氏身邊將整件事當成樂子說給她聽。姚蔣氏見姜氏被自己的女兒鬧了個好大的沒臉，心氣自是順了些，沒過會，小丫鬟來報，五小姐哭哭啼啼地找老太太來了。

姚蔣氏樂得姜氏母女間越鬧越大，最好是個解不開的死結，因此忙讓人進來。

姚姑哭得是真傷心，心裡隱隱存著些痛快悲涼，她一把撲倒在姚蔣氏面前，是哭得肝腸寸斷，令聞者皆不忍。姚蔣氏看了廖嬤嬤一眼，廖嬤嬤會意，叫了個小丫頭來，去怡然樓把蘭嬤嬤給請來。

姚蔣氏親自扶她起身，又拿帕子替她拭淚，怒道：「將姊兒跟前的人都給我叫來，都是死人不成？姊兒哭得這般傷心，是誰瞎了眼不經事惹了姊兒？」

姚蔣氏這番作態，倒真是個慈愛的老祖母所為，奈何姚姞只是哭得厲害，問她話也不答，姚蔣氏無奈，只得讓秋月扶她進去裡間整理，她親自問蘭嬤嬤怡然樓的事情。

蘭嬤嬤當然一五一十把事情原封不動全說了，姚姞在裡邊是聽了個一清二楚。她不願蘭嬤嬤被姚蔣氏苛責，只得自己出來，在姚蔣氏跟前哀求道：「祖母若是疼我，就讓我一直在祖母身邊養著，她這樣羞辱我，我只當是個沒娘的孩子，求祖母好歹憐我一些。」

這是真傷心了，廖嬤嬤樂得添些柴火。「瞧姊兒說的，姊兒雖打小養在老太太身邊，再怎麼也是三太太生的，最終還是會回到三太太那邊去，老太太把姊兒將養一場，自是希望姊兒好的。」

「我沒有娘，我是老太太養大的，我也不要她來假惺惺拿我博名聲。」她眼裡的驚慌一閃而過，心想，自己就是顆球，被她們嫌棄來嫌棄去的，她不願回到姜氏身邊，到底在害怕什麼她也說不清，日子只有原封不動這樣過著，她才有些許的安全感。

姚蔣氏把她的驚慌與不願都看在心裡，暗道姜氏這回可真是失策了，她樂得瞧姜氏吃癟。

姚姒抄了半日的〈往生咒〉，紅櫻替她洗手淨面，這才將怡然樓裡的事說給她聽。姚姒明白這是姜氏出手了，看這勢頭必然還有後招，她走到南窗下，窗外是桃紅柳綠的靡靡春色，花團錦簇的表面，像極了那覆在人臉上鮮亮的面具。她忽地想起日前姜氏喚了錢姨娘服侍，思量片刻這才明白，姜氏所謂的後招必然是錢姨娘。

她吩咐紅櫻和綠蕉。「將我抄好的經書都拿上，隨我去母親那邊坐坐。」

自接到姜老爺去世的消息後，姚姒便開始抄〈往生咒〉，到如今已抄了數十本，紅櫻和綠蕉拿包袱將經書包好，跟在姚姒身後進了正屋。

姜氏是知道小女兒為姜老爺抄經的事，她把經書打開瞧，上面字跡秀麗工整，確實是小女兒的筆跡，瞧她這般用心，著實把女兒誇了一陣。

母女倆正說話間，孫嬤嬤回來了，姜氏把屋子裡侍候的小丫頭都遣下去，就聽孫嬤嬤一五一十把事情細說了遍，姜氏哽咽道：「可憐我的姑姊兒！」

孫嬤嬤勸她。「姑姊兒將事情鬧得越大越是便宜咱們行事，您和姑姊兒越是解不開這結，依著老太太的脾性，您心中不痛快，她越是要在您傷口上撒把鹽才好。」

「如今我還有什麼不能忍的，只要姑姊兒能回到我身邊，便是要割我的肉也成。」姜氏恨聲道。

孫嬤嬤深知姜氏是把姚蔣氏恨到骨子裡，姚姒也寬慰姜氏不要傷心，左右有母女團聚的時候。

姜氏也知現在不是傷心的時候，開弓沒有回頭的箭，她對孫嬤嬤道：「前面的路咱們都替錢氏鋪了，接下來就看她的手段了，但願莫讓我失望。」

姚姒瞧姜氏並未瞞著她進行這事，又有今日鬧的這麼一齣，她也就大致明白姜氏的主意。只是錢姨娘這個人靠不靠得住還兩說，想靠錢姨娘成事，不如她替姜氏把這主意描補齊全了，於是進言道：「娘，錢姨娘那邊她自有打算，咱們也不能將希望全放在她身上，娘既然做了前面這些，不如咱們再使些猛勁。」

孫嬤嬤自肚兜一事之後，是打心裡佩服姚姒，她眼睛一亮，忙問道：「姒姊兒可是有好主意不成？」

姚姒一笑，遂和孫嬤嬤耳語一番，聽得孫嬤嬤是五體投地。

「虧得姒姊兒能想到這裡來。」孫嬤嬤思量了會兒又和姜氏商議一陣，待二人周全了這主意，孫嬤嬤便下去安排。

次日請早安的時候，姜氏眼睛紅腫，一臉傷心，瞧見了立在姚蔣氏身邊的大女兒姚姑，愣是沒個好臉色。而姚姑更是瞧不得姜氏這番委屈作態，板著臉也不瞧姜氏半眼。

姚蔣氏瞧著這母女二人心中都存了氣，頗有些相看兩相厭的意味，她不由得暗讚當初把姚姑抱過來養做得對，左右她不曾費過半分心，都是丫頭婆子們照看，偶爾心氣不順時拿這個姜氏的親生女兒來給她下臉子，真是件解氣的事。

正月轉眼就過完了，二月初二龍抬頭，需焚香設供祭祀龍神。

天還未大亮，蘊福堂正屋裡卻燈火通明。姚蔣氏自昨夜裡便有些不舒服，大半夜起了五、六次，卻什麼也拉不出來，肚子如今鼓脹脹的。姚蔣氏不禁想是不是吃了不乾淨的東西，她一向注重養生，這些年連個傷風咳嗽都很少。

就在這時外頭一聲慘叫，秋紋進來低聲在秋月耳邊說了幾句，秋月臉色一下子就變了。姚蔣氏身子不舒服，心氣就有些不順，對著秋月喝道：「鬼鬼祟祟的做什麼，出了何事？」秋紋朝秋月望了一眼，見姚蔣氏眼風掃來，忙小心翼翼回道：「沒、沒什麼，是外頭掃灑的小丫頭早起發現一隻碩大的老鼠死在咱們正房前，小丫頭們膽子小，因此嚇得嚎了幾嗓子，奴婢已經讓鄧婆子處置去了。」

鄧婆子是姚蔣氏身邊負責花木的管事婆子，膽子素來大。

姚蔣氏心想著真晦氣，今兒是龍抬頭的日子，她這屋裡頭就見了血。忽地，姚蔣氏也不知想到什麼，臉色即時大變，這時她肚子又是咕嚕幾聲，急得她忙朝簾子後頭的便盆跑去。

廖嬤嬤沒多久就進來姚蔣氏跟前服侍，早前死老鼠的事情她一進門就有人告知她，廖嬤嬤也是個人精，立時聯想到，姚蔣氏是屬鼠的，這會不會有什麼干係？她也嚇了一跳，佯裝鎮定進了裡屋。

姚蔣氏生病了，大夫來瞧了半晌，又問昨兒晚間進了什麼吃食，廖嬤嬤一一說出來，老大夫又探了姚蔣氏的脈，只道：「不是什麼大礙，怕是人上了年紀，消化不大好，今兒吃些清淡的，我開一服整腸方子吃吃便好。」

姚蔣氏半躺在榻上，臉色有些發黃，聽到老大夫說她沒病，她這心裡也想著怕不是病，只怕是衝撞什麼了。

大太太、大奶奶守在床前，聽到老大夫這樣說，心想人上了年紀，吃著五穀雜糧哪能不生個小病的，大奶奶忙讓人送大夫出去順便抓藥。

二太太及餘下三房太太皆坐在梢間，瞧著老大夫出去，便都圍在床前。姚蔣氏瞧著這幾個兒媳婦越發不耐，揮手讓她們出去，屋子裡只留廖嬤嬤在旁服侍。

到了午間，姚蔣氏吃了些安神的藥睡下，廖嬤嬤左右無事，她剛出了蘊福堂，就見錢姨娘身邊的柳嬤嬤笑盈盈地上前搭話，聽到錢姨娘在屋子裡擺了好酒等她，她也不客氣，隨柳嬤嬤去了重芳齋。

錢姨娘讓廖嬤嬤坐了上席，廖嬤嬤略推了推也就從了。錢姨娘執了壺給她斟酒，酒是金華酒，菜亦是上等席面的好菜，都入了廖嬤嬤的眼了。

錢姨娘也甘心伏低做小，對著廖嬤嬤舉杯道：「上次紅櫻那賤蹄子的事，弄得嬤嬤在三太太跟前鬧了好大的沒臉，我這心裡也著實過意不去，今兒這酒嬤嬤喝下，權當我替我們三太太賠個不是了。」

廖嬤嬤心道一個姨娘也能作得正房太太的主，可真是好大的口氣。只是瞧錢姨娘這半個主子，在她面前也要小意奉承，她便有些飄飄然，一口抿光酒，又讓錢姨娘給她斟上。

「三太太看不上我那大兒，咱也不稀罕她院子裡的人，沒了紅櫻還有綠櫻黃櫻不是，姨娘這話我愛聽，來來來，我也敬姨娘一杯！」

這個老貨還真把自己當成人上人了！

錢姨娘與她打交道也不是一天兩天，深知這老貨就愛扯虎皮拉大旗，她忍下心思，只一味把廖嬤嬤服侍得舒舒坦坦的，因此話頭就往那上邊引。

「您還別說，咱們這三太太是越發作踐起我來了。前幾日嫻姊兒穿了件亮色衣裳，她是發了通好大的脾氣，當即就讓嫻姊兒換衣裳，說是要替姜老爺守孝。我呸，一介犯官守哪門子的孝，弄得嫻姊兒是好大的沒臉。不瞞嬤嬤您，我在她身邊這些年，還不如個大丫鬟來得有臉面，我這心裡就想著下下她那端著的臉，這才替我和嫻姊兒解氣。」

錢姨娘本是有些作戲的成分，哪知越說越較真，心裡那股委屈直冒，因此這番話語倒也情真意切。

第十三章　疑心生暗鬼

廖嬤嬤心裡是這樣打算的，若姜氏真不作用了，就瞧錢姨娘這股聰明和忍勁，三房怕是大半會掌在她手中，於是廖嬤嬤對錢姨娘也有幾分奉承。

錢姨娘喜笑顏開地道謝。「這得多虧嬤嬤在老太太跟前為我們嫺姊兒說好話，我記下嬤嬤這份情。」她見時候差不多了便道：「說來前些日姑姊兒鬧的那一齣，才真叫人解氣。咱們三太太是一門心思要叫姑姊兒認她這做娘的，一邊卻又拿姑姊兒作文章樹她賢良的好名聲。哪承想姑姊兒氣性大，只認老太太不認她。這不，我聽前院傳來消息，三太太發了好大通脾氣，對姑姊兒恐怕是恨上了。」

她瞄了眼廖嬤嬤的臉色，這才又往下說：「如今她母女兩個這小打小鬧的，算不得什麼，我這口氣悶在心裡左右是不痛快，今兒找嬤嬤來，也是求嬤嬤幫我一回，好讓我也給她下下臉子，出口惡氣。」

廖嬤嬤眼一睃，瞧著錢姨娘問道：「姨娘可是有什麼好主意不成？說來聽聽。」

錢姨娘瞧著火候到了，忙道：「這外頭的謠言還未平息，老太太自是不好隨意處置三太太。若是用姑姊兒對付她，一來也能平息外頭說老太太奪女的謠傳，二來麼，且讓她們母女窩裡鬥去，咱們也能瞧樂子。這不，也讓老太太瞧瞧嬤嬤您的手段，再說姑姊兒左右是將這性子養成了，她母女二人如今是相看兩相厭，我再覷著空挑撥一番，不怕沒熱鬧瞧。嬤嬤您不如向老太太吹吹風，找個由頭將姑姊兒丟給三太太養，養得好了是老太太的功勞，養得歪了可就是她三太太的錯。我瞧著往年這個時候，咱們府裡是要開春宴的，咱們也借借外頭人的嘴，堵一堵這些風言風語，這可不是也為老太太正名嗎？」

錢姨娘這話半真半假，她心想既是給姜氏做事，那也不妨給她穿穿小鞋。

廖嬤嬤一聽，還真是那麼回事，只是她心裡雖承認這主意好，可面上卻擺出模稜兩可的表情來。

錢姨娘哪裡不知道她這是等著拿好處，起身從床榻裡邊翻出個小匣子來，遞到廖嬤嬤面前。廖嬤嬤拿手掂量了下，覺得太輕，錢姨娘瞧著好笑道：「嬤嬤且打開瞧瞧，這份禮可不輕！」

廖嬤嬤遂將匣子打開，頓時兩眼冒金光。這裡頭不多不少，恰好兩錠金元寶。她也不疑有他，只道錢姨娘對三太太是恨上了心，下了血本來給三太太沒臉。

瞧在金子的分上，廖嬤嬤待錢姨娘的態度來了個大轉彎，她二人狼狽為奸合計好了在姚蔣氏那頭的說詞，想像著將來三太太母女鬧得雞飛狗跳的出醜模樣，二人心裡俱是一番暢快。

廖嬤嬤將金子往袖口裡放妥，避著人悄悄離開了重芳齋，她回了自己在外頭的宅子，將金子藏好後梳洗一番，把身上的酒氣去了個乾淨，就又回蘊福堂當差。

姚蔣氏昨夜走了睏，又強撐著身子在祠堂祭祀。這午歇便睡了約兩個多時辰，只是睡夢中不大安穩惡夢連連，她此時臉色便有些不大好。

廖嬤嬤進了裡屋，秋紋正帶著小丫頭們給她梳頭。她走上去接過小丫鬟手中的檀木梳子，小意道：「老奴替您通下頭，興許精神就好些。」

姚蔣氏無精打采地點了點頭，廖嬤嬤略一使眼色，底下的丫鬟都退了出去。她手勢嫻熟，拿梳子緩緩從頭梳到尾，中間再停下用梳齒輕輕按壓頭皮。

約莫半盞茶工夫後，姚蔣氏覺得舒爽了些，嘆道：「果然還是妳這老貨侍候得舒服，這些小丫頭們愣是不如妳手勢好。」

廖嬤嬤憨憨地笑了聲。「老奴久不侍候，手都生疏了，您覺得好了些，那老奴往後天天給您通頭。」廖嬤嬤跟了姚蔣氏幾十年，把她的脾性是摸了個透。

她這股憨樣，姚蔣氏還當她是原來那個一心為主的忠僕，雖有些小貪，可人無完人，年輕時還多虧她替自己裡外張羅，不然這麼大個家，老太爺又時常在外頭跑，她一個人根本忙不過來。

姚蔣氏這麼一念舊，就朝廖嬤嬤指了座，廖嬤嬤明白，這是姚蔣氏要她陪著說會兒話，於是拿了個繡墩坐在姚蔣氏的下首。

姚蔣氏一向敬鬼神，對於今日大清早的，她正屋門前死了老鼠的事情還耿耿於懷，她怕這是有人生事，早前有交代廖嬤嬤去查，這會子便問起來。「可查到了，早前這事可有古怪？」

廖嬤嬤忙正色回道：「老奴與鄧婆子一明一暗查了半天，咱們院子裡的丫鬟身上都乾淨著，便是其他幾房太太那邊，老奴也私底下著人查了，倒看不出哪裡不妥，合著這事怕就是個巧合，您也不必放在心裡，養著身子要緊。」

姚蔣氏心裡隱約覺得這事有些古怪，只是她這些年順風順水慣了，深信沒人敢在她頭上動歪腦筋，只是經了昨晚上病的這一齣，連大夫也看不出個所以然，她這心裡越發沒底了。

「妳說，莫不是咱們院子裡有什麼東西衝撞了？」

這也怪不得姚姒想出這麼個主意來，將姚蔣氏的心思猜得八九不離十。

姚蔣氏這一輩子手上也是犯了幾條人命的，旁的不說，單說一個傅姨娘，那可真真是個冤死鬼。俗話說平生不做虧心事，半夜不怕鬼敲門，姚蔣氏強橫了一輩子，手底下幾房兒媳婦也是被她調教得不敢有什麼想頭，正所謂疑心生暗鬼，是以她才往鬼神方面去想。

廖嬤嬤多少猜得出她的心思，於是順著話道：「哎喲，老奴心裡也存了這想法，只是怕嚇著您才沒明說。不然這事情怎麼就湊巧了，您半夜裡生病，隔早屋門前就死了老鼠？咱們院裡老奴敢說連隻死蚊子也是沒有的。」

這話等於是將她的猜測落實了，姚蔣氏是個惜命的，立即吩咐道：「這事也不要聲張，回頭妳請劉道婆來，就說開春了，替咱們算算哪一日適合開春宴，再有今年的供奉也該給了，乘機替我跑一趟去。」

廖嬤嬤壓下心頭給錢姨娘說項的打算，起身出去讓人安排馬車。

廖嬤嬤前腳剛出門，芙蓉院裡孫嬤嬤才剛回來，兩人恰恰錯身而過。

孫嬤嬤回了芙蓉院，姜氏有些憂心，忙問：「這劉道婆可靠得住？事情可成了？」

孫嬤嬤安慰道：「太太您就放心，這劉道婆也算是個人物，心思更是七竅玲瓏，不然這些年也入不得這些豪門大戶的太太奶奶們的眼。她一年間從咱們府裡撈供奉也不過五百兩，咱們給了她一千兩銀，只是讓她說幾句話的工夫，這便宜買賣她算得過來。」

姜氏素來自持身分，不喜這些雞鳴狗盜之事，如今為了跟大女兒團聚，也管不得那麼多了。她心想，這劉道婆充其量也就是個神棍，諒她也不會砸了自己的飯碗，遂安下心來。

劉道婆來得快，廖嬤嬤出去不過個把時辰，便帶著劉道婆直接進了蘊福堂。

姚蔣氏換了身福祿壽雲紋錦緞長身褙子，頭髮梳得一絲不苟，額頭戴著條銀色繡菊花紋鑲珠抹額，至少比上午精神了些。可劉道婆眼神毒辣，一眼就瞧出她神色倦怠，忙揮手中的拂塵道了聲「無量壽佛」。

劉道婆的道號清蓮，她本是富貴人家的兒女，只是家道中落便出家做了道姑，她容貌清麗，舉止安閒，加之又一口的道家佛謁，二人本就相識多年，姚蔣氏待她頗為親近。

小丫鬟上了茶，二人分賓主坐定，姚蔣氏才道：「妳也知道，近來我府上不大安生，老身旁的不說，只咱們這樣的積善之家，沒的沾上些流言蜚語，總歸有些折損顏面，好在我那三個兒子倒也出息，老身總要為兒孫著想，是以今年春宴尤為重要，今兒請妳來，是想妳替我府裡算算，哪一日開春宴合適？」

劉道婆生來一顆七竅心肝，姚蔣氏的意思她豈會不懂，忙道：「老太君一向福祿深厚，誰不讚您一聲會教養子孫，就是待媳婦那也是如女兒般疼愛，多少人羨慕都來不及呢！前兒還有人向貧道打聽您家孫子來著，聽那話音倒像是想做親，老太君您且放寬心，貧道這就給老太君算算。」

她這話說得高明極了，並不一味奉承，外頭謠言滿天飛，她姚府確實有些落臉面，況且姚蔣氏確有自己的打算，這劉道婆的話算是說到她心裡去了。

姚蔣氏正是想借開春宴看看外面對姚家的態度，姜家的事頭已經過去月餘，姚府的富貴榮華未曾受到半點折損，她姚家就是有這個底氣，誰要再想看姚府笑話，那也得掂量自身有幾斤幾兩，姜氏也鬧夠了。

劉道婆拿了八卦盤算了半盞茶的工夫，算出了三個日子，二月初八、十六、二十五這三日都是難得的好日子，並未有衝撞和忌諱之處，廖嬤嬤忙令秋月拿筆墨記下。

二人又說了些閒話，廖嬤嬤使了個眼色令底下的小丫頭都退下，她親自給劉道婆續了盅茶，劉道婆忙起身道：「嬤嬤客氣了，哪裡要您親自動手。」

姚蔣氏忙道：「受她一盅茶也沒甚，無須客氣。」只是她今日本就身子不適，又費神說了這些話，臉上倦怠之色愈加明顯。

劉道婆見是時候了，忙道：「貧道瞧老太君今日氣色不佳，且觀面相隱有黑氣，這是大凶之兆呀。」

廖嬤嬤頓時來了精神，忙道：「老太太身子健朗得很，劉道婆這話可不能亂說。」她這是為姚蔣氏唱起了黑臉。

姚蔣氏喝道：「越發沒樣了。」又朝劉道婆道：「既如此，那妳就給我算算，妳的話我是信的，凡事多忌諱總是好。」她這話說得漫不經心，頗有些裝腔作勢。

劉道婆何許人也，她也不點破。「老太君稍候，貧道這就給您算算運程。」

這一算可不得了，劉道婆臉色微變，忙問廖嬤嬤：「敢問老太君近來是否身子不適，大夫也說不出個所以然來？」

廖嬤嬤朝姚蔣氏望了一眼，得了她的首肯這才道是。

劉道婆又問：「老太君屬鼠，按說今年運勢乃是吉星入宮之勢，只是……」

廖嬤嬤急道：「只是什麼？妳這道婆說一句藏半句的，聽得人一唬一唬的，咱們老太太可禁不得妳這般。」

姚蔣氏並未出聲，劉道婆忙嘆道：「老太君同時也命犯五鬼凶煞，年命犯五鬼，多有小人是非，再者有白虎星入命，白虎星乃大凶星之一，尤其對身子有影響。」

姚蔣氏一想，可不是，打從今年開始，她身邊是非不斷，光是大太太陳氏與姜氏兩人，就給她添了多少是非；再有她生病一事，現在聽劉道婆這麼一說，越發坐實她心中所想，只是面上卻不顯，倒頗有些作勢。「依妳這麼一說，可有解法？非是我老婆子惜命，只是略安一安心總是好的。」

劉道婆正色道：「倒是有解法，老太君且聽貧道一說，這命犯五鬼倒是不怕，老太君您福緣深厚，只需在起居處供上一尊地藏菩薩，菩薩跟前燃一盞長明燈，日日三炷香不斷，四時八節多加供奉，這樣倒是可解小人是非。只是這白虎大凶星有些麻煩。」她見姚蔣氏頗為動容，忙道：「敢問老太君，您身邊親近之人可有屬虎者？屬虎之人白虎星旺，於他人無礙，卻對老太君您康健有礙，近一年您最好避開這屬虎之人，這病氣才不會入體。」

劉道婆這麼一說，廖嬤嬤與姚蔣氏對望了一眼俱是無聲，到底姚蔣氏鎮定，忙端起茶盅輕抿一口，劉道婆見主人家端茶有送客之意，忙起身要告辭。

姚蔣氏也不多留，忙讓廖嬤嬤拿了五百兩銀子給她，說是今年的供奉。

劉道婆略推辭一番就收下，廖嬤嬤送她，行至垂花門前，她再下了一記猛藥。「適才貧道不好將這話講全，說給您聽是無妨的，這屬虎之人最好不要近老太太的身，也不能同住一起，便是身邊的丫鬟婆子有屬虎的，最好是打發了去，總歸是老太君的身子要緊。」

廖嬤嬤這話聽得明白。她客氣地送了劉道婆出門，轉身便回姚蔣氏身邊，將這話又說給她聽。

姚蔣氏忙吩咐道：「就照劉道婆說的辦，妳且一一去問咱們屋裡有誰是屬虎的，再報上來。」

廖嬤嬤得了吩咐，卯起勁就開始盤查起來。

到了晚間廖嬤嬤已將事情辦妥，她悄悄將名單說給姚蔣氏聽，屋子裡服侍的大丫鬟秋月便是屬虎的，再有底下兩個二等丫鬟冬梅、冬雪，另有兩個是粗使婆子。

姚蔣氏道：「秋月年紀到了，便配了人吧，冬梅、冬雪我自有打算，其他人妳看著辦。」

廖嬤嬤忙道：「是，老奴這就想個由頭，只是還有個人也是屬虎的，老奴不知該不該說。」

「是誰？妳個老貨，什麼時候了還吞吞吐吐的？」姚蔣氏頗為不耐道。

廖嬤嬤這才道：「是五小姐和她身邊的丫鬟采菱都屬虎，采菱倒好打發，只是五小姐這……」

姚蔣氏也在思量，姚姑這丫頭屬虎，倒是頗讓她為難起來。

廖嬤嬤心下可真是大喜，這不瞌睡來了就有人遞枕頭，她打量了姚蔣氏的神情，試探道：「主子您且不必費心，老奴這倒是有個主意，您聽聽。」

「說說，是什麼好主意？」姚蔣氏一副洗耳恭聽樣，叫廖嬤嬤心裡有了成算。「不瞞您說，這幾日三太太與五小姐鬧得不成樣，瞧著兩個是生了好大的嫌隙，倒有些相看兩相厭的味道，咱們何不成人之美，將她倆做成堆，且讓她們鬧去，咱們在邊上看戲便成。」她覷了眼姚蔣氏若有所思的神情，又道：「外頭這謠言傳得是忒不像樣，咱們府裡既是要開春宴，若她母女二人團團圓圓的模樣，讓外頭人瞧瞧去，可不是由著這股東風替老太太您正了名？」

「聽這話倒是有些意思，妳是說讓我把姑姊兒還給姜氏，由姜氏去教養？」姚蔣氏頗為動心，只是她心裡尚有疑問，依廖嬤嬤還想不到這主意，怕是後頭有人指使，忙一聲喝道：「這主意依妳是想不出來的，還不給我說實話，是誰在後頭替妳出的？」

廖嬤嬤哪裡料到姚蔣氏突然發作，忙戰戰兢兢地跪下道：「老、老奴說，是三房的錢姨娘，她今日將老奴找了去，偷偷摸摸地給了老奴十兩銀子，讓老奴在您身邊說說好話。」

「妳這老貨，這貪性總是不改，她一個小小姨娘，也膽敢算計到我頭上來？」

廖嬤嬤心下也有些懼怕，只是她十分清楚姚蔣氏的性子，你跟她坦白反倒不會怪罪。「老奴料她也沒這個膽，不過是想看三太太母女的笑話，好找回臉子罷了。前兒三太太禁了她的足，又發作了嫻姊兒一通，錢姨娘這才斗膽求到老奴頭上，老奴見她母女倆可憐見的，是以才答應替她說話。」

姚蔣氏見她這般坦白，倒也不生氣，這說明廖嬤嬤心裡至少還是個明白人，也是忠於她這主子的，她又敲打了一番。「往後可不許這麼沒眼色，誰的銀子都敢收。妳是我身邊的人，她們哪個都是人精，什麼該說、什麼該做妳是知道的，若是讓我瞧見什麼不好的，妳這張老臉可就全沒了。」

廖嬤嬤連忙點頭，指天發誓一番，她面子上頭做了足，心下思量著，這金子總算踏實到手了，瞧老太太這樣，多半是動了心。

原本姚蔣氏心裡總覺得這事有些湊巧，怕姜氏為了奪女而做了手腳，可經廖嬤嬤供出錢姨娘來，她這疑慮終是消了。錢氏陰毒，也只有她敢這般算計主母姜氏，於是在心裡有了打算。

第十四章　母女團圓

過了兩日，姚蔣氏屋裡的秋月配了外院的小廝，兩個二等丫鬟也有了去處，冬梅給了三爺姚博遠做屋裡人，冬雪則給了四爺姚博厚。而最令人吃驚的是，在她屋裡養了十幾年的五小姐姚姑，被她一句話就打發回姜氏的芙蓉院。姚蔣氏是這麼說的：「這女孩子大了，就該在親娘身邊教導，老婆子我終歸是上了年紀的人，有她親娘看著，總好過我這隔了一輩的人。」

這話是生生傷了姚姑的心，她又像個不值錢的玩意兒被攆出了老太太的院子，她打心裡認為這一切都是姜氏使壞，她再一次成了姜氏與老太太鬥法的犧牲品。於是，當她帶著蘭嬤嬤與采菱、采芙以及她那少得可憐的體己東西來到芙蓉院時，對著姜氏的淚眼婆娑，愣是沒個好臉色。

姜氏早就吩咐孫嬤嬤將東廂房收拾出來，又親自帶人佈置一番，當姚姑懨懨地踏入東廂房時，還是被屋裡的精緻晃花了眼。

屋子分為堂屋、梢間與裡屋，堂屋裡擺著一色的梨花木桌椅，壁上掛著幅「洛神賦」圖，她走近一看，竟是顧愷之的真跡，下面的梨花木案上擺著一盆水仙，使得屋裡暗香縈繞。她面無表情地往梢間走去，屋裡鋪著厚厚的波斯地毯，靠窗邊擺著琴臺，琴臺對面是一個大書案，案上文房四寶齊全，一旁的博古架是老檀木所做，上頭擺的東西不多，一件佛家七寶之一的琉璃如意、一對雨過天青淨紋闊口玻璃樽，再有一只白玉牡丹紋雙龍耳蓋瓶，除了這些金貴之物外，還放了幾個無錫的福娃娃和幾個趣致的陶俑。

蘭嬤嬤跟在她後頭，瞧得是心頭直發熱，還沒看裡屋呢，光是這些擺件怕已是價值不菲，三太太心裡終歸是疼愛這個大女兒的。

若說姚姑不驚訝是假的，她打小在老太太屋裡看多了好東西，自是有一定的眼光，如今姜氏給她這麼大的臉面，她把這一切歸因於姜氏是做給外人看的，這些東西只怕也不會是真心拿出來給她用。

姚姑收起心神，眼光一瞥，她的兩個貼身丫鬟早已看花了眼，她臉一紅，於是咳了一聲，自己急匆匆就走向內室。

一進裡間，首先是水晶做的簾子，掀了簾進去，腳上踏著厚實的纏枝花地毯，窗櫺上糊著霞影紗，一架美人榻立在南窗下，再是女孩兒家的梳妝檯，上面並未擺放銅鏡，而是豎著一面由銅架子架起來的玻璃鏡子，那鏡子瞧得人纖毫畢現；鏡子旁是幾個首飾匣子，她也不打開，逕自繞過一座十二扇面的美人屏風，就見一張千工拔步床，套著蜜合色繡花鳥帳子，床上是櫻粉色被面枕套，屋裡地方大，幾口樟木箱子就靠床尾，箱子上的清漆看著是新上去的，還透著股桐油香味。

姚姑一下子想起小時候的事情來，她看到姚媛的屋子裡有架小屏風很是精緻，便跟身邊的嬤嬤說要去找老太太要，那嬤嬤頓時嗤地一笑。「一個有娘生沒娘養的小姐，還敢要這要那的，妳指望老太太多疼妳哪，別給嬤嬤找麻煩，這屋子也就合著住妳這樣的小姐了，再要別的體面，去找妳親娘要去。」

她頓時羞得哭了一場，自此後也不敢找老太太要東西。她就像根野草般瘋長大，老太太對自己別有用心地噓寒問暖，也進不了已經寒透的心。姜氏給她再多的好東西，她也難以接受，她不知道為什麼她們要這樣待自己，她是哪裡做錯了？這些委屈使她無心再想別的，捂著帕子倒在床上無聲痛哭起來。

蘭嬤嬤上前語重心長地勸道：「如今好不容易回到親娘身邊，小姐不應該哭，您看這屋裡的用心，就應當明白三太太的心思，以前三太太不得已，小姐心裡有恨也是正常，可天底下無不是的親娘，從今以後小姐要往好處想，跟三太太的母女緣分就從這裡重新開始，小姐只有看開了才能把這日子往好裡過不是。」蘭嬤嬤直把她當親閨女待，是以這勸慰的話才敢這樣說。

姚姑心裡五味雜陳，也不說話，眼淚是止也止不住。

這麼多年的心結哪是一時半刻能解得開的，蘭嬤嬤也不多勸，她起身吩咐采菱、采芙歸置東西，她覷了個空找孫嬤嬤說了些話，蘭嬤嬤無不希望這對母女能和好。

孫嬤嬤尋思了會兒，卻沒將這事說給姜氏聽，只悄悄去找了姚姒，在她看來兩姊妹間是沒有仇恨的，只有姚姒在兩人中間緩和著關係，姜氏和姚姑才能慢慢好起來。

姚姒料到姚姑心裡會有一番抵觸，她將早就準備好給姚姑喬遷新居的一對梅瓶讓紅櫻抱著，就來到東廂房。

姚姑早就收拾好自己，只是雙眼紅腫，一眼瞧著就知道哭過。姚姒也不點破，只讓紅櫻把梅瓶交給采菱，便笑嘻嘻道：「這對梅瓶也不是多金貴的東西，賀姊姊喬遷之喜。往後跟姊姊一個院子住著，咱們姊妹也就方便往來了。」

俗話說伸手不打笑臉人，姚姑對這親妹妹也並未有多大的怨恨，她讓采菱將梅瓶收下。「勞妹妹跑一趟，多謝妳了。」

「姊姊不必客氣，我就住在西廂，與姊姊門對門住著。姊姊的屋子是娘親自佈置的，也不知道還缺哪些東西，回頭打發采菱向孫嬤嬤去說。」

姚姑惜字如金，淡淡回道：「妳有心了。」

姚姒有心想緩和氣氛，於是起身打量起屋子。「剛才進門時我抬頭一瞧，總覺得有些不大對勁，現在才想起來，這屋子可不就是在等著姊姊給取個名呢。」

她這一說，姚姑才想起來，取了院子的名字，就代表自己是這裡的主人了。這種有屬於自己東西的感覺真好，只是她怕這又是一場夢，夢醒了她指不定又被姜氏遺棄。患得患失間，她害怕起來，有心想拖延，道身子乏了，一時之間哪裡想得出個好名來。

采芙在她身後頻頻給姚姒使眼色，姚姑的心情姚姒多少有些體會，一時間心酸不已，她忍下心頭翻滾的酸楚，走到姚姑身邊拉起她的雙手。

「擇日不如撞日，姊姊這也都收拾妥了，來吧，咱們這就翻書去。」又拖著姚姑到書案邊坐下，她拿了本《詩經》，恰好翻到〈桃夭〉，便笑著將書指給姚姑瞧。「可是巧了，翻開便是〈桃夭〉，桃之夭夭，灼灼其華，這不是為姊姊寫的嗎？姊姊生得一副好容貌，好姊姊，咱們就把這兒取名桃夭居如何？」

采芙和采菱都讚這名字好，雖然她們也不知這其中的意思，只是總算這是一個好的開始不是。

姚姑橫了她倆一眼，她怎麼有這麼兩個狗腿的丫頭，心裡實在對姚姒這自來熟的地痞無賴樣難以招架，又不甘心被她這般打趣，於是急忙否決掉。

姚姒忙捂嘴笑著道：「那就灼華二字，女子風姿綽約，灼灼其華，說的還是姊姊呀。」

至此姚姑還不明白妹妹在打趣自己，她也就白活一回了，忙要捶她，姚姒哪肯讓她得逞，一個急閃就避開了。姚姑又羞又氣，紅著臉追著她偏要打到手，偏姚姒像尾魚一樣靈活閃躲，於是姊妹二人就妳追我趕起來，屋裡熱熱鬧鬧的滿是歡快氣氛。

姜氏進得門來，見到的便是姊妹二人嬉鬧的情形。姚姑一個錯眼就瞧見了姜氏的身影，她的臉突地就拉下來。

姜氏謀劃許久，才將大女兒從姚蔣氏手中奪回來，自是十分歡喜的。只是大女兒見到她就拉下臉，姜氏忍下心頭苦澀，走進屋裡打量了下，見屋子已收拾妥當，這才溫聲問姚姑。

「娘不知道妳的喜好，也不知佈置得合不合妳的眼，屋裡若缺些什麼，只管讓孫嬤嬤開了庫房取來。」

姚姞神情淡淡的也不出聲，蘭嬤嬤在一旁忙替她說話。「多謝三太太費心了，屋裡佈置得極合姞姊兒的喜好，且樣樣都妥妥當當的，什麼也不缺。再說姞姊兒也是個不挑剔的，左右日子還長著，若是需要什麼，老奴都記著去找孫姊姊要，總歸虧不了姞姊兒的。」

「妳是個妥當人，姞姊兒身邊有妳看著我很放心。」姜氏對蘭嬤嬤護著女兒的這片心甚是欣慰，卻也有些吃味，若不是老太太這些年使絆子，她何至於與親女鬧成這樣，這樣一想心裡又添重恨。

蘭嬤嬤也是個機靈人，忙福身道：「謝三太太的誇，這是奴婢的本分。」

姜氏瞧著她神態溫順，便道：「往後姊兒還要妳多用心，我自有謝妳的地方。」

蘭嬤嬤忙笑臉道謝，姜氏略打量屋裡情形，只見丫鬟婆子們臉上都帶著笑，就對錦香道：「去我匣子裡取了銀子交到大廚房，叫她們整治幾桌席面送到咱們院子裡來，主桌上就做些素的，其他就不拘葷素。今日姞姊兒喬遷，咱們院子裡不拘主子還是丫頭人人都有份，都給姞姊兒賀喜！」

蘭嬤嬤連忙帶著一干丫鬟婆子道謝，姜氏笑道：「該給妳們主子道喜，打今兒起，妳們要更加盡心盡力服侍，往後一心為姊兒，自是少不了妳們的好。念在妳們這些年對姊兒盡心，這個月多發一個月月例，銀子是姊兒賞妳們的，都去給姊兒道謝吧！」

這是姜氏在給姚姞做臉面，蘭嬤嬤是喜笑顏開，頭一個給姚姞道賀，儘管姚姞不大情願領姜氏這份情，但卻不能現在就下姜氏的臉，只得忍住不快，受著她屋裡丫鬟婆子們的道賀。

姚姒忙撒嬌地滾到姜氏懷裡。「娘真偏心，有了姊姊就不心疼小女兒了，左右我只有孫嬤嬤疼，我這就找孫嬤嬤去。」

姜氏輕輕往她身上拍了幾巴掌，笑道：「有妳這麼吃妳姊姊醋的，妳姊姊才回到娘身邊，娘自是要多疼著她些，往後妳可不許淘氣，妳姊姊針線功夫很是了得，以後每日去跟妳姊姊學些針線，也省得娘替妳操這份心。」

她從姜氏懷裡鑽出來，又走到姚娡身邊對她使了個眼色，笑道：「看看，這心都偏到爪哇國去了，左右我的好日子是沒了，姊姊可要多疼我些！」

屋裡被她這樣插科打諢，姜氏與姚娡少了許多不自在，姜氏心裡也明白對女兒不能急，左右是把女兒盼回來了，往後有的是時間。

相較於姜氏這邊的歡喜，綴錦院裡的四太太和四老爺是滿臉怨忿。

四太太一口銀牙咬碎，恨聲道：「好生日子不過，偏是無事都要起三尺浪來，這好端端的塞個美貌丫頭給厚哥兒，她這是安的什麼心啊？打量著我看不明白，咱們厚哥兒今年就要下場去，她這是成心見不得咱們好，想要禍害咱們厚哥兒的前程。」

四老爺繃著臉，到底比四太太要看得長遠。「一個丫頭，要生要死還不是咱們一句話的事，妳明兒就領著她去給老太太道謝，免得老太太拿這事做把柄。私底下不許她進厚哥兒書房，她若是安分還好，若不安分妳隨便給她個由頭發作了去，家裡的爺們一心讀書，將來為姚家光耀門楣，若是被個丫頭帶壞了爺們，這是父親最不能容下的。妳也莫生氣了，沒得氣壞了身子不值得。」

四太太聽丈夫這麼一說，心氣順了許多，柔聲道：「老爺也要擔心些，她既是想著壞了咱們的命根子，也難保她不在外頭給您使招。雖然父親多有偏袒您，只是咱們厚哥兒將來還要指望三房在仕途上幫扶，也不好與正房鬧得太難看，只是委屈了老爺您，姨娘的事怕是不太好辦了。」

四老爺一哼，臉上戾氣一閃而過。「三房那邊妳多來往些，三房只得兩個嫡女，如今姑姊兒回到三嫂身邊，明兒妳就帶著姮姊兒和嬌姊兒去給姑姊兒道喜，左右是她們姊妹間的友愛，與她們處得好了，自是有咱們的好處。」

第二日，四太太請安時，果然將冬雪帶在身邊，好一通謝姚蔣氏的賞，二太太在旁邊瞧著恨得牙癢癢的。老太太只賞了二房與四房，四太太來這麼一齣，同樣是做母親的，這明擺著就是她不重視庶子，庶子身邊的事情連帶也不上心，這不是打了她的臉嗎？

二太太想著今兒早上聽楊婆子說遠哥兒昨夜已經將冬梅收用了，心裡更是好一通氣，她正打算在姚蔣氏跟前如何替自己描補一番，姚蔣氏卻指著她道：「這家裡還是妳四弟妹最懂禮數，妳雖是官家太太，這點卻不如妳四弟妹孝順。」

姚蔣氏這番話成功挑起二太太對四太太的敵意，四太太心裡直恨姚蔣氏這番挑撥，臉上卻不顯分毫。

二太太被姚蔣氏數落了自是心氣不順，見四太太又如木頭似的只一味低著頭，她這一口氣堵在心裡橫豎不是，便拿四太太至今沒給厚哥兒安屋裡一事說嘴。「弟妹這也管得太寬了些，該是給爺們開開眼界了，總這麼童子雞的養著，爺們外出應酬是要被人看笑話的，不若我替厚哥兒求個情，冬雪這丫頭生得好模樣，今晚就給厚哥兒屋裡開臉吧，四弟妹這才是真正對老太太的孝順。」

「妳……」四太太嘔得在心裡滴血，既恨老太太無事生非挑撥，又怨二太太這炮仗性子一點就著，還睚眥必報。她臉上雖掛不住，到底還存一絲理性，回了二太太幾句。「再怎麼說厚哥兒也是妳姪兒，二嫂子請慎言，遠哥兒怎麼著我是管不著的，厚哥兒的事二嫂也不用替他操心，橫豎有我這個做娘的看著，誰對他好我是知道的。」

姜氏看著屋裡鬧得不成樣，心想老太太便是亂家的禍根，這樣欺負一個庶子媳婦，虧她們做得出來，便幫四太太說話。「四弟妹才得厚哥兒一個獨子，自是看得嚴了些，這也無可厚非。家裡的哥兒難道非要養著屋裡人才讓人瞧得起，這歪風可是要不得，咱們自詡書香門第，爺們自當以讀書為重。」她這話不無譏諷，倒叫屋裡眾人一時不好接話。

大太太想著，妳一個沒兒子養的也來摻和，這不是自打臉嗎？這時候不乘機踩姜氏幾腳她難以消氣，待要出聲，大奶奶站在大太太身旁，忽地捂著肚子唉呀一聲，打斷大太太的思路，眾人都朝她瞧過來。

大奶奶不好意思起來，對著眾人打起笑臉歉意道：「幾位嬸娘見怪，這幾日我身子有些不爽利，肚子時不時抽痛下，剛才實在是忍不住才出了聲。」

屋子裡的劍拔弩張隨著大奶奶這麼一聲「唉呀」消弭於無形。

姚蔣氏頗有深意地瞧了眼姜氏，又指著大奶奶道：「既是身子不爽利，就多歇著，左右妳婆婆也閒著，若是家事處置不過來，讓妳婆婆相幫一二。」

大奶奶聽得這話心裡一驚，暗嘆可真是好人難做。她本意是不要大太太又出言得罪姜氏，卻不想老太太對她此舉甚是不滿。大奶奶夾在這兩重婆婆之間，是順了哥情失嫂意，她心中鬱悶不已，卻不敢得罪姚蔣氏，忙應是。

姚蔣氏道了乏，眾人一一退出蘊福堂。

第十五章　循循誘導

姜氏回到芙蓉院時，孫嬤嬤急急把剛收到張順的來信遞給她。

姜氏終於盼得來信，拆開來看，信中提及他將姜老爺的身後事辦妥了，又託了人把姜老爺的棺槨送回奉化老家安葬；至於姜家其他人，有他一路跟著打點，姜家人並未吃什麼苦頭。若按如今這行程，他們一路走到福建的金寧港口便會登上開往瓊州島的船隻。若姜氏想見姜家人一面，便按信上的日期往後推算，屆時提前等在金寧港口便成。

姜氏心下大安，有張順這等忠義之人幫扶，可真是姜家的福氣。想到此生還能再見到親人，她激動得無以復加。金寧港離彰州也就一日路程，按信上日期算，再過得三、四日便成。姜氏忙和孫嬤嬤收拾東西，打算帶著去見姜家人。

姚姞被姚姒硬拉著與姜氏用了午飯，又被她以請教針線功夫為由留在內室。姊妹倆一邊說著針線上的事，一邊看姜氏與孫嬤嬤忙活。

姚姒見孫嬤嬤與姜氏羅列了許多物品，心生一計，便有意與姚姞說道：「姊姊，妳說娘去見外祖母他們，要帶上這許多東西嗎？」

姚姞不情不願彆扭道：「我哪裡知道這些事情。」

「姊姊可以想想啊。妳看，外祖母家如今遭了大難被發配到瓊州島，咱們雖不知道那是什麼樣的地方，但一定不是好地方。妳看娘和孫嬤嬤準備的東西，心意雖是好的，就怕外祖母她們用不上，反而易遭賊人的覬覦。」

姚姞知道妹妹素來聰慧，她也不笨，卻猜不透妹妹這話為什麼不跟姜氏說，忙問道：「妳這話是什麼意思？何不直接跟母親說，在我這裡念叨也無用。」

姚姒忙起身丟下手上的針線，拉著姚姞道：「我沒別的意思，姊姊今年十月就要及笄，算是大姑娘啦。昨兒娘還跟孫嬤嬤商量著，待外祖母家的事了，娘要帶著妳學著看帳理家，姊姊不若想想，若是妳碰到這些事，該要如何打算？」

姚姒這些話卻有她的用意，瞧姚姞不情不願的，她知道這兩天著實為難姚姞，可要融入一個圈子，最好的辦法就是要她參與這個圈子的事情，有些話姜氏不好說，她只得替姜氏補圓。

姚姞看著這個老成的妹妹，不由得一怔。擱在心裡許久的心思不由得像泡泡一樣冒出來。是的，她今年十月就要滿十五歲。

在彰州這地方，家裡疼女兒的，差不多留到十七、八歲才出嫁。只是女孩子早在十二、三歲時就由母親或是祖母帶著學掌家理事、看帳管理產業等等，為著將來能在婆家勝任掌家媳婦。以前她從未想過還有回到姜氏身邊的一天，是以她自暴自棄地混沌度日，現在難道還要賭氣這樣做嗎？

她心思雖單純卻也不笨，明白這是妹妹在諄諄誘導，她也是感念這一番善意的。抹下心頭異樣的情緒，她認真思考了下，便道：「蘭嬤嬤貧苦出身，經常給我講她小時候的事情，窮人家度日，往往半年的開銷最多不超過五兩銀子，這已算是好日子，外祖母家雖有些不同，卻也不需要些華而不實之物。」

姚姒沒想到姚娡這般細心，不由得雙眼亮晶晶地瞅著她。「姊姊接著說呀，真想不到姊姊的心思這樣細緻，快說說，那咱們該準備些什麼才好呢？」

「不如將這些打眼的東西全捨下，蘭嬤嬤曾說，銀子到哪裡都通用，母親只需準備多些銀兩，再帶些細軟布料和尋常人家的生計之物，這樣到了那地方謀生也容易些，聽說外祖母家裡女孩多，總歸能幫家裡做做針線補貼一些。」

「這主意真是好，不若咱們讓孫嬤嬤把銀子都換作成色一般的散碎銀子，再打一些銀釵手釧等銀頭面，將銀票藏在裡頭以備急用，這樣既不打眼又真真解了外祖母家的困窘，姊姊說好不好？」

當然更好了，姚娡這才後知後覺發現自己上當了，她分明已有成算，哪裡是要聽取自己的意思，不過是想引自己說話罷了。這丫頭，當真是心有九竅，怎麼這麼小年紀偏得這麼多的心眼，她嗔了妹妹一眼。「又敢算計到姊姊頭上，一不小心就又上了妳的當，往後我可不敢搭理妳了。」

「別呀姊姊，我哪裡知道些什麼，還是聽了姊姊的主意我才想到這上頭，偏是姊姊多心。」她打死不承認，姚娡對她的耍賴是十分頭疼。

姊妹二人在裡間說的話，被姜氏與孫嬤嬤聽了個遍，怕她姊妹二人鬧僵，姜氏笑盈盈走進來，柔聲對姚姑道：「想不到姑姊兒這樣細心，妳姊妹二人說得很是，就依妳們說的去辦，孫嬤嬤可都記下來了？」

姜氏心裡是真高興，有小女兒在中間撮合，她與大女兒的關係只會越來越好。

孫嬤嬤笑得見牙不見眼。「老奴可沒敢落下一個字，這可是姑姊兒的一番主意，老奴定妥當地辦好了。」

姚姑被這麼一誇，臉上早已飛紅一片，這陌生異樣的感覺，嗯，不壞。

「娘，去見外祖母的事，您打算怎樣跟老太太說？姊姊和我也想跟著娘去見外祖母。」

姚姑瞪了姚姒一眼，是她想去吧，卻又拿自己做幌子，這丫頭真賊。

姚姒笑咪咪地回了姚姑一眼，意思再明白不過，姊姊就是用來做招牌的，反正又沒拿她來幹壞事，還朝她做了個鬼臉。

姜氏瞧著兩個女兒越來越親密，故意嗔了小女兒一眼。「小操心鬼，那妳說說，娘要怎麼做才好？」

「那還用得著女兒說嘛，娘早有成算啦，不然也不會興沖沖地讓孫嬤嬤收拾東西。娘快給我們說說，您怎麼就認為老太太會同意您去見外祖母呢？」她故作不解，要姜氏解惑。

姜氏有意教女，便道：「姑姊兒和姒姊兒聽著，有個詞叫乘勝追擊，老太太不見得會同意，可老太爺一定會同意，說不定還會給妳外祖母家送些儀程呢！」

她望著兩個女兒稚嫩的臉，認真教導。「外頭的謠言還未歇下，這個時候娘去見妳們外祖母，便是最好的闢謠方法。妳們祖父最重家族名聲，怎麼會白白放過這個機會呢？妳們倆需記住，有些事情需順勢而為，人心算得準，才能在內宅這方寸之地游刃有餘；若強硬逆勢而上，便要有萬全的把握才能行事，否則便是自己吃虧，娘之前便是例子。」

姚姒終於鬆了口氣，姜氏能說出這番話來，證明她沒有被近來所發生的事情擊倒，反而堅強起來，懂得開始謀算，這真是好事。

姚娡卻聽得心下大慟，從來沒有人這樣掏心掏肺地教導她處世之道，此刻她心裡十分糾結，自小聽多了姜氏諸多不好，滿心認為她是個壞女人。

可這兩天所見，姜氏對女兒十分疼愛卻不溺愛，吃穿用度全是最精細的，這些外在的且不說；妹妹還這般小，姜氏卻將她帶在身邊循循教導，讀書寫字樣樣都言傳身教，她其實是個稱職的好母親。

姚姒眼觀四面，一直注意著姚娡的神情，此刻見她眼帶迷茫之色，哪裡會不明白她心中的糾結。這樣的姊姊著實令人心疼，她輕輕捉住姚娡的手，以此傳遞滿滿的心疼與愛。

晚上定省的時候，姜氏瞅了個空兒，在姚蔣氏面前求了會兒情，姚蔣氏以眼神詢問姚老太爺，他未加考慮便應允了，且讓姜氏去帳房支一千兩銀子來，當作是給親家的儀程。

姜氏也不計較這區區千兩銀，雖然這舉動頗有些打發窮親戚的意頭，可事實是她娘家確實敗落了，她心平氣和地給公婆納福行禮，姿態不卑不亢，眉眼十分柔順，再提出希望帶著兩個女兒去，畢竟她嫁入姚家這麼些年未曾再回娘家，姜老太太也未曾見過兩個外孫女的面。

這請求合情合理，老太爺也允了，姜氏這才把心放回肚子裡。

老太爺對她這番溫和舉止頗為滿意，人哪，就得看清形勢找著自己的位置，看來老三媳婦至少表面上是做到了。

姜氏定在三日後出發，畢竟準備那些東西需要幾日時間。

第二日，四太太帶著兩個女兒來芙蓉院給姜氏娘家送儀程，姜氏明白這是謝她昨兒在蘊福堂的一番話，因此也不與她見外，收了儀程，引著人在堂屋裡說話。

兩妯娌間自是有些私房話要說，姚姮笑著說要去瞧瞧姚婧的新居，於是一行四人就去了姚婧的屋子。

屋子上頭掛著高高的牌匾，上書「春來小築」，名字雖一般，卻與姚姒的「雁回居」相呼應，春來雁回，再自然不過。

姚姮與姚嬌一個十四、一個十二，這樣的年紀早已省事，來之前四太太已把話說透，厚哥兒將來勢必要走仕途，她們求三房的地方還多著，如今與三房的姊妹交好，只會有益處。

姚姮比妹妹姚嬌多些心思，見到姚婧這屋子收拾得十分雅致，低調中透著富貴人家的矜持，再瞧丫頭們端來的茶，是頂好的鐵觀音，酸枝木的高几上擺放著幾碟瓜子點心，這些都尋常，只是裝點心的盤子是亮晶晶的玻璃盤，玻璃是舶來品，有錢還不一定買得到，而姚姑的屋子卻用它裝些小點心，姚姮的訝異不小。

她起了心思再一細看，這屋子裡的東西是樣樣都不凡，足可見是用心佈置的，若非真心疼愛女兒，哪裡就捨得這麼些好東西；再者也看得出，三房的家底是實實在在的殷實，她父親雖管著府裡的好些生意，油水也是足的，卻是不能與三房比肩。本來姚姮有些看不上姚姑，說得好聽是在老太太身邊長大，卻是爹不疼娘不愛的，老太太也待她不怎麼上心，沒承想是她想岔了，內宅的事哪是這麼簡單看得透澈的，不管如何，姜氏疼愛女兒是無庸置疑。

姚姮本就心思玲瓏，有心試探一番，便笑盈盈誇起來。「五姊這屋子收拾得真好，還別說這好些東西我都沒見過，這屋子地兒也大，住著寬敞不少，足可見三伯母疼五姊妳。」

這話一說出來，姚姑神色極不自然起來，淡聲回道：「女孩家的閨房不都這個樣，哪裡當得六妹這聲誇。」

姚姮並不在意她的這份疏離，笑容依舊。「瞧五姊說的，這屋子連我都想要賴在這兒住上幾天才好，只是我娘必定不會同意。好五姊，不若這樣吧，妹妹有個主意五姊聽聽，左右家學要延遲到三月才開，不若五姊給各位姊妹們下個帖子，借五姊喬遷之喜，也讓咱們這些姊妹樂上一天可好？」

姚姒暗嘆，果真是不可小瞧了任何人。

姚姑沒想到她會這樣說，她與姚姮還沒有這麼熟的交情，卻也不好貿然拒絕，略想了會兒便回道：「六妹有心了，只是再過幾日我和妹妹要隨母親外出一趟，也不知道是否得空，這事待我回過母親再與六妹回信吧。」

姚姮本也沒指望她真能答應，便笑著道好。姊妹又說起了開家學的事來，饒是姚姮極善言，對著兩個少言寡語的堂姊妹還真有些吃力，好在四太太沒多久便使人來喚她姊妹二人，說是要回去，幾人這才散場。

待人走後，姚姒對紅櫻使了個眼色，紅櫻便笑嘻嘻地拉著采芙、采菱要問姚娡的喜好，采菱有些躊躇，紅櫻笑道：「她姊兒兩個說悄悄話，咱們休在跟前礙眼了，姊姊也趁著歇會吧。」采菱這才跟著出去。

姚娡見她把丫鬟都打發出去，明白她這是有話要說，嗔了妹妹一下。「采菱打小就跟著我，有什麼不能當著她說的。」

姚姒見姚娡待身邊的人沒防心，忙坐到她身邊，笑道：「防人之心不可無，我要說的話跟老太太有關，不是信不過她們，事關娘和姊姊，自然是防著些好。」

她也不待姚娡出聲，遂將姜氏如何將她從老太太那邊奪回來的事情明明白白說給她聽，見姚娡聽得目瞪口呆，也不管她是否能消化這些事情，又低聲把前些時候大太太使毒計陷害姜氏，卻被孫嬤嬤順勢解了困局之事一一道來，當然，那事情她都儘量說成是孫嬤嬤的功勞。

姚娡這下是真傻眼了，足足過了半晌才穩住心神道：「妳不怕我將這些事情告到老太太那裡去？」

姚姒捉住她的手正色回道：「不怕，姊姊不會這麼做，從前我身子不好總是病著，一年到頭也難得出院子，見著姊姊的機會少，如今我也懂些事了，這些日子雖與姊姊相處時間不長，但見到姊姊便心生親暱。姊姊心地善良，雖然與娘有些隔閡，可妳對我是真心的好我又怎不知道，今日坦誠說這些話，無非是想要姊姊明白一個道理，這府裡沒有一個是省油的燈，姊姊往後凡事需多留心眼。」

聽這話中有話，姚娡靈光一閃。「妳是說，今兒六妹這些話有些不尋常？」

「我如今也只是猜測。」姚姒將疑慮說給她聽。「姚嬌天真爛漫，姚姮溫婉大方，她們倆被四太太教養得很好，妳瞧姚姮在娘屋裡的時候說話行事都十分得體，從不貿然多言，對妳我也是淡淡的，可自她進了妳屋裡後，好似一言一行皆有深意。她明知妳對娘的態度，卻故意出言試探。」

姚娡猶似見到鬼似的瞪大雙眼瞧著她，姚姒渾不在意，接著道：「且不說她和咱們只是泛泛之交，再者她不是個多事之人，可她卻替妳出了這麼個主意，這舉動甚是違反她處事周全的個性。事有反常必為妖，我想她是對妳回到娘身邊的事起了疑心，同時也想賣咱們一個好。」

「這話如何說？」姚娡急急問道。

「這府裡都是人精，她能看出來的，當然有心人也會瞧得明白。她這麼一說不過是在向咱們示好，提醒咱們一句別叫人看出端倪來。」

姚姑愣怔住，她將姚姮平日處事的態度細想了會兒，還真是與以往不大相同。

「五姊，咱們也不能辜負人家一番好意呀，姊姊和我要隨娘外出個三、五日，既然這主意是六姊出的，一事不煩二主，那不如請六姊代勞擬個好日子，再請她幫忙給各房的小姊妹們下帖子相邀，待咱們回來，正好熱熱鬧鬧辦一場小宴。」

「妳不是說怕人看出什麼嗎？」姚姑又糊塗了。

「怕人家就不會停止猜測嗎？這事涉及老太太的安危，又是老太太親自發話的，若有人膽敢拿這事來作文章胡亂攀咬，便是和老太太過意不去，依著老太太的個性，鬼神之事寧可信其有，劉道婆的話她是信得十足十，妳就把心放回肚子裡吧。」

姚姑這才明白裡頭的彎彎繞繞，瞧妹妹的目光滿是不可置信。

姚姒便笑著拉起她道：「走，咱們去娘那邊說說話，也把這事告訴娘，我想娘也會同意的。」

果然，姜氏聽了姚姒的話後欣然同意，並且交代孫嬤嬤協助，直道需要什麼東西只管開了庫房去拿，又給了姚姑五百兩銀子。看姜氏這勢頭，是要大辦的意思，姚姑頭一次覺得姜氏底氣深厚，財大氣粗，不禁有些頭大。

第十六章 團聚

過了兩日，姜氏出門的日子到了，她留孫嬤嬤在家坐鎮，只帶錦蓉和錦香兩個，姚姒與姚娡也只帶著綠蕉與采芙，餘下便是跟車的婆子。臨出門前，姜氏帶著兩個女兒去給姚蔣氏和老太爺辭行，老太爺倒是無話，只是姚蔣氏硬是留姜氏說了老半天的話，結果天大亮了才放她們出門。

姜氏如何不知姚蔣氏的打算，不過是借她出行之事替姚府澄清謠言罷了，她也不計較那許多，十幾年未見親人，心裡自是激動不已，只盼儘快見到親人。

一行人湊了四輛馬車，姜氏吩咐車夫儘快趕路，又問了坐在她跟前的兩個女兒是否不適。

姚姒並未覺得不舒服，倒是姚娡因之前從未出過遠門，剛開始對一切都覺得新奇，頻頻瞄向馬車簾子，到後來許是失了新鮮勁，只覺這路越來越顛簸甚是難受。

姜氏見她咬牙忍著，看了心疼，就將坐下的軟墊抽出來給她用，姚娡推說不要，姜氏道：「不必逞能了，按這行程怕是到晚上才能到地方，娘耐得住，不須客套，妳的身子要緊。」

話說到這分兒上來，姚娡也只能接過墊子，一路再無話。

姜氏在金寧港口的驛站是左盼右盼的，終於在第三天下午把人給盼到了。

當長生拿銀子打點好押解的差役後，姜氏給張順行了個大禮，叫張順側身避了過去，若非有張順一路跟隨照護，姜氏這一家子哪裡還能這樣齊整。姜老夫人也帶著兒孫是好一通的謝，張順忙將姜老夫人扶起，道不敢當這樣大的禮。

待一行人在屋裡坐定，姜氏與姜老夫人母女倆抱頭痛哭了好一陣，與兩個兄嫂也是含淚相見一番。姜氏十幾年未曾歸寧，大哥姜儀與二哥姜佼經了此番變故，著實蒼老了許多。

姜氏的大嫂曾氏便向她介紹堂下小輩，兩房人口加起來共有二十幾人，姜氏瞧著大房的兒女神色中並無鬱鬱之色，雖落魄卻不頹喪，反倒是二房眾人臉上悽惶盡顯，姜氏心中五味雜陳。她將早就準備好的見面禮拿出來，女孩子們一人一支金釵和一個素色錦緞荷包，男孩子則把金釵換成玉珮，其他都一樣。

若是姜家全盛時這些東西她是瞧不上眼的，只是今非昔比，姜家被抄了家，眼下是一貧如洗，再說太過打眼的東西如今也不能用，曾氏體諒小姑子的用心，對著姜氏終於淚眼漣漣。

晚飯姜氏特地吩咐長生去安排，備了三桌豐盛的席面，用完飯眾人也都累了，曾氏領著人下去歇著，她知道姜老夫人必定要與姜氏說些體己話。

姜老夫人果然留了姜氏母女三人在屋裡，姜氏這才一改在眾人面前的堅強，一把跪在姜老夫人跟前哽咽道：「都是女兒不孝，救不了父親一命。」

姜老夫人趕緊讓姚娡、姚姒把姜氏拉起來，對著女兒長嘆一口氣。「這是姜家命中一劫，我兒盡心了便好，妳父親走得急也沒留下隻言片語，朝上的事我一向不管，但妳父親這麼多年來能深得聖寵，憑的便是兩袖清風從不貪私，望我兒不要怨妳父親。這些年妳也不容易，妳如今是出嫁女，從此以後也別再替娘家著想了，姜家百年清白名聲往後就看幾位哥兒的，我老了，能一路撐著來見妳一面便於願足矣！」

姜氏喊了一聲娘，便撲在姜老夫人懷裡痛哭起來。

姚娡今日見到姜家的淒慘落魄，此刻又瞧著姜氏這般悲傷，便動了惻隱之心，乾巴巴地勸了母親幾句，這一番主動對姜氏軟和，到底也給了她幾分慰藉。

隨後姜氏把準備好的銀子及新打的銀頭面首飾全部交給姜老夫人，又告訴她裡頭的玄機，還有一些布料等物都在外頭放著，只等他們走時再帶走便可。

如今姜家確實需要這些東西，姜老夫人含著淚並未跟女兒客氣，母女倆又說了許多話，直到姜老夫人面露疲色，左右姜家人還能再多留兩日，姜氏親自服侍姜老夫人睡下，就帶著兩個女兒離開。

天已經黑下來，姚姒回到房裡後，就悄悄吩咐綠蕉幾句，然後坐著等人來。過沒多久張順便到了，姚姒也不與他客氣，待他坐下後便問起他上京後的事情。

張順離開姚家後，確實是發生許多事情，再不敢小瞧這位年紀雖小，心智卻堪比大人的小姑娘，於是將一應之事仔細交底，他說得順溜，半盞茶的工夫就說了個齊全。

姚姒眉頭緊皺，事情其實與前世差不多，只是真如她猜測的那般，姚老太爺果真對張順出手了，老太爺為的是什麼？事情遠遠比她預料的要複雜許多。

她沈思了許久才壓低聲音問：「他們可都是為了你交給我的信？」

張順思索許久，方回道：「知道密信的人不多，就算是姚老太爺也只是懷疑我來找姑奶奶求救，是在為我們老太爺送什麼秘密東西，而非密信，至於這暗中被買通的差役從中打探密信之事，卻還看不出是何方人馬。」

姚姒忙問道：「你可曾讓人起了疑心？」

「小姐放心，小的這一路坦坦蕩蕩地護著老夫人一干人等，那差役也曾使了些下作手段打探密信之事，因差役瞧著小的只是一介武夫，且行事大剌剌的甚是沒心機，倒也被小的混了過去。」

姚姒瞧了張順一眼，他給人的第一眼確實像個粗莽武夫，這樣的人內裡卻是小心機敏，為人又俠義多智，怪不得讓外祖父交託重任。他們這次雖是第二回見面，卻彼此自第一眼起便信任對方，於是姚姒起了個大膽的主意，她沒有再與張順說起姜家的事情，而是與他耳語了半會子。

直到好一會兒，張順才從震驚中回過神來，滿眼皆是複雜的情緒。

「你願意留下來幫我嗎？」姚姒目光誠懇地邀請。

臨走之前，張順才對姚姒道：「這事且容小的想想，待明日便會給小姐答覆。」

姚姒目露希冀地送他出門，再未多言。

姜氏經過一夜的休整，精神好了許多。待用過早飯後，曾氏親自來請她去姜老夫人屋裡說話，姜氏想著定是母親有什麼重要的話要說，便讓兩個女兒去找姜家姊妹們玩，隨後便去了老夫人的屋裡。

姜老夫人有些萎靡不振，她想了一夜，認為錢財之物還是分給兩房比較好，因此請了女兒來。一方面是想兩個兒媳要念著女兒的好，另一方面也是做個見證。這一路下來，二房李氏雖不敢多言，奈何那幾個不安分的妾室時常攛掇李氏，說她偏心大房一家。如今就把家底分了也好，她也不知道這身子還能不能撐到地兒。

姜老夫人把東西拿出來一分作二，對兩個兒媳道：「這些體己是妳們妹妹特地準備的，趁著她在這裡也替我做個見證，今兒便把這東西分給妳二人，就算是給妳們兩房人私底下分了產業，妳們也莫說我偏心哪一房，都是我的兒孫，沒有厚此薄彼一說。到了瓊州島後，妳們兩房分產不分家，往後各自把日子過起來，我也就能閉眼了。」

姜家之前被抄家，真是一個銅板都沒留下來，就是女眷身上還有幾件值錢的物事，也都在牢裡被搜刮個精光。曾氏見到這般，又朝臉色通紅的李氏瞧了眼，已明白這是婆母有了打算，遂帶頭平靜地接過東西，又對姜氏福身謝禮，李氏也是有樣學樣，姜氏哪裡敢受，忙側身避了過去。

姜老夫人便讓她二人下去，拉著姜氏重重地嘆了口氣。

姜氏便勸道：「我瞧著大哥屋裡的枡哥兒和樞哥兒都是有志氣的，將來未必沒有一番造化。大嫂人品端方，便是二嫂有些不忿，這不是還有您在，日子總能往好裡過的。」

姜老夫人哪裡不知道兩個兒媳的性子，知道這是女兒在安慰自己，也不好說兒媳的不是，便說起另一件事來。

「咱們家這次能齊齊整整地見妳一面，多虧張順明裡暗中的相護，咱們家已經欠他良多，怎麼好讓他再護送至那偏遠之地。今兒早起我喚了他來，跟他說了打算，這孩子倒是個爽快性子，我把話說得也透，死活不讓他再護送，他這才同意下來。後來我便問了他今後的打算，這孩子實誠，說他左右是孤身一人，不若往後跟著姑奶奶隨便做個護院也好，我便作主替妳應下了，娘想託妳日後若是得機會，替我姜家還一還這欠下的人情可好？」

姜氏明白，這是要她替張順往後謀個前程的意思了，張順這般忠肝義膽之人，姜氏是十分看重的，哪裡能不答應下來。當即姜老夫人便叫人喚了張順來說事，姜氏只說待回了彰州後再行安排。

姚姒到了下午便得知姜老夫人的安排，她會心一笑，心頭的大石終於落下，想起昨兒對張順說的話，她先是把姜氏被人陷害之事告訴他，直說姚家有人要害姜氏性命，又對他說，姜老夫人若是把他留下來託給姜氏的話，她希望他能留下來幫她，幾年內她要替姜家翻案。

張順所擔心之事，無非就是姜家人能否一路平安到達瓊州島，若是姜老夫人將他留下來，孝順的姜氏必定會另派人護送姜家眾人，是以姚姒這才敢說出這番攻心之話來。

到第三日早飯後，差役便來知會說是船就要到了，要姜家一干人等準備去港口登船。

任憑姜氏如何依依不捨，終也要離別，這一別離便是山長水遠再無相見之日，姜氏忍住悲傷，一一與母親兄嫂道別。

張順跟在姜氏身後，與姜儀、姜佼抱拳告別，姚姒眼尖，瞧著大房女眷身上或多或少都添了幾件頭釵手鐲之物，反而是二房，只有李氏與其女姜櫟戴起了幾件銀頭面，其他二房女眷一概皆無，便清楚兩位舅母的心性為人如何了。

送走姜家眾人，姜氏便安排車馬打道回府，來時四輛馬車走時依然，只是身後多了個騎馬的張順。

姜氏著實傷心，又悶著不讓兩個女兒看出來，姚姒瞧她難受，於是有心轉移她的心緒，狀似無意道：「娘，張叔跟著我們回去，祖父會不會有意見？」

果然姜氏聽了這話臉色一暗，以她的精明，自是明白張順非池中物，且不說張順對姜家有大恩，她若真的安排他做一般護衛才是屈才了他，但若是貿然酬謝以金銀和職務，她相信張順肯定會推託不要，這樣做倒是看輕了他。

姜氏如此一想就有些為難起來，但小女兒一向主意多，姜氏便道：「妳倒是說說，娘該如何安排妳張叔？」

「不若娘把張叔給我吧，授人以魚不若授人以漁。等下娘聽我說完話，再去問張叔是否願意，若張叔也同意，那娘可不要反悔唷。」姚姒狡黠笑道。

姚姑睇了眼妹妹，心知這丫頭又不知道幹起什麼勾當，她剛這樣想，姚姒便朝她甜甜笑了下，意思是我不會坑妳的。

姚姒也不待姜氏說話，便道：「娘，前兒您不是與孫嬤嬤商量著，要教姊姊如何打理家務，如何看帳治下嗎？打理家事、管理僕眾自是有娘和孫嬤嬤教著，當然沒問題。只是打理生意、如何看帳這點，女兒倒是覺得說教不如實行，生意這事沒個幾年工夫是不知道裡頭的彎彎繞繞的。雖然我們是內宅女眷，凡事自有下人打理，但終歸自己心裡有底在，也不怕人欺了去。往長了說，若是我和姊姊將來也遭遇娘這樣的境況，若無娘這樣殷實，哪裡就能吃得開，只怕免不了吃虧受苦的分兒。」

姜氏便點頭，只聽姚姒續道：「俗話說得好，萬事有銀錢開路自是好辦，多學門東西防身也無壞處。」她見姜氏眉頭微皺，便知道這是聽到心裡去了。「娘不若給我和姊姊一人各兩房信得過的人，再給我們些銀子，讓我和姊姊學著如何打理嫁妝。這兩房人最好一房人善於打理田莊等產業，另一房人用來打理鋪面生意。有娘在身邊替我們看著，自是出不了大亂子，娘說是不是？」她又朝姚姑也道：「姊姊想想，是不是這個理？」

這是要來拉盟友了，姚姑對妹妹一會兒一個主意是目不暇給，細想了會兒她的話，卻又覺得很有道理。

姚姒見姜氏並未反對，便又歪纏起來。「娘，您就答應了吧，您看姊姊也同意呀，再過兩、三年，姊姊肯定會出門，這會子學這些東西還來得及。我不管，我就要紅櫻一家子，另一房人先欠著，娘不是頭痛如何安排張叔嗎？那就讓他跟著女兒學著打理生意吧，反正張叔如今一個人，將來總要些老婆本娶妻生子，娘您就同意了吧！」

她這番黏纏打渾的功夫，姜氏實在招架不住，只是她還有些顧慮在，因此並未立即答應下來。姚姒深知姜氏的性子，她必是要回去和孫嬤嬤商量一番，因此也不著急，事情左右是成了一半，姜氏遲早會同意的。

張順騎著馬，不由得扯起嘴角笑了，不是他要偷聽，他本身有內功，再說隔得又不遠，姜氏母女的一番對話給他聽了個齊全，這麼小的女孩，行事就能謀定而後動，又是這樣周全，心裡是越發佩服起她來。

姜氏母女三人這一路說著話，倒也去了姜氏幾分愁緒。

日頭不知不覺升到了頭頂，已到正午時分。長生來回話，因早上耽誤了些時候，午飯趕不上到驛站去用，最重要的是馬兒跑得累了，這會得吃些草料歇個腿才行，姜氏便吩咐他找個地方大夥兒歇會再走。

長生去了一會兒，馬車便在一處背靠山前有水的地方停下來，丫頭婆子們見左右無人，便下了馬車歇腳，姜氏母女並未下來，就在車上略用了些茶水點心。就在這時，馬車壁突地響起叩聲，姜氏便問是怎麼回事？尋常下人回話一般都是丫頭們先在車外通報，這幾聲讓姜氏起了警覺。

「姑奶奶，是小的有急事要回。」是張順的聲音。

車上只有姜氏母女和錦香四人，姜氏一個眼色，錦香忙掀了車簾，張順這才壓低聲音道：「此處怕是不安全，姑奶奶別驚慌，一會兒若發生什麼事情，姑奶奶帶著兩位小姐只管在馬車上不要出來。」

姜氏急道：「發生了何事？你直說，也讓我心裡有個底，這半路上前不著村後不著店的，莫非出現了海賊？」

第十七章　遇賊

怪不得姜氏這般說，彰州近海，這幾年來福建時常遭海寇來襲，雖然朝廷派了大軍剿海寇，但整個東南的鄉紳大族哪一家不是靠海上起家的，朝廷的來人也有私心，因此剿海寇是雷聲大雨點小，弄得更加民怨沸騰，不少人被逼落草，這冒充海寇來打家劫舍的事情常發生，是以姜氏神色倒也還算鎮定。

「小的瞧著約莫有二、三十人，看著卻不像是道上的人，只怕來者不善，姑奶奶請千萬小心。」張順話裡的意思是說給姚姒聽的，來者不善，莫非是衝著那密信來的？不然這光天化日下，姜氏剛與姜家人接觸便遇賊，這事怎麼看都不尋常。

姜氏瞧兩個女兒還算鎮定，忙點點頭，又讓張順一切小心。

姚姒乘機安他的心，道：「張叔且放心，萬萬保重自己，只要他們別傷了咱們的性命，大不了把咱們身上的銀子、首飾都給他們，左右這些東西也值個幾百兩，他們無非也就是衝著這個來的。」

真是個聰慧的丫頭，這些話立即讓張順理清了事，不管來人意欲何為，他就當這是一場再普通不過的打劫，不能自亂了陣腳。

就在張順說完話後，二、三十人從四周竄出來，個個穿青衣皆蒙著面，拿著明晃晃的刀慢慢逼近。有膽小的丫頭婆子已尖聲驚叫起來，就見一矮個子的黑衣人上來就是幾下，把那幾個尖叫的撂倒在地。這些人身手奇快，事情不過眨眼間就發生了。

張順對著那群人抱拳，中氣十足道：「是哪路道上的朋友，還請報個號來，要知道這可是彰州姚家三太太的馬車。」

那群黑衣人中有個高大的上前笑道：「你他媽是哪號人，老子管他是誰的馬車，識相的就把東西交出來，省得老子親自動手。」

張順聽了這賊人的話眼中精光一閃，幾個嚇得抖成一團的婆子忙將身上的荷包丟出來，有個黑衣人上前來撿了去，卻是哼了聲，似是十分不屑。

長生和另幾個馬夫也都嚇得站立不穩，長生好歹還能出聲勸張順。「張相公，都這個時候了，還哪管得了什麼道上的，咱們服個軟勸太太把值錢的玩意兒都留下來，不然今兒命就都交代在這裡了。」

那領頭的黑衣人頓時笑道：「還是這小子識相，只要你小子乖乖聽話，爺爺我就饒你一命。」他這話是對著張順挑釁說出來的，其意不言而喻。

張順暗中估算了下，對方人多，且看他們面露精光，動作整肅，那領頭之人的動作話語更是帶了幾分誇張做作之態，這哪是什麼賊人。這樣一想他心中頓時有了成算，忙笑著抱拳道：「幾位好漢息怒，小的這就去問我家太太，你們既是求財，咱們太太倒是大方之人，只要好漢們不傷及眾人的性命，一切都好說。」

言罷，張順抵在馬車邊回了姜氏，卻乘機道：「這些人有些棘手，姑奶奶要小心，一會兒待小的說快走時，太太只管讓人駕著馬車快快逃，小的先拖住一會兒，稍後再與姑奶奶會合。」

這是沒有辦法的辦法，姜氏忙將身上戴的頭面首飾和銀子銀票等物拿出來，又把兩個女兒頭上的頭面也取下，用個裝點心的匣子裝好後讓錦香遞出馬車外，張順伸手接過後就讓長生拿給領頭的。

那領頭之人故作高興地瞧了眼匣子，過會兒卻道：「姚家豪富，想必三太太身上也不止這點東西，看來是有人敬酒不吃要吃罰酒了，叫馬車裡的娘們下來，老子要親自搜身，誰知道還有沒有私藏什麼值錢的玩意兒。」

便是姚姒也聽出些不對勁來，這個賊人一開始只說把東西交出來，他說的是「東西」而非值錢的金銀，再者這領頭的賊人出口成章，她總覺得有哪裡不大對。靈光一閃，對，他們身上少了些匪氣。

看來這夥人非是一般的「賊人」了。

「幾位好漢這是不給張某人面子了，你們既是求財，咱們三太太也言而有信，傾囊而出，若是讓你們搜了身，這不是往死裡逼人嗎？」張順說時遲那時快，甩手就將他身邊的一個馬夫扔到姜氏的馬車上，急喊了聲「快跑」。

那些賊人見張順來這一手，舉起刀便衝張順和馬車廝殺起來，那領頭之人更喊道：「別讓那輛馬車跑了，給我留活口！」

姜氏緊緊抱著兩個女兒縮在馬車裡，錦香扶著姜氏，那趕車的馬夫早已嚇得六神無主，乍然聽到張順的話，就不由自主揚起馬鞭狠狠抽了下拉車的馬，馬車頓時飛奔出去。

二、三十人圍攻張順一人，饒是他功夫再好也是十分吃力，轉眼便有幾個黑衣賊人朝著馬車追過去，張順只恨自己分身乏術。

馬車拚命沿著官道急駛，可後面追趕的黑衣人也不是吃素的，不知道從哪裡弄出來的馬兒騎著追了上來。

姚姒瞧姜氏臉色發白，姚姑更是縮在姜氏懷裡不敢動，這個時候她不怕是不可能的，只是求生意志往往是在情急之下被逼出來的。

她狠狠地扶住馬車壁，一邊扯了簾子探頭出去看，只見官道上塵土飛揚，前面瞧著並無人煙，而後頭在灰塵裡，模模糊糊的只能瞧得清幾個黑色影子。

這可真是天要亡我啊，姚姒狠狠掐了把大腿，鈍痛拉回些許思緒，如今看來只能自救了。

她抬頭瞧前面恰好是拐彎處，又有幾棵大樹遮掩，而後面灰塵瀰漫，人的視線瞧得不甚清楚，這時她心中有了主意，對姜氏和姚姑急道：「娘，您和姊姊還有錦香就在前面準備跳下馬車。」她見姜氏和姚姑有片刻遲疑，忙一手拉一個，將姜氏和姚姑拉出馬車外，又對錦香使眼色。「張叔這會子被幾十個人纏住，咱們是等不到他來救了，如今妳們先跳下去躲在那荊棘叢裡，我在馬車上引開那幾個賊人，妳們脫困後就沿著官道躲好，再尋機找沿路之人搭救。」

姜氏不同意，她怎麼能讓小女兒涉險，堅決不肯跳，姚姒忙道：「娘不為自己考量，也該為姊姊打算，姊姊生得如花似玉，錦香亦是容色不俗，若是落到那些賊人手裡哪還有活路。」她還有句話沒說，若是姜氏落到那賊人手中，不管怎樣她的名聲算是徹底毀了，如今不逃更待何時。

姚姞拉著妹妹的手直掉眼淚，這個時候她已嚇得六神無主，更別說幫忙出主意了，倒是錦香，扶著姜氏的手直懇求她跳。

姚姒瞧著後面的灰塵越發濃密，就快瞧不真切人影，馬車恰好到了拐彎處，這個時候她喊一聲「快跳下去」，轉頭瞧準了一個坡地，就順手把姜氏三人輕輕一推，姜氏三人落地滾了幾圈後，錦香生得結實，率先回過神來就拉了姜氏和姚姞往密林邊的荊棘處跑，姚姒再一回頭看，灰塵之中便失去了姜氏三人的身影，而身後追趕的黑影未見停下來，她心下稍安。

那趕車的馬夫這會子早已嚇得不知所措，姚姒見他這般，忙將身上還藏著的一個荷包丟給他。「這裡頭有十兩銀子，若是你能甩掉後面的賊人，回頭我再給你五十兩，若是被那後頭的賊人抓到，咱們都會沒命，從現在起聽我的好好趕車。」

馬夫是姚府的三等下人，哪裡見過這許多銀子，聽說還有五十兩銀子拿，這樣一激倒也生出些勇氣來，至少不再哆嗦了。

姚姒抬眼打量一下，前面有兩條道，其中一條是回彰州的路，另一條岔道卻不知通向何處，她想也未想，便吩咐馬夫往那不知名的岔道上趕去。

大約過了半刻鐘左右，空氣中帶著些潮濕的鹹味，姚姒頓時明白這條路是通向大海，剛才讓馬夫將馬車趕到這條路上來，那是打算讓姜氏和姚姑能逃出去，其實她心裡也沒底，若能碰到漁民最好，若是個荒無人煙的地方那可真是糟了。

她一邊這樣想，一邊卻未曾中斷瞧著後面的黑衣賊人。

那夥人自從馬車轉到這岔道上後，似乎就沒之前追趕得那般猛了，姚姒心驚，難道他們對這一帶的地形很熟悉，知道前面是條死路？

還真給她猜對了，不過盞茶工夫馬車便駛到了路的盡頭，她才明白那夥賊人越來越漫不經心地追她，原來是以逸待勞。這還真是條死路，打眼一瞧，前面不遠處竟是一望無垠的大海，而馬車外是一處十幾丈深的懸崖，果然被逼到了絕境，她讓馬夫把車停下，到了這個時候，她反而不怕了，死過一次的人還怕什麼？海風很大，吹得她的衣袂飄飄，小小的人眼中竟無一絲懼怕。

密林深處卻有一雙如鷹的眼注視著她的動靜，如玉的臉上劃過一絲輕笑，卻跟全身肅殺之氣極不相襯。

這時候姚姒跟前已經站了五、六個黑衣賊人，那領頭的便是那矮個兒的，他朝地上呸了口，嗤笑道：「小丫頭妳還跑啊，害妳爺爺我窮追了十幾里地，怎麼不跑了？」

他旁邊便有人去掀那馬車簾子，一瞧裡頭空無一人，立即對那矮個兒的賊人耳語了一番。

「他奶奶的，小丫頭本事倒不小哇。說說，還有人去了哪裡？」矮個兒賊人怒容滿面地喝道。

「哪裡有什麼人，原本就只有我一人在馬車裡，我娘她們根本就沒坐這馬車上，不信你問馬夫。」

真有人上前去問那嚇得哆嗦的馬夫，馬夫結結巴巴地說了幾句話，聽到他們耳裡便是因姚三太太送別親人後傷心欲絕，因此留在驛站裡養身子，只有這位小姐回去請大夫。

「小丫頭，我瞧妳根本就沒說實話，驛站裡我們有人，妳想騙我上當沒門兒，快說妳娘和妳姊姊去哪兒了？」那矮個兒賊人陰陰地問道，明顯是不耐煩了。

姚姒本就沒想騙過他，不過是想套他的話，這蠢賊還真上了鈎。從這賊人的話中，她很快就意識到，姜氏的行蹤至少是一早就被人盯上了，那麼這些人為什麼這樣做呢？驛站只能是有官牒的人才能入住，他們背後又是哪一方勢力？是否同那差役是一夥人？

這時那密林深處的男子竟然又笑了，也不知是笑這小姑娘太過狡猾，還是笑那賊太蠢。問題越來越複雜，姚姒壓住心底翻滾的念頭，繼續探底。「你才騙人呢，不信你回驛站瞧瞧去，看我有沒有說謊。」

他奶奶的，要是被人知道他連個小丫頭都搞不定，以後還怎麼混？這矮個兒賊人突然一刀朝那馬車砍下去，頓時那馬車廂就去了一半。

這是在威嚇她呢，姚姒相當配合地抖了一下，驚恐地望著那賊人。

「我也不知道我娘和姊姊在哪裡……」一邊哭一邊道。「她們丟下我不管了，我怕怕……你們不是要銀子嗎？我把銀子全都給了你們，你們卻不信還非要搜我的身，我雖小卻也懂廉恥知禮儀，我這才跑的。」

瞧那賊人耐性快要告罄，她又哭道：「我哪裡還有什麼銀子啊，要不你使人去找我祖父要吧，我的值錢東西都在我祖父那裡。一個多月前我外祖父使了張叔從京城帶了一匣子首飾給我，這是我外祖父給我的，獨我一人得了這東西，就連我娘和我姊姊都沒有呢。可是我祖父知道了這事，就把這盒首飾給拿走了，還哄我說待我出嫁再給我做嫁妝。我可就這點私房了，你們不要再搜我的身，我身上真的再沒有值錢的東西了。」

就在她說話的當下，那馬夫趁幾個賊人不備猛地抽了下馬，馬車嗖地就飛奔出去，有個賊人正要去追，那矮個兒賊人忙阻止了他，二人好是耳語一番。

好一招栽贓嫁禍，趙斾在密林裡看著這一幕，是越瞧越有意思。跟在他身後的人都屏息靜氣地候著，彷彿只待他一個指令便會像離弦的箭一樣衝出去。

這個時候那矮個兒賊人卻不上當，哼道：「小丫頭，我看妳還是乖乖地跟我走，少廢話了。」說完就拿了手上的刀作勢在她面前一晃，很有些威脅的意味。

姚姒有心拖延，搖頭哭道：「你們說話不算話，我要我娘，我不跟你們走，你們是壞人。」一邊哭一邊偷瞄那馬夫已跑得不見蹤影，又回頭瞧了下懸崖底，心裡終究有些怕，這一跳下去若無人搭救，可就真的小命不保了。

那矮個兒賊人被她哭得煩了，一揮手，幾個黑衣大漢就上前來要抓她，姚姒心一橫閉起眼就要往下跳，可就在這時，她的腳上卻莫名其妙多了根繩子套住，原本傾斜的身子被繩子一拉之下絆倒，整個人結結實實地摔在草地上。等她回過神來，不知何時空地上竟多出幾個大漢與那些黑衣賊人纏鬥在一起。

「怎麼，想趴在地上賴著不起來嗎？」少年雙目如潭地注視著他腳下的小姑娘，他的手適時遞到她面前。姚姒一抬頭，還弄不清狀況，便落入一雙冷然而犀利的眸中，她愣了愣，他卻又出了聲，這回卻是帶了淡淡笑意。「還不起來，難道嚇傻了不成？」

姚姒這才發現自己竟然像隻哈巴狗一樣趴在這少年的腳下，不禁窘紅了臉，想也未想便握住少年的手，一用力便立起身，她拍了拍身上的泥沙，還有些驚魂未定。「是你救了我嗎？」

他沒回答她的話，卻用那雙英氣斜長的眸子朝她眨眼，意思是這還用說嗎？

姚姒一滯，發現自己真的犯了傻，這不明擺著嗎？她有些微不自然，但還是硬著頭皮把少年認真打量了一遍，他約莫十四、五歲，面相俊朗非凡，高挺身姿著一身青衣，腰間繫著條松青色絡子，那絡子包著塊如意紋玉珮，瞧那玉色瑩潤光華，便知不是凡品。姚姒不禁在心底讚嘆，誰家少年生得這樣卓爾不凡？

那少年卻未再理會她，而是轉頭去看現場的打鬥情況，姚姒這才後知後覺發現現場面已經逆轉，才不過一會兒工夫，明顯是少年帶來的七、八個人占上風，而那六個黑衣賊人很快就被他們制伏，一個隨從對這少年道：「主子，賊人已全部抓起來。」

那少年隨意點了下頭，姚姒瞧著機不可失，連忙出言求道：「求公子救救我娘和姊姊及一干下人，前面的山邊還有二十幾人圍著張叔，就在前面不遠處，我娘、姊姊還有丫鬟錦香就藏在拐角的荊棘叢裡。」

那少年聽完眉頭蹙了蹙，姚姒以為他要拒絕，卻沒承想他對著後頭那隨從一揮手，便有五、六人動作整齊地騎了馬兒飛奔出去，只餘兩人留下看住那些被綁得結實的黑衣賊人。

第十八章 搭救

過了約莫半個時辰，姜氏、姚姑及錦香三人就被那少年的人給送過來。

姚姒瞧著她們只是衣裳有些髒，手掌也有些擦傷卻無大礙，心裡這才踏實，忙將派人去找張順一行人的事說給姜氏聽。瞧著小女兒安然無恙，姜氏懸著的心終於落下，一把將小女兒緊緊摟在懷裡，一邊生氣地打她的背。「妳怎麼就這麼大膽，娘都快擔心死了。」

姜氏的聲音哽咽，顯然是有些失控，姚姒瞧著有外人在，忙從她懷裡鑽出來小聲安慰，姚姑見妹妹衣裳完好，不像受了委屈的樣子，她才長吁一口氣。

「娘，是這位公子救了我們。」姚姒指著那少年道，到了這會兒，她的心思已經轉了好幾轉，這個突然出現的少年絕不會那般巧，只是好歹這少年看上去不像是壞人，而且又救了她們，於情於理都該道謝。

姜氏忙整了整衣裳，拉著兩個女兒給趙旆行了大禮。「多謝恩公搭救，不知恩公府上哪裡、姓氏為何，小婦人夫家是彰州姚府，這是我的兩個女兒，今日原是要送別親人，沒想到發生了這樣的事，待小婦人回家後，必定大禮答謝恩公的仗義。」

趙旆卻側身避了姜氏母女的謝禮，並虛扶了姜氏一把。「夫人不必多禮，路見不平，這事既然撞上了沒有不搭救的道理。小子姓趙，單名一個旆字，我府上不在此處，夫人不必介懷。」

見他氣度不凡，姜氏便猜趙旆是哪個名門望族的子弟，人家不肯透露出身，倒也可以諒解，遂不再糾結於此，於是和兩個女兒小聲說起了話。

趙旆瞧著姚姒依偎在姜氏身邊，小女兒態十足，哪還有剛才智對賊人的聰明狡猾樣，與他家中的妹妹們十分不同，不免心生幾分趣致。

很快趙旆的人便帶了張順、長生和馬夫、丫頭婆子們與姜氏會合，張順心生警惕，暗地打量了下趙旆，見此人氣度非凡，瞧著功夫也是深不可測，張順也猜不透他的來歷，於是帶頭給趙旆道了謝後，就和姜氏商量著接下來要如何打算。

姜氏知道他是說處置這些賊人的事情，其實她也沒個底，便說全權交由張順處置。

張順點頭，走到趙旆跟前抱拳道：「這些賊人是公子的人幫忙抓的，我家太太一向安於內宅不大理會外事，再說這事宣揚出去對我家太太的名聲也是有損，還望公子好人做到底，幫忙處置了這些毛賊。」

趙旆也在打量張順，見他這樣說，玩味一笑，也就答應下來。

接下來張順將人稍加整頓後，便打算啟程回彰州，姜氏到底有些不放心，不知道這餘下的路是否太平，她欲言又止地對著趙旆。

姚姒哪裡不明白姜氏這是想求趙旆再相送幾里，她輕輕拉了拉姜氏衣袖，無聲搖頭，姜氏也知道自己的要求有些過分，她母女倆的眼神卻被趙旆看在眼中，他倒也爽快，吩咐了兩人一路護送，姜氏不禁對他好感頻生，是謝了又謝。

這一路倒是太太平平的，姜氏一行人在入夜後才到彰州城下，那趙旆的兩個隨從只與張順抱了拳便悄然離去。

姜氏這次算是有驚無險，在屋裡足足躺了兩天，才稍有些力氣。她見跟車的人多數都有損傷，就叫孫嬤嬤打賞了些銀錢，姚姒也拿出五十兩銀子來讓綠蕉給那馬夫送過去。

姚蔣氏聽說了姜氏母女遇賊的事後，不陰不陽地安慰了幾句，廖嬤嬤私底下和錢姨娘是好一番暢快。畢竟這遭了賊人打劫，名聲是說不清的了，嘴長在人身上，事兒還不是隨人說，錢姨娘見機不可失，便起了些心思。

大太太這回沒有時間再瞧姜氏熱鬧，大房這幾天又鬧上了。

春姨娘嚷著大奶奶剋扣了她的衣裳料子，合著幾個大老爺的其他姨娘往大太太跟前鬧，東西自然不是大奶奶剋扣的，精明的大奶奶瞧著這事有貓膩，明白這是有人看她管家不順眼了，於是就四處拉起盟友。

大奶奶抽了個空，往芙蓉院跑了趟，打著旗號說是探望姜氏，話卻明裡暗裡倒苦水。

「人家也是做媳婦的，就沒我這樣的受這夾板氣，哪裡是我虧了她們的東西，畢竟是公公的姨娘們，太落臉面的話我這臉上也無光不是。」她這話是在向姜氏訴苦，平素針對三房的種種實非得已，她也是難做，一切都是大太太的主意，接著又道：「這事卻實實在在打了我的臉，叫外人瞧著真真是看了場笑話，不瞞三嬸，我這當家媳婦可真是難當，這不就擺明拿這事做由頭，拿捏著我的不是嗎？存著是合了某些人的心意了，三嬸平素最是菩薩心腸，還要三嬸多疼姪媳婦一些，在老太太面前替姪媳婦說說好話。」

姜氏在內宅浸淫多年，大奶奶這話是有弦外之音哪。姜氏一笑，安慰了幾句，也不好說誰的不是。大奶奶乘機說起姚姑初十宴請府裡各房姊妹們的事，於是笑著說那天也來跟姊妹們湊個趣。

姜氏哪裡不明白這是大奶奶以此提醒姜氏奪女的事情，沒想到大奶奶為了管家權當真無所不用其極。

姜氏暗嘆從前果真小瞧了大奶奶，眼下卻也不計較這些，不過是說幾句話，就權當結個善緣，她欣然同意幫大奶奶說情。「姪媳婦管家管得好好的，妳這麼個能人看著也不輸妳婆婆，這個家妳是嫡長媳，自是由妳當才對，老太太必定也是這麼想的，至於旁的些什麼，名不正言不順，我自是偏向妳的。」

大奶奶得了保證後笑盈盈地離開，姜氏給錦香使了個眼色，過沒一會子，錦香回道：「大奶奶出了咱們院子，她的丫鬟瑞珠抱了個小匣子與大奶奶會合，一同去了五太太的梨香院。」

姜氏頓時明瞭，看來她不在的期間，二太太這隻黃雀要飛出來了。

屋子裡的姚姒和姚姑將她們的對話聽了個齊全，兩人會心一笑，各自明瞭。

姜氏過沒多久就把她倆喚了過去，她同意了姚姒在馬車上說的那番話，回來後確實同孫嬤嬤商議一回。既是姚姒的主意，孫嬤嬤哪裡不讚好的。於是姜氏把人安排好後，就直接告訴兩個女兒。

「焒姊兒這邊就給秦家的和孫嬤嬤家的老大一家子，秦家的就替焒姊兒守著田莊，孫嬤嬤的兒子林大一家子，打理鋪面生意，娘在東大街那兒有三間大鋪子，是做衣裳料子的，就給焒姊兒去打理，焒姊兒可好？」

姚焒沒想到姜氏說做就做，不過才兩、三天工夫就把事情給定下來了，秦家的和林大一家子都是姜氏的心腹陪房，忠心自是毋庸置疑，人也都是能幹的，哪有不同意。她真心實意道了謝，心頭不禁起了微微暖意。

姜氏又對姚姒笑道：「妳既要紅櫻一家子，娘也就允了。紅櫻她爹是莊上的老人，替妳守著田莊是再放心不過。紅櫻上頭有兩個哥哥，我也一併給了妳，他們將來就算作是妳的陪房；至於妳張叔，就如妳說的讓他跟著妳，左右娘在外有一所宅子，那宅子才兩進大小，如今妳張叔就住在那裡，後續妳要怎麼安排他都成，娘也另託孫嬤嬤去瞧宅子，待有合心意的也給妳姊姊買一座下來。娘給妳們姊兒倆各五千兩銀子，由得妳們去搗鼓，另外我已託了鋪子裡的管事，他娘子姓譚，也是個會看帳做生意的能手，打明兒起她會進府來教妳姊兒倆看帳，有不懂的只管問，一年後娘可是要驗收成果的。」

這下就連姚焒也驚訝起來，沒想到姜氏出手還真大方，各色事情安排得這樣妥貼。姚焒也被嚇住了，聽到姜氏給五千兩銀子，連忙推辭，又聽姜氏要給她買宅子，急急地說不用。

姜氏拉起兩個女兒的手，推心置腹道：「娘這輩子也就妳們兩個，娘的嫁妝和這些年落下的東西不給妳們給誰去？往後即便妳爹有了子嗣或是過繼子嗣，自是有他的家業在，娘的東西都是妳們倆的，誰也不能奪走。再說將來妳們出了門，娘留著這些也無用。妳們嫁妝殷實些，將來到了婆家一切花用都是自己出，也無須看人臉色行事。再說娘也護不得妳們一世，將來的路是妳們自己走，娘寧願妳們現在辛苦些多學點東西傍身，將來總是有用處的。」

姚姒抱住姜氏撒起嬌。「娘，有您真好！女兒怎地就投生到您身邊呢，這一定是老天爺瞧您心地好，於是將我和姊姊給了您，您瞧姊姊對您孝順，您的小女兒又聽話懂事，可不是您的福氣嗎？」

孫嬤嬤在旁邊笑得嘴都合不攏，就是姜氏自己，也被這席話說得喜笑顏開，拿手直捶她。姚姑在旁邊也抿唇笑了起來，姊妹倆陪著姜氏用了午飯後，就各自回房。

姚姒回到屋裡，紅櫻一早就得了信兒，連忙給她磕頭，姚姒拉她起身，從今以後，紅櫻一大家子算是她的人了。姚姒慶幸姜氏是個開明的，往後總算有人手可以用，於是便問起她哥哥去雙陽縣的事情，算算日子應該是回來了。

紅櫻這次並未隨她去金寧港，她哥哥是在姚姒走的那日讓她嫂子來府裡送的信，紅櫻本姓陳，她哥哥陳大也算是有些本事的，去了雙陽縣快月餘，總算把錢姨娘家的老底摸了個透。

姚姒賞了她十兩銀子，附耳交代了一席話，就讓紅櫻歸家去，到了晌午，紅櫻回來後就進了姚姒的屋子，屋裡靜悄悄的，只有她在屋裡做針線，見到她連忙問：「回來得倒算早，事情可都辦完了？這個點兒可用了飯？」

紅櫻回道：「在外用了飯才回府的，奴婢記著小姐的事不敢耽擱，如今奴婢的大哥大嫂已在外候著了，就等著小姐去喚。」

「一會兒妳就帶著妳大哥大嫂先去給我娘道個安，就說是我的主意，讓他們進府來認認門，往後進出也方便些，等他們到了我這裡，妳和妳嫂子替我守著門，我與妳哥就在堂屋裡說話。」

「奴婢省得。」紅櫻往簾子外瞧了一眼，壓低聲回道：「張相公那裡這兩日都在查那位名叫趙旆的公子，只可惜對方十分神秘，連個線頭也查不著，恐怕還得多花些時日才行。至於那幫黑衣賊人，張相公說倒是有了些眉目，他說十有八九是軍中人假扮的，至於這賊人的背後是誰，必定是與那事有關，旁的倒未多說。」

紅櫻出府除了家去，其實最主要的是替姚姒跑腿，姚姒將張順安置在姜氏給她的宅子裡，她給他首件事就是去調查那日突然出現的賊人和那神秘的趙旆，她總覺得事情太過巧合，如今她們在明，這些人在暗，由不得她不謹慎。

「嗯，這事也急不來，先下去接妳哥嫂進來，待說完話，妳再送他們去張叔那邊安置下來，往後他們就別再回莊上去了，我自有安排。另外妳再替我捎信給張叔，讓他先不要再查那趙旆和賊人的事，免得打草驚蛇。」姚姒吩咐完這些，又壓低嗓子道：「讓他去幫我查查大老爺在外頭那個外室的底細，還有看能否找到秋菊，若得了消息，往後就讓妳嫂子跑腿，這樣也方便行事。」

紅櫻雖不知道姚姒為何要查大老爺，但不該問的她一句也不多問，照著姚姒的吩咐就出去安排她哥嫂進來。

陳大與其妻焦嫂子被紅櫻領進屋來，許是紅櫻之前有提點，兩人一進屋便給姚姒磕頭，姚姒虛扶了一把，雖說主僕有別，但陳大一家子是她要用的人，她不想與他們太過生分，忙指著紅櫻笑道：「還不扶妳哥嫂起來。」

陳大夫妻倒是老實人，起身後話不多，眼神也不亂飄，姚姒心裡暗嘆挑對了人，便叫紅櫻將桌上的一個荷包遞給她嫂子，焦嫂子接過後覺得有些沈，忙推說不敢要，紅櫻笑著勸道：「小姐人雖小，卻是太太親自教養的，為人最是和氣不過，出手也是大方的。嫂子只管接下來，往後盡心盡力地為小姐做事，只怕還有更大的賞。」

焦嫂子瞧姚姒微笑著點頭，便知她小姑子說得沒錯，連忙謝姚姒的賞。「小姐往後有事只管吩咐一聲，我夫妻倆必定用心做事，絕不辜負小姐對我們的看重。」

聽焦嫂子口齒清晰，是個伶俐人，姚姒點頭微笑不語。

紅櫻見勢便拉她嫂子避開了去，留她哥與姚姒在堂屋說話。姚姒認真打量了陳大，他身子雖微微躬著，卻並不顯奴色，此刻正目不斜視低著頭。

姚姒很滿意，遂換了副和氣的口吻道：「在我這裡做事不必拘謹，往後日子還長，我少不得要你夫妻二人幫忙跑腿，往後有我一天好日子，也不會虧了你們，做對了事有賞，做錯了事也是要罰，若不清楚的只管讓焦嫂子進來問個明白，切忌不明不白地做事，我倒是不怕你做錯，就怕會意錯我的意思。」

陳大這才抬頭答是，旁的一概不多說，姚姒見他聽明白了，便道：「把你查到的都說來聽聽。」

陳大聲音不大，說話卻條理清晰，錢姨娘的家底她早就知之甚深，陳大打聽得也仔細，與她所知不差毫釐。

錢姨娘的父親是個落魄秀才，考舉人多年卻不中，把據說還算殷實的家底就這樣敗光了。錢姨娘下頭有三個弟弟、兩個妹妹，當初廖嬤嬤以錢姨娘家子嗣頗豐為由，才打動了姚蔣氏的心，這點她也知道。

陳大說完了這些，才說起錢姨娘的親母白氏。

「這白氏看著倒不像落魄人家的婦人，小的悄悄在向陽村裡走動時，極少見白氏出門。這錢家在向陽村裡算得上是獨戶，錢秀才爹娘早死，他獨身一人仗著有些家底便四處遊歷，白氏是他從京城裡帶回來的。聽村裡老一輩人說，白氏極善藥理，聽說也會替婦人看些小病小痛，還曾幫人接生過，直到後來錢姨娘的大弟做起生意，錢家漸漸又富了起來，白氏才沒再抛頭露面。小的又問人這白氏的出身，竟無一人知曉這白氏的底細。」

「也難怪錢姨娘懂些藥膳，原來是家學淵源。」姚姒才明白錢姨娘之前為何能幫姜氏調養身子。

陳大接著道：「向陽村甚少有人知道錢姨娘給人做妾室，這事錢家對外口風緊得很，只說錢姨娘遠嫁他鄉。說起來這錢家發家也不過就這三、四年間的事，原本錢大爺一直跟他老子讀書，不知怎地竟棄了書本從商，專門賣些時新玩意兒，什麼倭國的扇子布料、高麗的紅參、首飾以及那紅毛鬼子的玻璃等等。雙陽縣原本不靠海，這些外頭來的玩意兒自是不缺人買，是以這錢大也就漸漸在雙陽縣混出了名，如今光是在雙陽縣就有六、七間鋪子，聽說咱們彰州也有鋪面。小的回來後私自去看了看，就在那西大街上，正三間的大鋪面，卻是個綢緞鋪子，生意看樣子也就一般，小的沒敢深挖下去，怕小姐著急，這就收了手回來。」

這就說得通了，錢姨娘一個大戶人家的妾室，除了拿月例銀子外，怎麼會有餘錢去填廖嬤嬤這個無底窟窿，原來是有錢家的接濟，說不定這裡頭還真有什麼不為人知的事在。

這年頭時興船來貨，卻不是人人都有門路，依十多年前的錢家自是沒這個本事拿這些貨來倒賣。這裡頭明眼人都看得出是錢姨娘出了大力的，這事說不定廖嬤嬤有從中摻和什麼。還真是讓姚姒大開眼界，原來錢姨娘不聲不響地就把錢家給扶起來，也算是本事不小。

陳大確實會辦事，她毫不吝嗇地讚了陳大。

「你是個會辦事的，往後你夫婦就在槐樹巷的宅子裡安頓下來，我也正打算開個鋪面，左右看得出你是有些天分，這事我就全交給你去辦。還有一事我且交代你，張叔是我外祖家的恩人，如今他也住在那兒，若他有事交代你，你不必回我，只管聽他差使，往後只會越來越忙，人手方面你且和張叔商量著辦。」

陳大不笨，這話的意思是要他今後一切以張順為首，他並無異議，如今能有機會獨當一面做事，這還虧得小主子的信任，他頓時實心實意地磕頭道謝。

第十九章　暗湧

彰州城外不遠處有個月兒港口，原本這裡是行船走貨的碼頭，自朝廷的水師來福建剿海寇後，這裡就被徵為水師的紮營處。

營帳裡，趙旆正伏案提筆疾書，這時從帳外走進來一名書生樣的少年，便是前天露面的那名隨從，他叫青衣，自小跟隨趙旆，專替他打理一些往來機密之事。

趙旆頭也未抬，一邊書寫一邊問他。「人都招了？」

青衣不急不緩道：「給主子猜著了，正是西北軍第十一營的人，那領頭之人名高達，倒是有些硬骨頭，小的和青橙給他下了藥，這才全招了。高達是西北軍參將李礁的妻弟，正是大殿下手上的虎衛營侍衛。這次假扮海賊襲擊姚三夫人，無非就是為了姜閣老手上的東西。」

「我爹掌西北軍多年，秦王大殿下竟硬生生插了個李礁進去，他這一手竟是把聖上的心思摸得八九不離十，也算是秦王的能耐了。只是拿西北軍來做餌，無端扯入姜閣老的事情來，只怕他不僅是要得到那東西這麼簡單而已，其意怕是旨在把水攪混了好助他行事。」

定國公趙廉鎮守西北多年，說西北軍為趙家軍也不為過。自古功高易震主，想不到定國公如今也被聖上起了猜忌。

青衣心裡這樣想，嘴上卻不耽擱問話的工夫。「左右如今是主子把這些人給抓了起來，咱們悄悄把人處置了，誰還能拿這事抹黑西北軍和國公爺。」

「事情不會這麼簡單，秦王一定留有後招，不怪你這麼說，西北軍是塊肥肉，如今誰得到誰就有底氣。姜閣老在朝中是個孤臣，最得聖心，亦只對聖上一人忠心。年前那樁案子聖上哪會不知道姜閣老是遭人陷害的，但拔出蘿蔔扯出泥，聖上還是心疼自己的兒子們，為了臉面不得已把姜閣老給捨了。聖上心裡正痛著，若是叫聖上得知西北軍扯入姜家的案子裡，你想會如何？」趙旆丟了個大問題給青衣，神色依舊泰然。

「秦王拿著這麼大個把柄，難道是想逼咱們站隊不成？」青衣反問道。

「不，不僅如此，秦王這一手，無非是逼西北軍為他所用最好，若不能用，西北軍就成了燙手山芋，其他幾位殿下誰要誰就觸了聖上的痛。」趙旆老神在在的，只是雙眸烏沈沈的。

青衣知道，秦王把這小祖宗給惹火了。

趙旆接著道：「人你全部留下好好給我看住了，做兒子的雖說也要替父分憂，但我爹若是連個李礁也搞不定，那也太弱了，省得他把力氣花在女人身上強。」

定國公也是個英勇善戰的猛將，什麼都好，就是好這一口，最喜女人為他爭風吃醋。好在定國公夫人是個治家嚴厲的主兒，又出身宗室，定國公府這才不至於花團錦簇。只是這世上還有一詞叫一物降一物，定國公生有五子，就連世子也不敢當面說定國公的不是，唯有定國公一手教出來的幼子趙旆天不怕地不怕，自小就扯著他老子的鬍子，也唯有趙旆敢這樣揭他老子的底。

青衣一想到定國公被幼子氣得吹鬍子瞪眼的樣，拿自己兒子沒轍時，就會拿他們這些人來逗樂。

青衣打住那痛苦的想像，急忙三魂七魄歸位，又道：「主子，那姚府咱們還盯不盯，東西難道真的在姚三夫人手上不成？姜家事發後，咱們的人跟著張順一路尾隨至彰州，眼看著他進了姚府與姚三夫人接觸，可沒發現他把東西給過姚三夫人。不過這也難說，那小子狡猾得很，這兩日來一直暗中查咱們的底，說不定很有可能還在他手上。若是這樣，咱們的人先拿住那東西也就握有主動權，到時也不是秦王說了算。」

趙旆丟下手中的筆，不知想到了什麼，身子向後舒展一下，臉上竟帶著玩味的笑意，良久才道：「東西不在姚定中手中，也不會在姚三夫人手上，可十三姑娘姚姒就難說了。再派人盯住與十三姑娘有來往之人，著人去查查，從姜家事發後，十三姑娘都和誰接觸過，事無鉅細都來回報。」

過沒多久，一疊姚姒的卷宗就放在趙旆的桌上，可當事人姚姒對此渾然未知，她此刻正被姚娡拉著商量初十宴請各房姊妹的事情。

自從姚娡跟著姜氏出了這趟門，回來後竟漸漸與她關係緩和了些，雖然還是不大主動去姜氏屋裡，但至少不再冷眼相對。而對姚姒這個親妹妹，也親近了不少。這不，姚娡列了菜色單子，可她第一次辦這種宴請，難免有些忐忑，於是就問起了姚姒。

姚姒笑著將那菜單擱在桌上也不瞧，笑道：「姊姊是個周全人，哪裡還需要妹妹瞧，姊姊儘管放心做，後頭還有孫嬤嬤和娘呢。」瞧著姊姊那忐忑不安的樣子，分明就是太緊張了，畢竟這是她第一次主理事情，又有些顧忌。姚姒攬住姊姊的肩膀鼓勵道：「要不，咱們悄悄把錦香請過來問一問，看看其他幾房的姊妹們請客時都做些什麼菜色，又是個什麼禮數，姊姊瞧著可好？」

這主意確實好，姚娡本就對姜氏放不開，孫嬤嬤她又不熟，找錦香就又不一樣了，她捏了捏妹妹的手。「都說妳機靈，怎麼想到去找錦香的？」

姊妹倆一下午就把時間耗在如何請客的事上，姜氏聽說後，臉上是止不住的笑，並吩咐錦香，只要是五小姐提的，不論花多少銀子，都要按五小姐說的去做。

屋子裡服侍的都算是姜氏的心腹，自是盼著她母女親近的，錦香一迭連聲地道好。

姚娡的屋裡此刻非常熱鬧，姊姊妹妹們十幾個，好在她的屋子大，開了兩桌小姐們的主席，又給得臉的丫頭們也在外間開了兩桌。

大奶奶踏著點兒來給姚娡撐場面，送了件木雕葫蘆擺件。葫蘆有著辟邪除病魔的作用，東西雖不貴重，但到底心意在。大奶奶討了個好意頭，說了些場面話，道大廚房裡緊著姚娡這裡的東西做，只要姊妹們盡了興就好。

有了大奶奶這麼個八面玲瓏的人調和氣氛，平時不大聚在一起的各房姊妹倒也放開了些，大奶奶略用了杯水酒，就推說有事，要她們姊妹們在屋裡盡情玩耍。

姚姑起身送大奶奶出門，大奶奶不動聲色地打量她，一身寶藍色錦緞小襖，勾勒得她身量苗條多姿，頭上珠釵不多，只戴了個佛手赤金鑲寶小珠冠，盡顯閨中女兒的俏麗。姚姑面相隨了姜氏，生得本就不俗，這樣一番打扮，氣質明淨婉約，竟像換了個人似的。

大奶奶有心恭維幾句。「五妹出落得越發標致了，還是三嬸娘會調教人，瞧著竟和在老太太那邊大不同了。」

姚姑被大奶奶這樣打趣，有些不大自在，聽她提到老太太，也不知大奶奶是有心還是無意，到底也跟著姜氏和姚姒學了些為人處事，便挽著大奶奶的手道：「虧得大嫂說起老太太，前兒我去請老太太賞臉，初十來我屋裡坐坐，老太太卻是連門都沒讓我進。我道是老太太惱了我，今兒我便讓采菱揀了幾樣好消化的菜給老太太送了過去，也略盡幾分孝心。只是我心裡沒個底，大嫂是個周全人，也不知道妹妹這樣做妥不妥當？」

大奶奶訝異不小，沒想到姚姑還是塊璞玉，姜氏真的會調教人。

她原本也就是提醒她莫忘了老太太那邊，沒承想這才不過幾日工夫，之前那自卑怪異的丫頭倒叫人刮目相看起來。大奶奶便笑著拍了拍她的手，直道這樣甚是妥當。

大奶奶會做人，一向懂得討人歡心，她說妥當那是真妥當，姚姑頓時靦覥地笑了。

大奶奶忍不住想，三房當真是小瞧不得，越發肯定自己抱姜氏這棵大樹抱對了。

大房的七小姐姚媛瞧著大奶奶刻意給三房撐場面，早就有些不大高興，又瞧著大奶奶與姚姞手挽手地出門，二人間竟是十分親熱的樣子。按說她才是大奶奶嫡親的小姑子，卻從未見她待自己有過這分親熱勁。姚媛想到近來大房與三房的不和，她娘不明不白丟了管家權，難保沒有姜氏使壞，一瞬間便怒上心頭，直為她娘不值，大奶奶真是條養不熟的白眼狼。

姚婷在這群姊妹中年紀最大，心思也比別人多幾分，她將姚姞屋裡的東西瞧在眼裡，心裡頓時明白。姚婷是個聰明人，聰明人便有這點好，懂得審時度勢，老太太與姜氏之間的這筆爛帳，最終還是姜氏略勝老太太幾分。她娘二太太如今正籌謀著管家權，自是少一個敵人為好。這樣一想，便抬眼打量是否還有人跟她一樣瞧得透這件事，卻不承想叫她瞧見了姚媛正一臉不高興。

姚婷奇怪著，剛才她還有說有笑的，怎地就變了臉？她順著姚媛的視線望過去，頓時明瞭這是起了醋意。姚婷在心裡不禁嗤笑，真是跟大太太一樣沒腦子，她略思量便對姚媛笑道：「大嫂一向是個大忙人，尋常忙得是腳底生風，今兒倒是難得，竟然得空來給五妹湊趣。倒也稀罕，難怪就連老太太也常說大嫂最是個賢慧齊全人，今兒總算是瞧見了。」

這番挑撥下，姚媛原本不高興的臉頓時青黑起來，不陰不陽地回了幾句。「就她是個能人，見天兒地說忙，原來是忙在這些事了。」姚媛雖惱，但至少分得清場合，心裡陰陰想著，一會兒散了就回去給大奶奶穿小鞋，好叫大奶奶知道她是哪個房裡人。

姚婷見好就收，遂笑著與她身旁的二奶奶小蔣氏說起旁的，小蔣氏瞧著小姑子眉間的得色，不由得警醒自己，往後可別得罪了她。

大太太若與大奶奶鬧起來，得益的還會有誰？當然是覬覦管家權的二太太。姚婷的這番挑撥沒能逃過姚姒的耳朵。自姚婷進了屋，那眼神是活溜溜地轉，姚姒因此對她多留意了幾分。

姚娡的這場小宴辦得甚是合眾姊妹的心意，各人也都隨了禮，一時間有那眼皮子淺的倒也瞧出幾分意思，再不敢背著人怠慢姚娡。

這事傳到姚蔣氏耳裡的時候，廖嬤嬤是這樣說的——「哎喲，沒承想三太太可真會給自己掙賢名，眼見接回了女兒，那好東西是拚命往女兒身上貼，生怕人不知道她疼女兒似的。您是沒瞧見，那屋子只怕連神仙也住得了。」

廖嬤嬤一邊說一邊覷著姚蔣氏的神色，見她臉上起了幾分冷意，便咬死了話。「老太太，三太太這不就是在打您的臉嗎？若叫外頭人瞧見了，只怕說您沒盡著心意養五小姐，不更坐實了那外頭的謠言？」

廖嬤嬤反正與姜氏是結下了梁子，又得了錢姨娘的孝敬銀子，自然是使勁給姜氏穿小鞋。她就不信姜氏是真心疼女兒，這麼做分明就是存了心與老太太別苗頭。

姚蔣氏之前也聽說姜氏與姚娡越發親近起來，她便有些懷疑自己是不是著了姜氏的道？可經廖嬤嬤這話一說，她那點疑慮終是消弭殆盡，以前的姜氏仗著娘家得勢，雖不把她這婆婆放在眼裡，可到底規矩禮法在，姜氏越不過孝道去。這麼些年瞧下來，倒也是個謹慎之人，又自持出身書香名門，自是犯不著用這點手段。可如今的姜氏就難說了，狗逼急了還跳牆呢，姜氏的膽子倒不小啊。她一拍桌子。「好個姜氏，倒是我瞧錯了眼，如今越發不把我放在眼裡了，可憐我的老三，至今還沒個子嗣，這樣不賢不孝的賤人，怎地老天不收了她？」

姚蔣氏這話說得甚是誅心，廖嬤嬤哪裡敢接她的話頭，只是她心裡是樂開了花。老太太這是動了真怒，只要老太太心裡起了意，合著有機會，惹了老太太動陰私，下場如何已不用說，傅姨娘便是個例子。

第二日請安時，大太太婆媳間再沒了往日在人前的和氣。

大奶奶瞧著胭脂搽得厚，卻也遮不住紅腫的雙眼，她低眉順目地跟在大太太身後，竟是比二奶奶還要乖巧。誠哥兒由奶娘抱著，大奶奶頻頻瞧著兒子，奶娘卻把誠哥兒往大太太身邊擠，姚媛跟在大太太身後，臉上隱有幾分得意。

這情形還是第一次出現，大奶奶雖說往日裡也會被大太太搓磨，但到底不會如此消沈。二太太瞍了眼，心裡明鏡似的，都是做婆婆的，還能為哪樁呢？兒是娘的心頭寶，大太太看來是用誠哥兒降伏住了大奶奶。

大太太在人前毫不在意兒媳的委屈，屋裡哪個不是人精，心裡猜著這是大房又出了亂子。一牽扯到婆媳間的事，那就是有理也說不清，姜氏瞧著大奶奶這萎靡樣，隱有幾分同情。二太太和五太太一向是目空一切，四太太依然沈默是金。

姚蔣氏彷彿不曾注意到大奶奶的異樣，和顏悅色地吩咐：「大孫媳婦，往年咱們府裡的春宴都是妳婆婆安排的，我瞧著倒也沒出過亂子。因前些時候有姜家的事在，咱們府裡是好一陣安靜，好歹姜家的事也就這麼有驚無險地揭了過去，我看今年春宴就定在這個月的二十五，眼瞧著也沒剩多少日子了，妳可得打起心思籌辦起來。」

大奶奶自是打起精神應話。「老太太放心，孫媳雖是第一次辦春宴，不敢打包票樣樣都辦得妥妥當當，至少遇到不懂的地方，一定會向婆母請教一二，再不行，那孫媳就只管來煩老太太您了，到時您可別嫌孫媳煩。」

聽大奶奶這話，大太太頓時明白了，她這是跟自己槓上了。若是懂得伏低做小的道理，就該知道這個時候要順水推舟把她這婆婆一起推出來辦春宴。

大太太笑得很勉強，看來是指望不上大奶奶了，於是對姚蔣氏道：「老太太一向疼愛孫媳婦，只是泰哥兒媳婦經驗少，就怕出什麼岔子讓人笑話。媳婦這心裡總是擔心著，再者媳婦瞧著今年春宴該是大辦為好，也好去去前些日子被姜家鬧的晦氣。要不，這春宴還是媳婦來辦吧，叫泰哥兒媳婦在邊上瞧著，好歹也能學些經驗，往後就不怕了。」

大太太一派毫無私心樣，彷彿真心為媳婦考量，怕大奶奶出岔子徒惹人笑話，只得自己請纓上陣，把大奶奶頓時鬧了個大沒臉。

二太太用帕子遮住嘴邊的笑，大太太婆媳倆這吃相有夠難看的，二太太心裡期盼起來，大房這對不省心的婆媳倆最好越鬧越僵，等鬧到不可收拾時，就是她出手的時候了。

姚蔣氏見大太太竟肯捨下臉來說出這麼番大義凜然的話，心想也該是時候放大太太出來了。有大太太在，至少會找些姜氏的不痛快，於是她欣然同意。

「還是老大媳婦穩當，這次的春宴確實與往日不同，眼瞧著孩子們也都大了，妳們幾個做娘的也都要替孩子們考量，這次春宴就交由大太太主持，其他事妳們婆媳商量著來辦。」

大奶奶的臉色青白交加，大太太卻喜笑顏開，對姚蔣氏打起包票，一定會把春宴給辦得漂漂亮亮的，絕不出任何岔子。只是其他四房的太太們心思早就不在大太太的身上了，各房都有待嫁娶的子女，聽姚蔣氏這話的意思，莫非是要借著春宴，替幾房適齡的子女相看人家不成？

姚蔣氏一席話，一石激起千層浪，各人心思不一。

第二十章　婆媳較量

姜氏帶著姚姑姊妹三人回芙蓉院，等打發了姚嫺，就讓錦香出去打聽大房的事，錦香回來時，姜氏也沒避著兩個女兒，直讓錦香回報。

錦香幾下子就把大房的事說得明明白白。原來是大爺瞧見誠哥兒被丫頭婆子們怠慢，不小心磕破了頭皮，大太太便乘機說大奶奶只顧著忙管家的事，心頭怕是早就沒這個兒子了。大太太是好一通在兒子面前給媳婦穿小鞋，最後就成了大太太要把誠哥兒抱到她屋裡養，大奶奶捨不得兒子，大爺又怨她沒盡到為母之職，是以大奶奶兩邊不是人，委屈得很。

姜氏感同身受。「兒是娘的心頭寶，瞧這鬧得都成了什麼樣。」

錦香幽幽朝姚姑瞧了眼，有心想要替姜氏說兩句，孫嬤嬤卻用眼色止住她。

姚姑若有所思地回了屋子，屋裡只有蘭嬤嬤在，姚姑問道：「今兒大伯娘拿捏著誠哥兒，是好一通給大嫂沒臉，瞧大嫂平時是多麼伶俐的一個人，也被婆婆搓磨，難道我母親以前也是這樣被祖母拿捏？」

蘭嬤嬤雖還不知道大太太婆媳間的事，但自古婆婆拿捏媳婦也就那麼幾招，於是道：「姑姊兒眼見著回到三太太身邊沒幾日工夫，就明白了些事理，這世上誰待誰好，端看人心的感受，妳的心思細膩，不用嬤嬤說得明白，不管如何妳終歸是三房的嫡長女，這才是姑姊兒要記住的。」

蘭嬤嬤沒敢大力勸，有些事點到為止，姚姑是她一手拉拔長大的姑娘，她的性情如何蘭嬤嬤比誰都清楚，姑姊兒雖有些固執認死理，卻不乏敏慧，三太太滴水穿石，終有一日這母女倆能和好的。

今日是譚娘子來教姊妹倆的頭一天，姜氏早就吩咐好孫嬤嬤把東跨院收拾出來給譚娘子施教。

譚娘子三十多歲，身量微富態，穿了身半新不舊的玫瑰紅薄襖，頭上綰著漆黑的圓髻半幅金釵，一副精幹俐落的清爽模樣，令姚姒對她頗為好感。

她給姜氏請安，語氣雖恭敬卻含著親近，姜氏拉著她的手指著兩個女兒道：「這是我的兩個閨女，妳怕是第一次見面，我就把她姊兒倆交給妳了，往後不必看我的面子，不說把姊兒倆教得如妳那般有本事，只讓她們將來不至於讓人矇混了去就成。」又叫姚姑和姚姒給她見禮。

姜氏鮮少同人熟稔至此，譚娘子略側過身福身回了禮，動作十分優雅。

雖然姜氏未曾細說譚娘子的出身，但想來也是好人家的女兒，姚姒對譚娘子和善地笑了笑，譚娘子便道：「太太真是好福氣，兩位小姐生得如此氣度，顯見是太太教導得好。」

姜氏笑道：「就怕她倆愚笨，妳這老師可要麻煩了。」

客氣話說完，姜氏讓錦蓉留下來作陪，譚娘子見姚姑和姚似的年紀，心裡有了分明。

待三人坐定下來，譚娘子拿出準備好的帳冊和算盤，不動聲色地捕捉到兩個閨閣千金眼中的疑惑後，笑道：「奴家無旁的本事，就這手算盤打得還算活絡。」

說完，指著錦蓉分別將兩本帳簿送到姚似、姚姑跟前，開始教她們如何看帳本。她說得仔細，姚姑姊妹也聽得認真，待帳本看完，譚娘子就拿起放在桌上的算盤，親自打了一遍。她的雙手彷彿與那小巧的算盤化為一體，一時間東跨院只聞珠聲響。

半刻鐘後，譚娘子停了手，面不紅氣不喘地笑道：「這本帳最後的盈利是八百九十兩銀，兩位小姐且翻到最後瞧瞧。」

姚姑與姚似果真翻開帳本最後一頁，確實是八百九十兩銀。

譚娘子把算盤放下，溫聲道：「每個人心中都有一本帳，想要做到心中有成算，卻不必像奴家這樣流於俗藝，今兒第一課，奴家要教的是心算。」

姜氏雖說放心把兩個女兒交給譚娘子，但到底怕她們吃苦受累不肯學。

好在錦蓉每過一會兒就要出來換茶水，見姜氏立在廊下，錦蓉便笑道：「太太且安心，姊兒倆可用心呢。這譚娘子還真不是一般尋常的婦人。」又把屋裡剛才三人間的一番互動說給姜氏聽，姜氏心頭大安。「瑩娘的心思素來巧，我也是這般看重她，才把姊兒倆給她教導，女子出閣後便又是一番天地，她倆也沒個兄弟支撐，但願這輩子她們手段性情強些，少受人欺負。」

大大太自得了姚蔣氏首肯，不說新官上任三把火，但那架勢卻拿得足足的，把大奶奶得用的幾個心腹找了由頭革了去，又整頓了些不規矩老實的，大太太管家多年的威信又冒出來了。

大奶奶許是學了乖，從此伏低做小跟在大太太身後，把大太太敬得跟菩薩似的，一點拿主意的事情也不肯沾。大太太稱了心，也就沒再說抱誠哥兒去養的話。

大太太得意之餘，倒也沒忘形，叫了銀樓與綢緞鋪子裡的管事娘子進府，說是既然春宴要大辦，那滿府的太太奶奶姑娘們的衣裳首飾自要再重新置上一遍。

大太太這招深得姚蔣氏的歡心，當著其他幾房兒媳面前很是誇了一番，其他幾房得了實惠自是要表態，對大太太是好一番的謝。

大太太這才有些揚眉吐氣，回了房，就把心腹劉嬷嬷招來說話。待劉嬷嬷出了大太太的房門，瑞珠就尋了個由頭跟劉嬷嬷套近乎。過沒幾天，綢緞鋪子就送來了春裳料子，大太太吩咐人往各房送去，大奶奶在屋裡瞧著那批新來的輕薄衣料，認真地翻看了幾下，遂一笑，眉間眼底盡是嘲諷。

衣裳料子送到二太太屋裡時，二太太慣常挑剔，她與大太太妯娌多年，心裡猜疑大太太不會這般大手筆做人情，是故把這些料子翻來覆去地摸騰，倒叫她發現了問題。

二太太於是叫了心腹婆子來說話，姚婷坐在裡間做針線，待婆子們下去了，便勸母親。

「娘也用不著先做這出頭鳥，娘在採買那邊不是有人，還是謹慎些查清楚了，娘再行圖謀。只是老太太那邊有些難，這要是鬧出來了，不光是大房一家沒臉，要是讓老太太覺得娘您在圖謀什麼，即便娘得了管家權，也會遭了老太太的眼。」

二太太一把握住姚婷的手。「還是妳說得對，這事急不得，是該好好想想了。」

芙蓉院裡，姜氏對送過來的衣裳料子只瞧了一眼，就對孫嬤嬤吩咐道：「把這些都給錢姨娘送去，就說給嫻姊兒和她裁衣裳用的，到了春宴那日，且讓嫻姊兒好生打扮。」

姜氏一向大方，倒不是她瞧不上這些料子，只因姚姑、姚姒兩人開春來已裁了許多衣裳，又見這些料子過於鮮豔，不大適合她們母女三人，再說有錢姨娘上次的功勞，因此姜氏也樂得做個人情。

錢姨娘得了料子很高興，這說明姜氏願意給庶女做臉面，眼瞧著嫻姊兒一日日大起來，是該好好打扮。於是重芳齋裡，錢姨娘挑燈和丫頭們給姚嫻做衣裳，裡裡外外的是好一通張羅。

轉眼就到了姚府春宴這日，錢姨娘一大早就帶著姚嫻進了姜氏的屋裡候著。

姚姒姊妹倆陪姜氏出來時，就見屋內豔光閃閃，姚嫻一改往日的素雅，頭上梳著飛燕髻，簪著支小鳳金釵，那鳳釵雖小卻十分精緻，鳳口處銜著一枚拇指大的珍珠，一身杏子紅春裳，較之往常越發顯得杏眼桃腮。而她身邊的錢姨娘顯見是為了迎合姜氏，只穿了身秋香色長身褙子，頭上珠釵亦無新意，她刻意低調打扮，旨在討好姜氏。

姜氏瞧了姚嫻一眼，淡聲讚了句。「嫻姊兒模樣本就生得好，這樣打扮倒是新鮮，足見往日裡是個憊懶的。」

「太太說得是，嫻姊兒就是性子懶，今兒這身還是婢妾硬要丫頭們給她搗鼓的。」錢姨娘顯得小心翼翼，姜氏也懶得同她多說，交代錢姨娘。「今兒妳且跟在我身邊，也好替嫻姊兒瞧瞧，有妳這個親娘替她掌眼也好，我既答應妳的事，沒有不作數的。」

錢姨娘久來懸著的心才落到實處，不禁眉開眼笑道謝。

姚嫻心中明白幾分，這模樣分明是要替她相人家了，她顧不得臉紅，偷偷瞄了眼姚姑，見她一身只適合在孝期裡穿的月白色銀繡雛菊春裳，心裡不禁竊喜，今兒三房裡的小姐，怎麼著也該是她拿頭一份了。

姚姒跟著姜氏寸步不離，從姜氏未讓孫嬤嬤大力替姚姑妝扮，她就明白了姜氏的意圖。姜氏這是瞧不上彰州這些人家，立意不跟府裡其他幾房爭呢，可錢姨娘母女卻不清楚，一度以為庶女壓過嫡女就會被人高看幾分，這不過是姜氏為了兌現給錢姨娘的承諾罷了。

姜氏領著三房眾人到蘊福堂時，姚蔣氏待客的花廳裡已是花團錦簇一片。

姚姒打眼一瞧，屋裡除了各房小姐外，還有蔣家一行人。姜氏瞧了這情形，忙向姚蔣氏告罪，說她來遲了，又給蔣常氏行禮。其實哪裡是她來得遲，分明是這些有心人，一個個爭著在老太太面前打眼，好在親事上頭得些實惠。
姜氏想著左右今日輪不到她操心，於是選了個靠後的位置坐下，錢姨娘極主動立在她身旁充起丫鬟，姚姒姊妹三人則立在姜氏身後。
姜氏這邊剛坐定，門外的丫頭就報林知縣家的夫人到了。
林知縣在彰州為官已兩任，自是與彰州名門大戶間十分熟稔。大太太與林夫人手挽手進門，兩人身後跟著個十六、七歲的公子和一名少女，那少女眾人都識得，是林夫人的獨女林三娘。
林夫人見到姚蔣氏忙上前笑臉問安，姚蔣氏也待她極親熱，對著堂下身長玉立的公子道：「這可是妳家老二？越發有乃父之風了。」
林知縣家有庶長子，這嫡子便行二，小小年紀已是秀才郎，往常林夫人可是當寶貝一樣看得緊，今兒倒是耳朵尖，難道也想來湊這熱鬧？
姜氏抬眼朝錢姨娘瞧去，只見錢姨娘將那林公子瞧得十分仔細，大有看中眼的勢頭。姜氏輕咳一聲，錢姨娘忽地回神，眼神才從林公子身上收回。
林公子聽到姚蔣氏這樣說，便上前恭敬行禮。「姚祖母身體這一向可好，小子前些日子回了趟浙江老家，是以錯過姚祖母的壽辰，還望姚祖母見諒。」
姚蔣氏早已摟著林三娘笑著對她道：「跟妳哥哥說，妳姚祖母可沒這般小氣。今兒肯來我府上賞春，姚祖母便替你母親作主了，去找你泰哥兒幾個玩去，今兒可得好好鬆泛，沒的像你娘一樣狠逼著你讀書。」姚蔣氏對入得她眼的年輕小輩一向不吝嗇疼愛之心，林夫人頓時就笑了。

林三娘也乖覺，極順溜地接下話。「那我送送哥哥，再來找姑姊兒玩。」

卻趁人不注意，手指無意間朝姚姑的方向一指，林二公子便心領神會，悄悄朝姜氏身後的女孩偷瞄了眼。只見一個豔若桃李，一個亭亭玉立，還有一個尚是稚齡，想來小的那個肯定不是，一時間也分不清林夫人中意的姑姊兒是哪一個，左右兩個都是美人兒，心裡猜測姚家三房的嫡女應該是那名打扮極出眾的，於是裝作無意地朝姚嫻望了一眼，這一眼恰好叫錢姨娘捕捉到，心下頓時瞭然。

林夫人遂作無奈嘆氣，對姜氏笑道：「三娘一直念叨妳家的姑姊兒，顯見得二人感情好。」

姜氏不知林夫人此意何為，卻從林三娘自以為不被人察覺的動作上瞧出些意思，於是笑得含蓄。「姊兒們愛熱鬧，只是姑姊兒性子沈悶，沒想到她倆能玩到一起去。」這話答得不鹹不淡的，林夫人遂也不急，朝女兒使了個眼色，林三娘便熟絡地拉起姚姑說話。

姚姒今日本就打定主意要一直賴在姜氏身邊，想透過這次春宴瞧瞧姚家都與哪些名門大戶往來，特別是發生了姜家的事情後，姚家與哪些人家有著通家之好，又與哪些是泛泛之交，沒想到才來了個林知縣夫人，就把幾房太太的小心思露了頭，她越瞧是越有意思。

過沒一會兒，大太太又迎來幾位貴客。其中有造船起家的焦家，如今焦家隸屬內務府管，焦家的船隻是除了官船外最大的私造船廠。姚蔣氏待焦大太太很是不同；而當地的讀書人家如杜家、黃家、李家都是福建望族，這些人家中都有子弟在外為官，姚蔣氏亦是極熱絡地招待。

從焦大太太出現，姚姒瞧見了跟在焦大太太身後三個長相娟麗的少女後，彷彿魂魄都被其中那名著洋紅褙子的焦八小姐吸走。這焦八小姐便是後來姚三老爺的繼室，人是姚蔣氏作主給娶進門的，這焦氏進了門後，就帶著錢姨娘與姚嫻隨姚三老爺任上，後來便是焦氏給姚姒定了那門親事。

姚姒死緊地握住隱於袖子裡的手，好半天才回神。

上一世的事情依然會照著舊有的軌跡走嗎？不，她死也不能讓姜氏出事，這樣想著，她越發往姜氏身邊靠過去。

姜氏發覺小女兒似乎有些不大尋常，順著女兒的眼神瞧過去，就見是焦家那幾個姊妹。她未多想，笑著摸了下小女兒的頭，柔聲道：「可是累了？要不讓錦蓉送妳回去歇著，這春寒交加時最易招風寒，若是不舒服，要趕緊告訴娘。」

「女兒不累，就是瞧著焦家那三位姊姊眼生，往常並不曾見過她們。」姚姒隨口扯了個謊，卻未刻意提醒姜氏什麼，有許多事情她現在就如霧裡看花般。

依著姚家兩老的功利，必是焦家對姚家有大益處才會結這門親。焦家不過是造船起家的一般富戶，有什麼值得姚家結親？看來這焦家要好好查查了。

第二十一章　私會

姚姒既是對焦家起了意，見屋裡的客人也都來了個七七八八，姚蔣氏待這些人家各有親疏遠近，她用心地把這幾家親近的都記在心裡，便不再黏著姜氏，和小姐們湊作堆去了旁邊的小花廳。

賞春宴上自是少不了些花兒草的，這會子眾位小姐無旁的事可做，都湊作堆對著盆十八學士作詩。

姚嫻原本也是有些才情，當然不會放過這種出頭的機會，再說小花廳與外間招待青年才俊的院子只隔著一道不高的院牆，這邊作什麼詩，那邊一會兒也會知道，姚嫻於是卯足了勁在詩上下功夫。

姚婷瞧著姚嫻，心裡是十分看不上，只是她今日也興致缺缺，想著二太太所謀劃的事情，看了看在身邊的庶妹姚妙，眼風一使，姚妙幾不可見地點了點頭。

姚姒全副心思都放在焦蕙娘身上，她起意與焦蕙娘攀談一二，便上前道：「這位姊姊是哪家的？怎地好生面熟。」

焦蕙娘記性好，對她笑道：「妳是三房的十三小姐姒姊兒吧，我是焦家八小姐，閨名一個蕙字，妳叫我蕙娘便成。」又指著她堂妹道：「這是我堂妹芙姊兒，倒是大不了妳多少。」

姚姒叫了聲芙姊兒，三人便湊在一起說起話來，焦蕙娘年紀最大，便問她讀些什麼書，閨中姊妹們尋常玩樂些什麼。姚姒故意露出幾分靦覥，焦蕙娘也沒半點不耐煩，反而說起她家中姊妹們的趣事。姚姒見她說話行事竟是個滴水不漏的，加之她表現出來的性情十分柔和友愛，這樣溫柔似水的女子，恰恰是姚蔣氏最愛的。

花廳那邊，原本聚作一堆的小姐們在作詩，不知是誰說了聲錦春亭那邊飛來了幾隻天鵝，漂亮得不得了，聽說有好瞧的，哪裡還願待在屋裡。再加上粉牆那邊時不時傳來些吟詩作賦聲，攪得這群深閨小姐的芳心都亂了，自然一股腦兒都往錦春亭去。大奶奶和二奶奶哪裡管得住這些嬌小姐們，只得安排婆子儘快去錦春亭那邊準備，今兒來的都是各府嬌客，自是不能怠慢了。

姚姒瞧著焦蕙娘並沒有要隨大流的意思，自然就留在花廳。

錦春亭那邊有座水榭，正是春暖花開之際，難得園子裡有鮮活的東西可瞧，哪裡就樂意安靜坐下來，不多久，眾小姐便三五作堆地分散開來。

一叢矮樹邊，姚嫻左右張望數眼後，才打開手中的小紙條瞧了眼，止不住一陣怦怦心跳，見丫鬟伴畫在不遠處替她望風，她拿帕子拭了額上的汗，過沒多久，她便落了單，帶著伴畫往水榭南邊悄悄行去……

過沒多久，坐在花廳裡的姚姒忽然聽到一陣嘈雜聲傳來，隱隱聽著像是說誰落水了。見焦蕙娘頻頻望向那邊，姚姒只得拿出些家人的姿態來，引著焦氏姊妹向吵雜處去。

姚姒趕過去的時候，婆子們剛剛救起姚嫻，姚嫻冷得發抖，眼神冷幽幽的，一旁卻是二房的姚妙在安慰她。這時不知是誰解下了身上一件白色披風讓婆子替姚嫻披上，哪知這披風剛上身沒多久，便被暈染上一團團不知是黑是紅的顏色，眾小姐妳看我、我瞧妳都是一臉不可置信。

姚妙眼尖，驚得一聲尖叫。「唉呀，這是怎麼回事？這可是今春府裡為著春宴特地做的春裳呀！」

姚嫻急忙往自己身上看，這一瞧，她的臉也五顏六色起來，想死的心都有了，乾脆眼一瞪，暈了過去。

大奶奶恰恰趕到，見到這情形，連忙讓一個五大三粗的婆子揹起姚嫻，叫送到蘊福堂去。

姚姒暗中瞥了姚妙幾眼，看了看姚嫻身上的衣裳，心思幾轉，便猜到事情始末，不外乎是二房和大房的爭權奪利之戰，姚嫻是被人拿來當槍使了，只是這事裡的因由如何，姚姒一時也難猜。

大奶奶何等精明，只消一眼便知問題出在衣料上，加上姚妙適才那一嗓子，前後種種聯想起來，大奶奶想到大太太以誠哥兒來拿捏自己，心裡不是不怨的，於是打定主意不為大太太掩飾，一心安排人把姚嫻送到蘊福堂偏廳裡，又讓二奶奶帶著眾位小姐暫時先回小花廳。

等姚嫻把衣裳換下來後，她吩咐婆子要妥當收好，事涉三房，大奶奶時刻想著要賣姜氏的好，於是悄聲吩咐瑞珠去找錦蓉。

姚蔣氏得了信兒，叫廖嬤嬤來問是怎麼回事，大奶奶拉著廖嬤嬤將那堆衣裳指給她看，旁的並未多說。廖嬤嬤一瞧那堆東西便心裡有底了，事涉幾房太太，廖嬤嬤最是惜命的，亦怕受到牽連，便與大奶奶相視一笑，接著說要去回老太太。

廖嬤嬤尋了個空把事情一五一十說給姚蔣氏聽，姚蔣氏頓時就黑了臉，忍了半晌才回到待客的屋子，說小姐們貪玩，一不小心就落水了，好在人無大礙。

這件事就這麼遮掩了過去，姚蔣氏索性叫了個說書的女先生來，屋裡一時間倒也熱鬧。姚婷極乖覺地湊在姚蔣氏身邊，姚妙也安靜地坐在一旁，彷彿根本不曾發生過落水的事。

這邊姜氏聽到錦蓉來報，才知道落水的是姚嫻，又聽到大奶奶刻意提起那染色的春裳，一時間倒也品出幾分意思來，便打發錢姨娘出去，只說嫻姊兒落水了，讓她去瞧瞧嫻姊兒有無大礙，若無事就帶著嫻姊兒先回重芳齋歇著。

姜氏其實亦有私心，嫻姊兒分明是被人利用了，事情到底如何，只有姚嫻這當事人最清楚。依錢姨娘那從不吃虧的性子，勢必會弄清楚整件事情，她且安心在這裡等著便成。

錢姨娘乍聽嫻姊兒落水，嚇得臉色發白，不待錦蓉詳說，飛快地奔去了偏廳。

重芳齋裡，錢姨娘給姚嫻餵了安神藥，姚嫻睡前朝伴畫使了個警告的眼色，奈何禁不住藥力，瞇了幾下眼便睡過去。錢姨娘替女兒把被角捂緊實了，出了屋子便朝伴畫發難。「給我跪下，不把今兒的事情交代清楚，想走出這屋子可就難了。說，究竟是怎麼一回事？嫻姊兒好好的怎麼會落水？」

伴畫嚇得戰戰兢兢就地一跪，錢姨娘的手段她是清楚的，沒多久就把事情原原本本地招了。

錢姨娘聽了招供，氣得臉色鐵青，無論如何，嫻姊兒與外男私會之事板上釘釘。現在不是生氣的時候，該怎麼補救把這件事掩下去呢？

錢姨娘思忖良久，越想越覺得事情極不尋常。她本是疑心極重之人，當初她就打聽過，大太太把衣料送到三房時，姜氏並未留下一疋而是全部給重芳齋送過來，姜氏也未免太過大方了？

她又一想，難道姜氏瞧出了這批料子有什麼不妥的地方，故意給嫻姊兒沒臉？而且據伴畫的交代，林二公子明明私會的對象本該是婥姊兒，後來為什麼他的小紙條偏偏送到嫻姊兒手上？難道這也是姜氏設的局嗎？

錢姨娘越想越肯定自己的猜測，她不認為姜氏那麼大方任由她一個姨娘給嫻姊兒相看。姜氏不過是窮大方，實則是毀了嫻姊兒。錢姨娘靈機一動，若如此，那就只有把婥姊兒扯進來，無論婥姊兒是否有私會外男，她都說不清了。

到了下午，姚蔣氏領著幾房兒媳婦送走了所有賓客，只讓大太太婆媳留下來，其他人各回各院去，大太太將會受到姚蔣氏怎樣的責難，幾房太太大致心裡有了數。

姜氏回到芙蓉院後便去看望姚嫻，見她臉色除略微蒼白外，並無大礙，便囑咐錢姨娘，要什麼藥材只管去上房取用。錢姨娘沒客氣，對姜氏直道謝。

姚姒睃了一眼屋裡屋外，往常從不離身的伴畫這會兒卻沒在跟前，她朝紅櫻使了個眼色，紅櫻悄悄退了出去。

姜氏待錢姨娘母女也就是個面子情，聽錢姨娘說了姚嫻落水的經過後，就帶著姚姒和姚娡回了上房。

到掌燈時分，錦蓉打聽清楚事情，便來回姚姒。「奴婢悄悄打聽，說錦春亭有天鵝的，彷彿是婷姊兒身邊的芍藥。到後來嫻姊兒落水，是妙姊兒喊人來救，也是妙姊兒故意引人往嫻姊兒衣裳上瞧的。嫻姊兒許是覺得出了醜才裝暈過去。後來大奶奶打發人給太太送信，瑞珠特地提了嫻姊兒衣裳染色的事，提醒奴婢小心這裡頭的彎彎繞繞，奴婢把這話當時就給太太說了，太太便讓錢姨娘去瞧嫻姊兒。」

這樣看來這局是二房的姚婷、姚妙做下的，她連忙問錦蓉。「八姊為何會落水？我瞧她在詩會上是極出風頭的，且她也不像是這麼不小心的人，這裡頭一定是發生了什麼咱們不知道的事。」

「說來也奇怪，這事還真沒有人瞧見，還是聽妙姊兒叫喊聲才知道有人落水。奴婢使了些銀錢去打聽，有個婆子便說彷彿瞧見落水處有個男子的身影，只是等她趕到卻無任何外男在，是以那婆子也不敢確定是不是瞧花了眼。」

「這就說得通了，妙姊兒定是個知情人，這事要麼是真的沒人瞧見，要麼事後一定是被人想法子抹平了，叫人瞧不出端倪。」

錦蓉附和道：「多半是如此，左右這事瞧著跟錢姨娘那邊脫不了干係，奴婢這就讓人查查下晌重芳齋的動靜，事情若是人做的，總會露出些手腳來。」

「辛苦錦蓉姊姊了。姊姊那邊也給回一聲，娘心裡估計也是有數的，咱們三房這回真是無端被人利用了，大太太肯定又要把帳算在咱們三房頭上。」

錦蓉哪裡當得她一聲謝，忙告辭出來。

紅櫻見錦蓉走了，才上前道：「下午錢姨娘賞了伴畫一千大錢，讓她家去看老子娘去了，所以小姐才沒在屋裡看到伴畫。」

「姚嫻一定是闖下了大禍，錢姨娘最善放煙幕，妳且去瞧著，若是這幾天錢姨娘有與妙姊兒私下走動，就坐實了嫻姊兒闖禍的事實。」

她不再糾結於這些事上頭，吩咐紅櫻。「明兒讓妳嫂子進來一趟，我有些事情要交代，都這些天了，也不知道張叔與妳哥嫂在外頭可安好。」

紅櫻忙道是。

第二日一大早，紅櫻便來報。「昨兒錢姨娘去找了妙姊兒的生母耿姨娘，錢姨娘自以為做得隱密，卻被門房的婆子報給咱們知道，這必是錦蓉姊姊讓報的。」

姚姒心裡有數，待到姜氏的屋裡時，就見錢姨娘在服侍姜氏梳頭。

姜氏從鏡子裡瞧著姚嫻氣色紅潤，隨口問錢姨娘。「瞧嫻姊兒氣色不錯，想是昨兒落水沒落下毛病。這就好，往後可不許這樣毛躁，女子應以貞靜為主，不然鬧出笑話也是她自己沒臉。」

嫡母訓斥姨娘庶女，按說姜氏這姿態算是最和善的，只是錢姨娘心中起了怨忿，便瞧她說什麼、做什麼都不帶好意，忍了好半晌才回道：「太太教訓得是，只是嫻姊兒身子底不大好，昨天吃了藥還有幾聲咳嗽，料想還要吃幾服才得除根。」

「嗯，昨兒我已叫孫嬤嬤去回了老太太嫻姊兒落水的事情，妳以後也要警醒些，嫻姊兒無端被人利用了，咱們三房只怕是要落大房的埋怨了。」

姜氏拿手扶正簪環，銅鏡裡錢姨娘一臉委屈，姜氏便問：「怎麼？有話就說。」

錢姨娘掩著帕子跪下哭道：「求太太給嫻姊兒作主！太太是知道的，嫻姊兒打小就穩重，她是個極怕水的，怎麼就偏往那水邊去？這、這是有人陷害嫻姊兒呀！」

錢姨娘一番哭唱唸作，姚嫻乘機道：「母親，我姨娘說的是真的，都是四姊說……」姚嫻沒再說下去，卻瞟了姚姑一眼，就又閉嘴作委屈樣。

姜氏十分看不得錢姨娘母女在她面前弄些小手段，抬高聲音厲喝道：「妙姊兒說了什麼，妳有話就說，沒的吞吞吐吐一副小家子樣。」

錢姨娘極快接話道：「妙姊兒說姞姊兒與外男私會，嫻姊兒才急匆匆要護住姞姊兒的名聲，沒想到與妙姊兒一言不合，不小心落了水，卻哪裡想到衣裳濕透了會染色。太太，姞姊兒是何等性情，婢妾不相信她與外男私會，可憐嫻姊兒這回真是無辜被人陰了一把。昨兒婢妾之所以沒跟太太說，就是知道事涉姞姊兒名聲，不敢胡言亂語。」

「怎地又扯上了姞姊兒，我好好的女兒就是被妳們這些包藏禍心的秧子給毀的！」

姜氏勃然大怒。「嫻姊兒妳說，妙姊兒無端端的提什麼姞姊兒私會外男，她又憑什麼亂講，妳要敢一句不實，可別怪我不給妳體面。」

姜氏這是動真怒了，她鮮少在錢姨娘母女面前這樣強勢，也怪不得，事涉姚姞，就連姚姒也怒極反笑了。

事情到這裡她也能猜出幾分來，必是姚嫻自己與外男私會，卻被妙姊兒撞破好事，妙姊兒藉機唆使她佯裝落水，然後故意做成被那男子瞧見而不得不負責。錢姨娘事後知道真相，為了姚嫻脫身，不惜把姞姊兒拖下水。不得不說錢姨娘有些急智，此人這般細膩心思，以往倒真是小瞧了她去。

姚嫻得了錢姨娘先頭的話，自是順著話一口咬定是姚妙傳話給她的，至於姚姞是否真和外男私會，她就不得而知了。

坐在一旁的姚姞臉色鐵青，氣得說不出話來。

姜氏看著姚嫻眼神閃爍，哪裡還猜不到另有隱情。只是事涉姚妙，若拿這事明面上質問她，就算沒有此事，到時捅開來也會被傳得滿城風雨，這個啞巴虧看來是吃定了。姜氏恨聲喝道：「我自己生的女兒我知道，不是我自誇，姞姊兒向來貞靜恪守閨譽，別說她今兒私會外男，就是瞧一眼外男我都不信。打今兒起，再讓我聽到剛才那些話，別怪我不顧妳們母女的體面。」

她看了錢姨娘一眼，眼神冷厲。「錢姨娘，有些話不能亂說，有些事萬萬不要以為起壞心而不會被人察覺，我念著妳的不易，並非我心慈手軟，凡事有一不可有二，事情到底為何我心中有數。打今兒起，妳帶著嫻姊兒好生在屋裡靜思。」

錢姨娘的眼中淬過一絲怨毒，領著姚嫻黯然離去。

錢姨娘母女走後，姜氏拉起大女兒的手寬慰道：「妳莫生氣，這件事娘相信妳，我也知道錢氏母女把妳攀咬出來，一定早就與妙姊兒串通好了，這個暗虧娘將來一定會為妳討回來。」

第二十二章 報復

大太太終究一失足成千古恨，栽在一件染了色的衣裳上面，丟了管家權不說，還被姚蔣氏禁足一個月。

姚蔣氏打理內宅幾十年，這些彎彎繞繞哪裡能逃過她的眼，如今不往深裡查，就已經是給大太太留了幾分體面，若真查出這些年來大太太所貪的東西，大房估計顏面盡失，姚蔣氏終究是心疼大老爺的。

相較於大太太的失勢，大奶奶卻穩坐泰山。姚蔣氏依然讓大奶奶管家，唯一不同的是，姚蔣氏把二奶奶推出來，讓二奶奶與大奶奶一同管家。

消息傳到姚姒這裡時，她皺了皺眉，姚蔣氏這手算盤打得真巧，可謂老謀深算。二太太這個人雁過拔毛，雖則春裳這件事看似與二太太無牽扯，但姚蔣氏心中明白得很，應該說她還算是維護大房的，是以只得把二奶奶推出來，一則讓二太太不至於明目張膽再使壞，攪得家宅不寧；二則算是姚蔣氏的私心，小蔣氏是她娘家姪孫女，她要抬舉娘家人，此時確實是最佳時機。

姚姒正想著事，外頭小丫頭來報，說是紅櫻的嫂子來了，姚姒忙讓紅櫻去接，順道先帶她嫂子去給姜氏請安。約過了半刻鐘，紅櫻帶她嫂子進了屋，姚姒便問：「張叔可查到大老爺那外室的底細？」

焦嫂子忙道：「查到了，原來這外室姓張名嬌娘，前些日子大老爺被人請去春香樓吃酒，便是這張嬌娘在一旁唱曲助興。大老爺很是心癢這張嬌娘的好顏色，那張嬌娘也是個有心機的，知道大老爺的底細，便使了些手段哄著大老爺把她梳攏了。後來大老爺就在外置了個宅子把她安置下來，這些日子大老爺倒也還在新鮮勁中，那張嬌娘又哄了大老爺不少銀子去。有一日張相公蹲在那宅子外盯了兩天，發現張嬌娘趁大老爺不在時暗中又與人勾搭，料想也是個水性楊花的。」

姚姒不由得細思起來，看來這張嬌娘是個不成事的，若真有些頭腦，必會哄得大老爺把她接進府，而不是在外面勾三搭四。看來要用外室套大老爺這步棋走不通了。

「張叔還查到些什麼？秋菊可有消息了？」

「虧得您讓張相公去查秋菊，說起來她真是個可憐人，花一般的嬌弱女子，卻被賣到那等骯髒地。」焦嫂子尷尬地望了眼姚姒，見她一副妳接著說的模樣，這才道：「小姐生在深閨，許是不知坊間有那下等的煙花之地，秋菊被張相公贖回來時已不成人樣，奴婢便作主請了大夫給她瞧病，秋菊被下了虎狼之藥又傷了身子，這輩子只怕就毀了。」

「可查到當初是被誰發賣到那等地方去？老太太明面上是不會這樣做的，多半是大太太在中間動了手腳。」姚姒不由感嘆，大老爺作怪，最無辜的卻是秋菊，她的遭遇著實令人同情。

「張相公查了，確實是大太太的人所為，秋菊尋死了好幾回卻死不成，她娘老子嫌她丟臉不認她，好在秋菊是個硬性的，依奴婢瞧，估計心裡生恨大老爺夫妻。」

「是個可憐的，這樣說來我倒是有個想頭。」姚姒壓低聲音與焦嫂子耳語了幾句，焦嫂子一愣，姚姒微笑道：「妳只管去試探，若真如我說的，那咱們就準備起來，妳讓張叔多注意大老爺的動向，雖然大老爺不管事，他卻是姚府生意上的活招牌，老太爺許多明裡暗裡的生意必定要大老爺出面洽談，跟著大老爺這條線走不會錯。咱們如今人手有限，只得張叔一個人打探消息，妳回頭幫我遞話給他，讓他自己小心些，別讓人注意到咱們在查人家，尾巴可要抹乾淨。」

焦嫂子忙道是，又向姚姒回報尋鋪子的事，她男人這些天都在尋鋪面，卻一直沒瞧著有好的地。

姚姒便安慰道：「鋪面的事不著急，多看幾家也無妨，左右還需要等一些時日才用到，不過我這裡卻有件事需張叔去查。」言罷便交代焦嫂子讓張順想法子摸一摸焦家的底，焦嫂子忙一一記下吩咐。

紅櫻、綠蕉守在屋外做針線，忽地一個小丫頭跑得滿頭是汗，道：「紅櫻姊姊，可不得了啦！五小姐被老太太動了家法正挨打，太太聽了急得帶著孫嬤嬤去了蘊福堂。」

「什麼？誰挨了打？」紅櫻霍地拔高聲音問道。

綠蕉見那丫頭確實是姜氏身邊的人，忙道：「別著急，好好把話說清楚。」

那小丫頭歇了幾口氣，才帶著哭音道：「五小姐打碎了老太太屋裡才供上沒多久的地藏菩薩，五小姐不認，七小姐跳出來說她親眼瞧見是五小姐打碎的，老太太一惱起來便動上了家法。」

「太太去了多久？是誰送進來消息的？」姚姒唰地掀簾子問，適才她正和焦嫂子說話，以為自己聽錯了，姚蔣氏竟然對孫女動起家法，這得有多惱恨才動手打人。

那小丫頭忙回。「奴婢瞧著不像是老太太那邊的人，倒有些像大奶奶身邊的二等丫頭珍珠。太太出門有盞茶工夫了，這會子怕是已經到老太太那邊了。」

「紅櫻送妳嫂子出門，綠蕉跟我去蘊福堂，其他人都不許胡亂走動。」姚姒一迭連聲吩咐，讓那小丫頭去守正屋，便帶著綠蕉疾步出門。

剛進蘊福堂，便瞧見姜氏額冒青筋一臉怒容，與孫嬷嬷扶著搖搖欲墜的姚娡，三人緩慢地從正屋裡出來，不遠處姚媛立在廊下目送姜氏母女。

姚姒抬眼看過去，姚媛以勝利者的姿態倨傲立著，姚姒連忙走上前幫忙扶著姚娡，母女三人走得緩慢卻背脊挺直。

出了蘊福堂，迎面便瞧見錦蓉帶著人抬著一副竹輦來，姜氏緊緊握著姚娡的手柔聲哄道：「娡姊兒挺住，就快回咱們院子裡了。」一邊叫人十分小心地抬姚娡上竹輦。

姚娡虛弱地笑了下，眼一瞪就不省人事了。

姜氏讓婆子儘快抬著人往芙蓉院趕，姚姒沈默地跟在後頭。進了芙蓉院，大夫已等在屋裡，姜氏連忙讓大夫上前診治，她的動作一如既往般鎮定，可攏在袖口的手卻顫抖起來，姚姒睃了一眼錦蓉，二人便朝屋外走去。

「怎麼回事？姊姊是怎麼惹得老太太動了家法的？」姚姒急忙問道。

錦蓉恨聲道：「娡姊兒是被媛姊兒陷害了，老太太屋裡供的地藏菩薩原本好好的，娡姊兒是進屋後才發現它竟然碎了一地，屋裡一個人也沒有，這時媛姊兒進來便說是娡姊兒打破的。娡姊兒不認，媛姊兒指天發誓說是親眼瞧見，老太太心裡本就有氣，再看娡姊兒有人指證下還一口否認，於是就動了家法。」

「媛姊兒為何陷害姊姊？這麼下作的手法老太太不該看不出來呀，難道這裡頭有隱情？」姚姒很清醒，單單打破東西又不認，老太太還不至於動大怒。

錦蓉嘆道：「原本老太太也沒說要動家法，是媛姊兒私下說娡姊兒在春宴那日與外男私會，說得有模有樣，老太太才把氣都出在娡姊兒身上，打了娡姊兒二十板子。可憐娡姊兒這回遭了大罪，太太的心都要碎了，當面頂撞老太太，老太太大聲責罵太太立身不正，才讓娡姊兒有樣學樣，太太一口氣險些沒提上，奴婢當時瞧著心都要提到天上去了。」

「媛姊兒這是把大太太的帳算到咱們三房的頭上。」姚姒狠狠握緊拳頭，錢姨娘這麼快就出手了，借姚媛的手狠狠給她們母女迎頭一擊。

既然不讓三房有活路，那麼她也不介意讓陷害她們的人無活路……

姚姑的傷養了好一段時日才能下床走動，姜氏衣不解帶親自照顧大女兒，母女倆較以往多了幾分親暱，正所謂禍兮福所倚，這是姚姒意料之外的。

三房閉門謝客，即便是老太太那邊的請安，亦只有姜氏一人獨自來去。在姚蔣氏那邊的理由是，她兩個女兒都身子病弱要將養，而姚嫻又被她罰閉門思過，是以三房越發低調起來。

姚蔣氏看姜氏不順眼已不是一、兩日，如今便是連面子情也不大顧忌了。那日婆媳倆把話已經說破，大家既是撕破臉又何必裝作無事般，是以這些時日府裡甚是平靜。

時序已至三月中，正是花紅柳綠的靡靡春日，姚府花園裡種著各色時令花卉，有那愛俏的丫鬟便趁著不當值時故意往花園裡走上一趟，頭上便多了朵水靈靈的花兒。

哪個姑娘不愛俏呢？這日紅櫻不當值，也尋了個時機往花園裡溜。

她穿了件柳芽綠比甲，腰間緊緊繫著條水紅色腰帶，腳上是繡著喜鵲登梅的繡花鞋。遠遠地金生隨著大老爺穿過靠近花園的廊下，便瞧見比迎春花還要嬌嫩的紅櫻，尤其是那酥軟嬌細的腰肢，金生一時間眼睛要黏到她身上去，他哎喲一聲，尋了個機會離了大老爺，轉頭就往園子裡鑽。

他悄悄跟在紅櫻身後，見紅櫻停在一株芙蓉花前，忽地竄出來，手掐了花作勢要往她頭上簪。「這花兒開得真好，哥哥我便替妳簪上吧！」這舉動嚇得紅櫻臉都白了，頓時尖叫了一聲，卻沒有一個人出來解圍。

金生越發大膽起來，上前就開始毛手毛腳，紅櫻在心裡狠狠地呸了聲，眼睛瞄向不遠的一叢密林處，瞧得一截秋香色裙角，這才裝作被他嚇到又羞又氣，扭著手絹細聲道：「好哥哥，可別壞了我的名聲，秋菊的後路我可不要走，誰知道你是不是和大老爺一樣，這頭哄我，外頭又還金屋藏著什麼。」

大老爺在外養著張嬌娘的事是金生包辦的，他心裡有數，以為女人家起了八卦心思，又有心在紅櫻面前顯擺，便把張嬌娘的事透了些出來。

過沒多久，便傳來綠蕉的聲音。「紅纓姊姊也真是的，說是替小姐摘些鮮花，都這會了怎麼連個人影也不見，看我不在小姐跟前編排她。」

紅櫻佯裝嚇得臉色一白，金生眼瞅著綠蕉越來越近，情知沒戲了，他倒也不急，對紅櫻是連連承諾，紅櫻羞紅了臉叫他快快閃人。

沒過兩天就傳出大太太偷偷溜出去帶人抄了大老爺在外的宅子，恰好抓到張嬌娘在勾搭旁的男人，這回大太太是舒心了，可轉頭這樁香豔的風流事就被傳得街頭巷尾人盡皆知，大老爺徹底丟了臉面，回來就搧了大太太兩個耳光，又到老太太那邊說這次真要休了大太太這賊婆娘。

事情鬧到這地步，大太太雖有些懼怕大老爺，但更多的是想絕了大老爺在外頭拈花惹草的心，又聽劉嬤嬤對金生和廖嬤嬤的一番挑撥，道金生就是個下作東西，是他攛掇大老爺不向好的。而且這回大老爺養外宅的事已經好幾個月了，就不信廖嬤嬤不知情，虧得大太太三不五時對廖嬤嬤一番孝敬。

劉嬤嬤的話說到大太太的心坎上去了，大太太一怒之下不管不顧地叫人綁了金生，著實打了三十大板，等到廖嬤嬤得知時，金生已被打得皮開肉綻，廖嬤嬤頓時把大太太是恨了個透。

大太太與廖嬤嬤多年來互通有無，一朝翻了臉，廖嬤嬤便瞅著機會在姚蔣氏面前給大太太穿小鞋。姚蔣氏斟酌了番，便讓人送大太太去家廟，說得好聽是為全家祈福去了，但誰都知道大太太這一去是徹底在老太太面前失了寵，至於幾時能回來還不一定。

第二十三章　起疑心

月兒港那邊，趙旆讀著青衣剛呈上的卷宗，裡頭清清楚楚寫著姚姒最近明裡暗裡都做了些什麼事。他自己都未發覺臉上有了一絲笑意，過了半刻鐘，趙旆對青衣吩咐道：「你著人故意透些姚家在海上的生意給那張順知道，他們既在查焦家，就把焦家的生意順便也透些出來，再叫人把姚家十三姑娘的事事無鉅細每隔三日呈上一遍來。」

青衣點頭道是，瞧主子臉上有些玩味之色，便大著膽子問：「莫非那東西有了眉目？國公爺來信催得緊，道主子要是三個月內再不把東西弄到手，便要主子回京城，福建這地兒國公爺他另派人來收拾。」

趙旆冷眼睃他，青衣心裡直打顫，娘喂，他夾在這對父子間，可算是把小命都要搭上了。國公爺原本的話他都聽不得，直道再不把東西弄到手，就讓他小子灰溜溜地滾回去，這話他能直說嗎？

張順過沒幾天就讓焦嫂子送信進來，姚姒看完信後是無比震驚，隨即就把信放炭盆裡燒掉了，看著信紙慢慢化成焦灰，她問焦嫂子。「秋菊這幾日如何了？」

焦嫂子回道：「秋菊姑娘吃了許久的藥，瞧著倒恢復了往日七、八分模樣，奴婢和她說了姑娘的打算，秋菊她想了兩天後同意了。」

姚姒便讓焦嫂子過幾天再進府來。

是夜她輾轉反側，一直想著信上說的事情，姚家竟然不顧朝廷禁海律令，在海上幹起走私，與洋人做起交易。這且不說，姚家竟然還擁有一支船隊，除了明面上的生意，私下也沒少幹些打劫海上船隻的勾當。怪不得啊，姚家短短幾年間，便躋身福建的大戶豪門之列，這不是沒有原因的。

姚姒想了許久，她才明白上一世為何是焦家的女兒給三老爺做繼室。

這應當是姚老太爺為了這見不得光的生意，選擇了造船起家的焦家做親家，姚家應當也與焦家達成互惠互利的交易。信上說到焦家船隻這些年受到內造船廠的打壓，上面的意思是不許私造船隻擴大，焦家作為海上一霸，應該十分清楚這些福建大戶人家的勾當，焦家與這些豪門巨賈的權勢人家聯姻，其目的不外乎想繼續稱霸海上，牢牢把握住福建這塊巨大的海上肥肉。

這些年福建的走私十分猖獗，加上海寇入侵，隱有突圍大周海防線而侵入內陸之勢。朝廷花了大心力派遣軍力剿海寇，但往往成效不大。

為了福建這門海上走私的生意，當地鄉紳組成了一張龐大的關係網，不說整個東南沿海的官商勾結，起碼在巨大的利益牽扯下，這些人家的權力不可小覷，朝廷的人不是被眼前的利益誘惑，便是無故遭人陷害而調離福建，十幾年下來，福建的海域成了大周的毒瘤。

可是，這些與姜氏被害有何關聯？姜氏當初被禁在芙蓉院足不出戶，絕不是自己要去家廟的，那又是誰送她去的？放火殺人的又是誰？這裡頭究竟有什麼內情？

姚姒想得懵了，這些謎團一個個在她腦海裡打轉，卻沒有絲毫頭緒。

是夜姚姒走了睏，第二日早起便有些頭痛，臉色也不大好看。她到了姜氏的屋裡，姚娡正在替姜氏挑選今日要戴的頭面，母女間極是親暱。姚姒心頭大慰，姜氏可算是守得雲開見月明，老天總會厚待好人的。

姜氏打扮好了，才瞧見小女兒，見她臉色不好，連忙問道：「這是怎麼了，莫不是又生病了？一會兒讓孫嬤嬤去請大夫進府來把把脈，不然娘的心總是懸著。」轉頭對姚娡道：「今兒原本要帶妳姊妹倆去林知縣府上赴宴，罷了，左右也沒甚要緊的，姒姊兒身子緊要些，今兒便推了去。」

姚娡也上前瞧姚姒，見她只是一臉沒睡好，眼睛底下有些浮腫，便安慰道：「都聽娘的，妹妹身子要緊。」

姚姒心頭暖暖的，不免有些內疚。「哪裡就那樣嬌氣了，就是昨兒夜裡沒睡好，娘要是不放心，一會兒大夫進府把脈便知了。今兒是娘第一次帶姊姊出門作客，哪有答應人家又不去的道理，憑空給人胡亂猜想也不大好。女兒便不去了，娘和姊姊可一定要去。」

姚姒是知道姜氏的心思的，姚娡年紀漸大，總要出去走動走動，這也是姜氏在教導女兒如何交際應酬等人情往來。

堂。

姜氏略思量了下，又瞧了幾眼小女兒，眼見請安時間快到了，只得先帶著女兒去蘊福堂。

蘊福堂裡熱鬧得很，並未因大太太不在而有何顧忌，二太太臉上笑開了花，心情是十分好，見到姜氏進來，很少見地叫了聲。「三弟妹來了！」

姚姒頗為意外，與姚姞互相望了眼，再看一旁的姚婷神態嬌羞，竟與往日的大方不大一樣，姚姒馬上聯想到，莫不是姚婷的親事定下來了？

過沒一會兒姚老太爺和姚蔣氏便出來了，待眾人行過禮，姚老太爺精神矍鑠地帶著兒孫們出去。姚姒瞥了眼大老爺，瞧大老爺一副沒精打采的模樣，很快在心裡有了計較。

姚蔣氏拉著姚婷坐在她身邊，大奶奶有意奉承道：「老太太如今是越發疼婷姊兒了，眼瞧著這一家有女百家求的，婷姊兒好福氣呀。」

這話二太太愛聽，她朝大奶奶笑道：「都是老太太教導有方，婷姊兒打小就和老太太親近。」

姚蔣氏拉著姚婷的手道：「姑娘家大了，這一轉眼就要出閣，婷姊兒是我看著長大的，還真有些捨不得。」

她也不賣關子，直接說了姚婷的好事將近，對方是福州府都指揮僉事洪家的嫡次子叫洪錦程，如今年方十八，洪家雖是武將出身，但都指揮僉事乃是正三品武官銜，確是手握實權的人家，這門親事是老太爺親自定下的，對方請了林知縣作媒，兩家近期就要合庚帖。

姚婷的親事在姚姒看來卻甚是怪異，怪異在哪裡她一時間也難以釐清。

等姜氏帶著姚娡出了門，她回屋想著前世那些往事，心裡仍是毫無頭緒。

她很清楚姚老太爺的性子，商人重利在姚老太爺身上是發揮得淋漓盡致，按說姚家是走文官的路子，結親的對象亦是如杜、黃、李三家的書香之門，可為何姚老太爺會選擇武將出身的洪家？洪家又是憑什麼看中姚家這文官新貴之家的？

她有些心煩地在屋裡走來走去半天，索性拿筆在紙上寫下姚、焦、洪三家，忽地靈光一閃，這三家如果用線連起來，可不就是利益的結合嗎？她彷彿突然間明白了某些東西，卻又模糊得抓不住任何線索。

紅櫻見她一個人在屋裡許久也不叫人進去，端了茶水撩簾子進去。

姚姒見她來便吩咐她去找大奶奶，說她下午要出門，讓大奶奶安排一下車馬，輕車簡從便可。

紅櫻沒問她要去哪兒，聽了吩咐便轉身出去安排。

大奶奶對姜氏多有巴結之心，這點小要求自然不會拒絕，過沒多久紅櫻回屋後說一切已安排下去，大奶奶這個人情賣得真是好，姚姒承她人情，讓紅櫻回送了大奶奶一套孩童啟蒙的文房四寶過去，大奶奶欣然接受。

過了午後，姚姒只帶了紅櫻及兩個跟車的婆子，一行人從姚府側門駛出，圍著最繁華的東大街繞了一圈，姚姒讓紅櫻下車去張記點心鋪子買了些小點心，經過一處不起眼的茶樓時，紅櫻早已打點妥當，那兩個婆子便各提了一盒點心下了車，只說未時三刻來接人便成。

紅櫻便讓車夫往槐樹街那邊趕，焦嫂子早已得了信兒，十分殷勤地迎了姚姒主僕進門。

焦嫂子在三進正屋收拾了一間屋子出來，瞧著窗明几淨的，十分整齊乾淨，很合姚姒的心意，她笑著打賞了焦嫂子，便讓焦嫂子請張順過來。

姚姒自上次帶張順回來後，便沒再見他一面，有些話只能當面說才能說得明白，此刻她心裡有太多理還亂的頭緒，亟需與人抽絲剝繭地來分析，是以才趁著姜氏出門作客的時候，溜出來見張順一面。

張順來得極快，想是也早已等候多時。姚姒請他在堂屋裡坐，屋子裡光線極好，紅櫻端了茶上來便悄身退出，只留他二人在屋裡說話。

姚姒瞧著張順似是較之前黑瘦了些，整個人卻極有精神，兩人相視一笑，好像是多年的老朋友。

張順打破沈默，一出聲便猜著情況。「瞧著像是偷溜出來的，姑奶奶那邊不知情吧？」

姚姒笑得狡黠，喝了口茶輕嘆一聲。「我如今有許多問題，卻不知找誰商量，今兒趁著我娘出門作客，就想來瞧瞧張叔，也想你替我解惑。」遂問他。「張叔是如何查知姚家在海上有做這一門生意的？」

這個問題她老早就存了疑惑，不是她懷疑張順的能力，而是姚家既然頂著殺頭的危險，這事自是做得極隱密，就連她這活了兩世之人都無從得知，而張順僅花了半月時間便能查到，不免令她十分懷疑。

「不瞞小姐，小的懷疑是有人故意露了些消息給小的，不然小的不會這麼輕易查到這等隱密之事。」張順皺了眉頭，緩緩道：「小的在彰州人生地不熟的，雖說也有陳大哥幫忙，但到底也只查到姚府一些明面上的生意來往。至於能查到後來那些事情，亦是十分偶然。是以小的才起了疑心，懷疑是有人故意讓咱們知道這些事情。」

姚姒點了點頭。「若真如你猜測，那人必是對你我甚至整個姚府都十分熟悉，我甚至懷疑這人有通天的本事，對方這樣慷慨，就怕是有所圖。」

饒是姚姒與張順兩人想破了腦袋也沒任何頭緒，對方隱在暗處，透出來的消息也無從查起，這情形令張順十分憂心。姚姒倒是看得開，對方如今按兵不動必有其因，任何事順勢而為，因勢利導，事情總歸不會壞到哪裡去。她如今一門心思就想保住姜氏，哪怕前面是刀山火海她也不怕。

張順早就從姚姒安排秋菊的事情中，瞧出眼前這小姑娘有著非常人的心智。她的行為可以說是非常古怪，若說她心地善良也不盡然，說她心狠手辣又太過了，這種亦正亦邪、為達目的而深謀遠慮之人，實屬生平難見，是以瞧她此刻一臉鎮定，他的憂心也減少許多。一名小女子尚有處變不驚的膽量，況他一男子乎？

兩人間有片刻沈默，姚姒便不再繼續剛才的話題，把姚、洪兩家打算聯姻之事告訴張順，也將她的猜測毫無保留說給他聽。「瞧著老太爺的安排，只怕姚家的心不小啊。」

張順聽到福州府都指揮僉事洪家，一時間想起些事情。「這洪家我知道些底細，洪家世襲福州府都指揮僉事，只因太祖開國時洪家的老祖宗出了大力，是以朝廷這些年特別優待洪家。按說洪家如今的權勢，是看不上姚家這門文官新貴的，但有姚老太爺那股勢力在，洪家捨出一個嫡次子來也不是不可能。這世上利來利往，無非是彼此有了更深的牽連，才好共謀事。」

「你是說洪家也被利益驅使，做了這海上的勾當？那豈不是……」

姚姒與張順對望一眼，都深知餘下的話是什麼，一時間又陷入沈默。

姚姒起身在屋裡來回走動，每當遇到想不通的事情時，她便會如此。

張順也不攪她，過了好一會兒，她有些激動道：「咱們既然陷進來，沒道理光咱們著急的分兒。如今咱們就來瞧瞧，好好利用查洪家一事做引，若洪家當真參與這海上勾當，咱們去查洪家，對方必定會讓咱們得到應知的消息。若對方無意，任你去查也只能查到些芝麻綠豆的小事。這兩者間可謂天差地別，所謂的有心人意圖為何，也就不難證實了。」

張順聽了這話細細想了許久，猛地一拍手掌。「當真是人在局中迷了方向，聽小姐這樣一說倒是個好方法。」

二人遂商量如何行事，直到紅櫻端茶進來，對姚姒指了指日頭，她才恍然發覺太陽已偏西，她結束這次的談話，又去瞧了眼秋菊。

秋菊躺在榻上正睡著，姚姒順著光線瞧了一眼，見她確實較之前瘦了許多，整個人都像枯萎的花兒般，沒了那少女明豔的鮮活勁。

姚姒交代焦嫂子要好生照顧秋菊，務必將她身子養好，又讓焦嫂子給秋菊拾掇幾身行頭，待秋菊身子好後便宜行事。焦嫂子一一記下交辦事宜，送了她出門。

姚姒悄沒聲息地回了芙蓉院，姜氏和姚娡尚未回來，她頓吁一口氣，這才發覺自己兩眼迷糊乏得厲害，和衣便躺在床上睡去。她這一覺睡得很香甜，醒來已是掌燈時分，紅潤潤的小臉瞧著極精神。

「娘和姊姊還沒回來嗎？怎地沒叫醒我呢？」姚姒披了件外衣，瞧見紅櫻進來收拾床榻，隨口問道。

「太太和五小姐回來後來瞧過一次，奴婢本想叫醒小姐，是太太攔著不讓，又讓小廚房熱著飯菜，交代奴婢幾個若是小姐夜裡醒過來，一定要讓小姐吃些熱食，這會子奴婢便叫丫頭端上來，小姐且用些。」

姚姒正覺得餓，聞言便點頭讓紅櫻去安排。

飯畢，綠蕉在一旁便有些支支吾吾的，紅櫻不停向綠蕉使眼色。

姚姒便看綠蕉。「瞧這打馬虎眼的，說吧，發生了什麼事情？」

紅櫻聞言，不由得皺起眉望向綠蕉，綠蕉才打開話匣子。

「下午太太帶五小姐回來後，來咱們屋裡瞧了小姐一眼，轉頭太太便打發五小姐回屋去，然後叫了錢姨娘母女進屋，只留了孫嬷嬷在裡頭。不一會兒太太屋裡便有動靜傳出來，太太像是摔了茶碗，隱約傳來嫻姊兒的哭聲，約莫半個時辰後，錢姨娘用手捂著頭出來，倒是沒見血，嫻姊兒一臉淚痕，慘白著臉，和錢姨娘互相攙扶著回了重芳齋。」

第二十四章　蟄伏

姚姒不想才半天下午就發生了這起事情，看來像是姚嫻東窗事發了，莫非姜氏去林府作客，得知了春宴當日姚嫻私會外男的真相？

「我娘這會子可歇下了？打發個人去瞧瞧。」紅櫻轉身出去，過沒一會兒進來回道：「太太剛才從老太太那邊回來，這會子還沒歇下。」

姚姒收拾了下，隻身一人去了姜氏的正屋。

姜氏正坐在燈下想事情，見女兒進來，便笑道：「瞧著氣色好了許多，妳身子弱正是要好生將養著，沒得小小年紀就落下病根。」

姜氏甚是嘮叨她的身子問題，每回必要說上幾句，姚姒耐著性子笑著聽母親說話，問姜氏今兒林府的宴會可熱鬧？都去了哪些人家？菜色又是如何？

姜氏哪裡不清楚小女兒的用心，臉色一沈。「我是怎麼也想不到，嫻姊兒竟然有那樣大的膽子做下這等醜事，我道春宴那日必是有問題的，但怎麼也沒想到嫻姊兒私會之人會是林府二公子。今兒林夫人在我面前說了這事，可真是打了我的臉，錢姨娘就是這樣教養嫻姊兒的？這是把咱們三房的臉面給丟盡了啊。」

姜氏行事端方自重，最是看不得女子這般輕浮，何況這事錢姨娘當初可是百般為姚嫻推託，而姚媛當時可不就拿這事來說嘴，姚姑才挨了一頓打。錢姨娘私下做了那樣多的事，如今林夫人把這事當著姜氏的面挑破，這不就生生地打了姜氏的臉。

姜氏是何等生氣，姚姒可以想像得到，她沒勸慰，反而乘機道：「娘要小心錢姨娘此人，知人知面不知心，有些人就像那躲在陰暗角落裡的毒蛇一般，時刻伺機等著咬人一口，娘今日待錢姨娘這般不客氣，只怕錢姨娘會尋機報復。」

姜氏恨聲道：「她敢？仗著有幾分小聰明，就想蚍蜉撼樹？」

姜氏自有她的驕傲在，姚姒亦不再多言，又說了會兒話就出來。

她轉頭尋了孫嬤嬤商量。「多找人看緊點錢姨娘，只要重芳齋一有動靜，都派人告訴我，您自己也要對錢姨娘此人多加防範。」

孫嬤嬤瞧她說得極嚴重，亦怕如今好不容易安穩的日子被錢姨娘給攪和了去，便說會安排人盯著重芳齋。姚姒便向孫嬤嬤打聽，今兒姜氏在屋裡是如何訓斥錢姨娘母女倆的？

孫嬤嬤道：「太太並沒多說什麼，只是氣得向錢姨娘砸了個茶碗，錢姨娘躲了下，那茶碗險險擦過她的額角。」

姚姒想到錢姨娘出來時還不忘作戲，故意拿手掩了額頭，讓一院子的丫鬟婆子們瞧去，這等算計人的心思真不可小覷。而姚嫻則一臉淒慘樣，不知情的還以為主母如何揉搓了姨娘庶女，這對作怪的母女！「姚嫻呢？是不是在娘面前百般狡辯，打死不肯承認她私會林二公子？」

「老奴都替她臊得慌！沒見過這般不要臉的，哪有女子這樣的不規矩！太太既是真心許諾錢姨娘母女，便會說到做到，春宴那日不就帶著錢姨娘去相看了幾家？是錢姨娘自己存了私心，這才縱得嫻姊兒膽子肥得去私會外男，回頭竟百般掩飾，又害得婠姊兒無辜挨一頓板子。老奴如今是瞧重芳齋的任何人都是一肚子火，即便小姐今兒不提醒，老奴也會加派人手盯緊錢姨娘，她要再作怪，就怨不得老奴出手收拾她！」

姚氏得了孫嬤嬤的保證，便不再多言。

錢姨娘沈寂了兩日，到了第三日，到底是叫人遞話給孫嬤嬤。

孫嬤嬤很快就來到重芳齋，錢姨娘頂著紅腫的雙眼訴衷情。「都是婢妾豬油蒙了心，嫻姊兒這般不曉事，確是婢妾沒教好姊兒的罪過，只求太太看在這些年服侍的情分上，原諒嫻姊兒這一遭。」錢姨娘也再沒說旁的什麼，只一味承認是她教導不嚴，聲淚俱下地在孫嬤嬤面前懺悔了一番。

孫嬤嬤聲音淡淡的。「嫻姊兒這件事做得太出格了些，也怪不得太太發這麼大的火。」

錢姨娘抹了幾把眼淚，神情十分柔弱可憐。「也怪我平常縱得姊兒沒了形，雖說當年是太太善心，把嫻姊兒給婢妾教養，但如今出了這樣的事，婢妾是再沒臉教姊兒了。只求嬤嬤替我在太太跟前遞個話，若是太太消了氣肯見婢妾一面，婢妾就帶嫻姊兒去給太太賠罪，還求太太不吝教，往後對嫻姊兒是打是罰，婢妾只有感激太太的分兒。」

孫嬤嬤知道錢姨娘素來是不樂意別人指責嫻姊兒一句半句不好的話，怎麼聽她這話像是服軟的意思？孫嬤嬤也未再與錢姨娘糾纏，轉頭就把這話向姜氏學了一遍。

姜氏臉上不無譏諷，心裡有意叫錢姨娘知道些厲害，便吩咐道：「她的意思我知道，叫她安心待在重芳齋思過，嫻姊兒的親事自有我這做嫡母的費心。」又讓孫嬤嬤找了許多針線活計，順道一起送到重芳齋。

這不輕不重的敲打，錢姨娘聽後只是輕蹙了下眉頭，朝孫嬤嬤道了謝，領了針線倒真安分地與姚嫻在重芳齋裡做起來。

姚姒冷眼瞧著錢姨娘這般，提起的心絲毫不曾放下，錢姨娘慣會伏低做小。姜氏不許重芳齋的人出入，錢姨娘定是急了，這才示弱。

焦嫂子過了幾天進來回話，在姚姒跟前說秋菊的事。「秋菊姑娘在外租賃好屋子，離咱們槐樹街隔了三條巷子，是以今兒特地來回姑娘。」

姚姒道：「秋菊是個有成算的，我瞧著火候也到了，妳回去跟秋菊說，時候差不多了，就按原先我說的辦。」大老爺在府裡悶了這些時日，想必也悶壞了。

大老爺這些時日過得不是滋味，沒了張嬌娘不說，慣會出餿主意的金生又被大太太打得下不了床，況且張嬌娘的事之所以弄成這樣，還不是金生這狗東西漏了嘴才惹出恁多事來，若是往常大老爺早就賞一堆好藥材給金生了，如今卻對金生置之不理。

大老爺身邊有幾個慣會偷雞摸狗之輩，以往金生在，這些人不敢與金生別苗頭，如今瞅著金生被大老爺嫌棄，那還不使了勁給大老爺逗樂子，以圖把金生擠出去。

其中有個叫福壽的小廝甚是機靈，把大老爺心思摸得透透的，依大老爺那風流癖好，最是愛得不到的，常言道妻不如妾，妾不如偷，偷不如偷不著。

眼下可不就有大老爺未曾偷著的女人？以大老爺的性子，肯定還惦記著沒上手的秋菊呢，恰恰前些時日他竟瞧見秋菊，那小娘皮眼瞅著是越發水靈了，若是讓大老爺上了手，指不定大老爺一高興，金生的位置便是他福壽的。

果然福壽把這事在大老爺面前一說，大老爺眉歡眼笑起來，直誇福壽機靈，當即便帶著福壽出了府。

廖嬤嬤恰恰在二門外辦事，瞧見大老爺呼前擁後地出門去，又見福壽這小子尤其得勁，她眉頭皺得能夾死蒼蠅，原以為大老爺此次對金生不理不睬的，過幾天便會想起金生的好，哪知彷彿是真的惱火金生了，廖嬤嬤急得火燒火燎的，卻苦無對策，不禁在心裡把大太太恨了上千遍，又恨起姜氏來，若不是紅櫻這小蹄子，哪裡就生出這後面的事端。廖嬤嬤老臉上閃過一絲狠色，姜氏既然給自己添堵，她不妨也給姜氏添些事，左右大家都不要好過。

廖嬤嬤覷了個時機，趁著姚蔣氏心情好的時候，故意把金生子嗣難得的事情在她跟前訴苦。「瞧著咱們府上人丁興旺的，這是老太太的福氣深厚，倒是老奴，卻恁地命苦，到如今想抱個孫子都難……」

廖嬤嬤把姚蔣氏的心思摸得很準，這話很快就勾起她的隱憂。三房的子嗣是大問題，姚蔣氏嘆氣道：「家家都有難處，即便到了我如今這般的富貴，卻也還要為兒孫操心，妳也是個命苦的。」

廖嬤嬤卻笑道：「老奴命不苦，這輩子能在老太太身邊侍候，有老太太的看重，老奴就知足了。至於旁的，那是命，老天爺要老奴抱不上孫子，即便再怎麼強求也求不來。」

姚蔣氏微微皺起眉，有些漫不經心道：「是命嗎？」

廖嬤嬤眼裡微光閃爍，卻是沒接姚蔣氏的話。

夜裡姚蔣氏侍候老太爺就寢後，兩人躺在床上說話，姚蔣氏對老太爺道：「老三的子嗣問題，您是怎麼打算的？瞅著老三的年紀，我就沒少替他擔心。」

老太爺望了老妻一眼，別有深意道：「這事我自有打算，左不過就這些時日。」

姚蔣氏忙問：「是娶還是納？您也給我一個準話，這次怎麼著也不能委屈了我的老三。」

老太爺眼中閃過一絲星芒，過了半晌才道：「自然是娶。」

姚蔣氏這才覺得如六月天吃了一碗冰盞般清涼，全身都舒爽起來。

風起於青苹之末，姚蔣氏近期有些不大尋常，她一改往日裡不愛出門的作風，竟三不五時出門走動起來，不是今兒去杜府喝彌月酒，便是明兒去李家賞花聽戲，身邊慣常帶著五太太，其他幾房太太竟是沒得這分殊榮。

姚姒對姚蔣氏的作派是心下疑慮重重。

五太太謹慎中透著幾分異樣的神色，尤其偶爾瞥向姜氏的目光，無端帶了些說不清道不明的意味，叫姚姒的心一下揪起來，眼瞅著離姜氏被害的日子越近，她變得惴惴不安。

張順去福州查洪家的事還未回，越是這種緊要關頭，她反而越發冷靜起來，思量許久，心裡漸漸有了主意。

這日午後她瞅了個空兒，找孫嬤嬤問起錢姨娘最近的動靜。

孫嬤嬤就怕錢姨娘再出什麼么蛾子，是以也盯得緊。「錢姨娘倒還安分，成日不過領著嫻姊兒讀書做針線，只是她幾次想來正院給太太請安，都叫看守的婆子攔了，就是柳婆子想要出去也沒放。老奴事後聽人回話，錢姨娘給太太做了有十五、六雙鞋了，竟是雙雙不重花樣，便是姑姊兒與您也都有份。」

「娘禁了她這麼久的足，沒她鬧騰倒是有些不大習慣。」姚姒臉上透著幾分狡黠，這話也說得促狹。

孫嬤嬤一聽就明白她這是想要放錢姨娘出來的意思。「姊兒這是為何？放錢姨娘出來豈不是又給了她生事的可能？」

姚姒雙目乍然變得幽深，裡頭竟是濃濃寒意。「嬤嬤瞧著近來蘊福堂的動靜可不小，老太太的舉動可瞧得透？既然咱們坐困愁城，何不因勢利導，左右一個錢姨娘的把戲我還不放在眼裡，這會子放她出來，有些事也就便宜得多了。」

孫嬤嬤一驚，思量片刻也想明白了。「姊兒放心，這事由老奴來跟太太說，保准能成。」

姚姒抱住孫嬤嬤的一隻手臂。「嬤嬤疼我，這事我出面終究不大好，交給嬤嬤我是放心的，待解了錢姨娘的足，嬤嬤不妨……」她踮起腳尖附在孫嬤嬤耳邊細聲交代，孫嬤嬤聽後和她敲定了些細節，這才離去。

果然第二天姜氏解了錢姨娘的足，錢姨娘帶著柳婆子拿了個大包袱，裡頭既有姜氏吩咐她做的針線活，也有錢姨娘替姜氏母女做的鞋。

孫嬤嬤直誇錢姨娘活計做得漂亮，其他人也湊趣說她手上功夫好，屋子裡氣氛鬆快，姜氏也露了些笑意。

姜氏這打一棒子給個甜頭，讓錢姨娘有些改變，她拉著姚娴給姜氏磕頭，姚娴直道：「前頭是女兒做錯了，往後必定謹言慎行，再不給三房丟臉。」

姜氏手上捧了碗茶，飲了一口才道：「妳知曉錯了倒是好，教導妳的是妳姨娘，往後若是再行差踏錯，是給妳姨娘丟臉，我這是心疼妳姨娘。」

錢姨娘忙在一旁再三保證，姜氏便示意錦蓉拉姚娴起來，之前那事就此揭過。

自此姜氏又恢復了帶著三個女兒去蘊福堂裡請安，廖嬤嬤瞧見姚嫻眼神一亮——錢姨娘又重獲自由了，她心下一喜。

過不了多久，廖嬤嬤使人去重芳齋給錢姨娘傳話，說是錦春亭那邊的花兒開得好，錢姨娘得空不妨去賞賞。姚姒得知後，心裡原本五分的懷疑變成了八分。

錢姨娘倒也忍得住，她似乎不想太惹姜氏注意，得了廖嬤嬤的相邀很是沈寂了幾天。

這日天氣晴好，正是百般紅紫鬥芳菲之際，錢姨娘午後帶著柳婆子一路賞春，就行到了錦春亭，果然在那裡碰到了廖嬤嬤。

姚姒立在花園假山上靜悄悄望著錦春亭裡的動靜，見她倆說了半個時辰的話，這才散了。到了晚間，柳婆子懷裡揣了個包袱，去廖嬤嬤在府外的宅子，出來後又往東大街那間屬於錢家的綢緞鋪子裡送了封信，到第二日柳婆子才回來重芳齋。

姚姒很有耐心，循著錢姨娘這條線，看來是走對了。

眼瞅著到了四月初，焦嫂子又進來回話。

「大老爺新近買了一座兩進的小宅子，把秋菊安在裡面，又買了幾個丫頭服侍，瞧著對秋菊是新鮮得緊，要什麼大老爺都肯給。」

對著個不滿幼學之齡的姑娘說這些事，焦嫂子言語間不免有幾分尷尬。

姚姒卻端得住，那雙黑幽幽的眸子深沈，在那兒靜靜安坐著，周身便透著幾分不大不小的威壓。焦嫂子忙斂起心神，把不該想的東西全摒棄。

「該怎麼做秋菊自是清楚，只一點，時間要緊，但願她不要讓我失望。」

姚姒心裡存了事，沒說幾句話便打發了焦嫂子。

沒想到第二天，焦嫂子又上門來，遞給姚姒一封信。「今兒早上有人送了封信到槐樹街的宅子，來人是個十七、八歲的姑娘家，奴婢瞧著眼生得很，略問了幾句她的來頭，那姑娘只說小姐瞧見信，自會清楚，奴婢不敢耽擱工夫，這才急急忙忙進府來。」

姚姒手握著信封。「十三小姐親啟」幾個字筆力遒勁，隱含刀劍之氣，都說觀字如品人，來者是何方神聖？她親自拿了裁紙刀劃開信封，一張素白的紙上寥寥數語，卻驚得她從椅子上站起來，久久無語。

夜裡姚姒睜著眼毫無睡意，在床上翻來覆去，一門心思就想著信上的內容。

事隔上次遇賊已多日，那姓趙的小子這時候說有了那些賊人的眉目，點明了與姜閣老之事有牽連，怎不叫她又驚又疑。

她相信這只是個餌，一時間是千頭萬緒，越想越是如墜迷霧，且對方顯然對她知之甚深，連槐樹街的宅子都知道。她漸漸冷靜下來，既然對方約她見面，那就如期赴約，總之光腳的不怕穿鞋的，她都死過一次了，這世上還怕什麼？

但怎樣說服姜氏放她出去，卻成了個大問題。

第二十五章 較量

姚姒第二日早起，頂著雙黑青的眼圈見到姜氏就道：「娘，我昨兒作了個夢，夢到外祖父，夢裡的外祖父十分慈藹可親。按說女兒從未見過他老人家，怎麼會無端夢到呢？」

姜氏是十分相信鬼神因果之說的，老人家親自託夢，必是有所求，她的心揪起來，絲毫不懷疑小女兒話裡的真偽。

姚姒對姜氏分外內疚，但事出不得已，她連忙道：「娘不必過於憂心，既然外祖母一家已平安到達瓊州島，想必外祖父也欣慰母親的做法。不如這樣，女兒去琉璃寺給外祖父作場法事，就算為外祖父略盡孝心。」

她瞧姜氏神情有異，忙以眼神詢向孫嬤嬤，孫嬤嬤便道：「可是不巧了，昨兒太太接了帖子，周太太這幾日便會登門來訪，太太怕是抽不出空來，這可怎生是好？」

「周太太？」

姜氏便道：「我也就與梁家姊姊這麼個閨中姊妹來往得頻密些，她嫁入山東周家多年，這回是有事經過福建，特地來看望我，娘這幾日怕是走不開了。」

姚姒正愁著怎麼開口讓姜氏放她一個人去琉璃寺，沒承想這會子倒有現成的藉口。「女兒都這麼大了，您還不放心女兒一個人去琉璃寺？再說一屋子的丫鬟婆子跟著，娘若再不放心，只管讓錦蓉姊姊跟著去，這樣娘在家裡接待周太太，女兒作完法事便回來，兩下都不耽誤。」

姚姑想了想，對姜氏道：「不若我陪妹妹一道去吧？左右女兒在家裡也無事。」

姜氏自是不答應，周太太的信裡說得甚是明白，這回帶了她嫡出幾個子女一起來的，其意不謂不明顯，姑姊兒可不能不在場。

姚姒又望了眼孫嬤嬤，孫嬤嬤只是對著姚姑笑，看這意思是要給姚姑相看了。姚姒哪捨得放棄這麼好的機會，又對姜氏撒起嬌，姜氏被小女兒磨得沒辦法，便同意了。

琉璃寺始建於前朝，北面臨海，東面群山環繞，環境十分清幽，一向是大戶人家的女眷賞遊之地。

姚姒此行雖另有目的，卻把禮數做了足，給寺裡添了不少香油錢，又安排作姜閣老的法事。半天下來又是跪又是立的一通忙活，到了夜裡人已疲累不堪，身子一挨床板便癱軟下來。只是身子再累，腦中的思緒反而越來越多，可事情終是如一團亂麻般理不清，饒是一向淡定自若的她，心裡也添了幾許煩悶。

第二日早上姚姒隨寺裡的小沙彌做完早課後，略用了兩口齋飯便罷了碗筷。

錦蓉最是細心，怕她因昨兒一番忙活累了身子，勸她多進些。姚姒擺了擺手，拿手絹略拭唇角，對著桌上幾樣沒油水的齋菜眉頭皺得老高。

錦蓉有些好笑，十三小姐雖說看著老成，到底是孩兒心性，姜氏一向將她養得刁，在吃食上無不精細，此番寺裡的齋菜自是不合她的口味。

過了一會兒，姚姒洗手焚香後就開始抄經書，把屋子裡服侍的人都趕了出去，錦蓉便拉著紅櫻二人嘀嘀咕咕地說話，片刻後，錦蓉便帶著兩個婆子悄悄地下了山。支開錦蓉和兩個婆子，姚姒便帶著紅櫻一路緩行去後山的桃林處。

琉璃寺的桃花林最有名氣，每到春日不知多少遊人賞玩桃花，此時這裡卻是靜悄悄的半個遊人也無。

不知何時，跟在她身後的紅櫻竟沒跟上來，她心中有數，並不擔心紅櫻的安危，只一心向桃林深處行去。此時正是孟夏時分，桃花紛飛落紅無聲，待她行至六角亭，只見裡頭那人坐姿如松，紛飛的桃花偶爾俏皮地落到那人身上，那人也不拂去。姚姒一時間只覺得眼前人青衣烏髮，說不出的閒適寫意。

就在她愣怔之際，那人手上握著一杯清茗，輕輕抬眸朝她一瞥，兩人的目光短暫相接。好一個以逸待勞，他坐她站，在氣勢上這人便占了三分。

姚姒心下陡然起了好勝心，落落大方朝對方福身一禮，算是彼此見過，便施施然欠身坐到他對面，如此一氣呵成，倒也扳回兩分氣勢。

兩人這般無聲較量了一番，他也不惱，唇邊含笑，親手斟了杯茶，優雅地遞到她面前。

「嚐嚐這茶可合味道？」他嗓音不高不低，話語間透著多年老友般偶聚時的熟稔。

姚姒淡笑自若地端起那青瓷茶杯，輕輕一嗅，一縷清純馥香飄散出來，再看那杯中茶色翠綠鮮亮，觀其形似眉，呷一口甘甜爽口，味道十分醇厚。他怎知她最愛老君眉？是有意還是無心？姚姒雖說面上不顯半分驚訝，但心底已然警醒起來。

「勞趙公子招待，這老君眉可是難得的極品。」兩方對壘不動如山，誰先動誰就輸，她也就裝作四平八穩地論起茶來。

趙斾摸了下鼻子，嘴角的笑意漸濃，提起茶壺替她續杯。「我不過是借花獻佛罷了，這樣的好東西想必富甲一方的姚府定有珍藏。」

姚姒聽他話中有話，想到姚家做的那門海上生意，便有些心浮氣躁，再無心同他打太極。

「想來趙公子今日不是來同我論茶經的，有話不妨直說。」

「張順查洪家的底，不小心被洪家所察，洪家乃世襲福州府都指揮僉事，這樣的人家很有些根基，姑娘此舉未免輕率了些。」趙斾一改之前的寫意慵懶，張口便是驚天之語。

姚姒驚得霍地起身，那杯老君眉被她衣袖拂倒，茶湯頓時暈染了那輕薄的青碧色衣袖，她指了指趙斾。「你……你……」

果然如她先前猜測那般，原來在背後指點迷津的是他。

姚姒慌亂片刻，強迫自己冷靜下來，重新坐下，拿起手絹輕拭石桌上的茶水，待把石桌上的茶水拭淨，才淡聲道：「我年幼未見過世面，叫趙公子見笑了。」覷了他一眼，含笑道：「趙公子手段通天，就不知您還知道些什麼？不妨說來聽聽，也好叫我安心，不然我這心裡有了惦記，就忘了今日要說什麼不該說什麼了。」

她不問張順如何，卻給對方來了個不大不小的威脅，也就吃準了對方必有所求，這求人的總得拿出求人的姿態來不是。

趙旆倒是十分爽快地笑了幾聲，臉上明顯有了幾分讚賞，只是他卻沒被姚姒的話題牽著走，而是避重就輕說起了別的。

「那日襲擊你們的賊人，其中三人當場身亡，餘下二十七人中，有二十四人乃是西北軍營的士兵，另外三人是京畿虎衛營的侍衛。」

西北軍營？京畿虎衛營？姚姒的心裡起了滔天大波，瞅著趙旆似有千言萬語要問，卻不知從何問起。

趙旆瞧著她那雙似是會說話的雙眸，此刻盈盈望向自己，不禁放軟了聲調。「我爹定國公掌西北軍多年，一向治軍嚴明，這等暗裡擄人的勾當自是不屑為之。三年前秦王大殿下使了些手段，將他心腹之人李礁插入西北軍為參將，而虎衛營出身的高達正是李礁的妻弟，此次對你們下手正是高達一手所策，十三姑娘冰雪聰明，自是明白這些人為了什麼而來。」

姚姒將趙旆的話在心裡細細揣摩了數遍，越想越是心驚膽顫，一方是手握重兵的定國公，一方是身分貴重無比的王孫，為了什麼而來已不難猜。她半晌方幽幽地望著趙旆，重重一聲嘆息。「明人不說暗話，趙公子是爽快之人，想要我手上的東西，可不是這幾句話就能做得了交易的，頂多算個添頭而已。」

「十三姑娘生得好巧的嘴，更是生了副七竅玲瓏心，只說姑娘在外製造謠言替三太太脫身，又親自替姚大老爺挑人做外室，更不說在內宅的一番動作，單是這兩樁事便叫趙某不敢小瞧了姑娘。」

「你，豎子欺人太甚！」想到自己費盡心機的幾番佈置被眼前這人知道得一清二楚，隱隱有拿此事要脅的意味，姚姒再也維持不了淡定，氣得語無倫次。「既是求人便要有求人的樣子，明兒我看不到張順在我面前，那東西我寧可毀了，你也休想得到。」她負氣說完這句話，定定地看了趙斾幾眼，再不與之糾纏，一轉身便拂袖而去。

這樣就被氣走了？小小年紀脾性倒是不小！

趙斾拿著杯子卻未起身，玩味地目送漸漸遠去的身影，那一抹青碧色揉進漫天桃花中。綠嬌紅小正堪憐，驀然這句詞闖進他腦海裡，令他頓時有些不自在起來，哪有剛才欺負人時的得意勁。

這一次兩人間的較量試探，雙方實力懸殊，姚姒以慘敗告終。

她在屋裡心浮氣躁，只有自己知道剛才是有多震驚。

他給的這些訊息太過複雜，姚姒沒有辦法在一時半刻以更妥當的態度來交談，是以才佯裝惱怒而拂袖離去。等她靜下心來沈思半晌，才有了打算，此時錦蓉提著個紅漆盒笑盈盈地進了門。

姚姒這一夜油煎似的未曾入眠，她撐著面子在趙斾面前不替張順擔心，實則是慌了神。若張順有個好歹，她怎麼對得起人家？

一時又想起前世所知的定國公和秦王殿下，奈何當年她被姚蔣氏關起來，之後幾年所發生的事並不清楚，便是之後她逃離姚家，躲在京郊給人做繡活維生，那時候為了生存也沒那個心去關心政事。直到新帝登基後的那一年，陰差陽錯下她救了當年上京赴考的柳筍，而後柳筍奪了那一年的狀元，她才稍微對朝事起了心。

新帝並非秦王殿下，而是養在中宮皇后身邊的四皇子恒王殿下坐上了寶座。而定國公威名赫赫，新帝上位後十分優待這位老臣。定國公育有五子，按年紀，若自己沒猜錯，這位便是定國公的幼子，自小跟隨定國公在西北軍營，便是後來平了東南海寇，掌一方水師的少年名將趙斾。

怪不得此人手眼通天，這便說得通了。

外祖父那封密信究竟藏了什麼要命的秘密？竟然牽扯進這些了不得的人物！她深深思量一番，終究忍住拆開密信的衝動，也許現在求生的唯一籌碼便是手上這件東西，該怎麼用還得好好想一想。

姚姒第二日竟然真的見到了張順，對趙斾的手段又多了些瞭解，只是卻又添了重重愧疚。張順走路時有些不大對勁，左手明顯僵硬無力，這是受了傷。

待兩人在屋裡坐定，姚姒忙焦急問他傷勢如何，可有傷到要害……話還沒說完，她眼睛便紅了。

張順這還是頭一回瞧見向來七情不上面的十三小姐情緒外露，雖說此次他也算是歷經危險，這條命若非得那人相救，只怕也就真的交代給洪家了，心裡明白姚姒對他的擔心愧疚，便將他受傷的經過簡單道來。

「洪家在福州經營多年，很有些勢力，說他們膽大包天也不為過，這洪家竟然養了群私兵，小的才開始動作便被察覺，若非得趙公子的人相救，只怕這次不能全身而退。這傷不大要緊，小腿和左臂被人劃了兩下，當時趙公子的人裡有精於醫術之人，如今已無大礙，小姐不必擔心。」

姚姒也從善如流再不復小兒女心態，便將她昨日與趙旆見面之事說來，見張順沒應聲，她復道：「這趙公子且不說他手段通天，便是心機亦是深沈得可怕，昨日一番見面，與我雖說只是寥寥數語，看似毫無章法，可現在想來極不簡單。此人極善攻心，什麼都說了卻什麼都沒明說，如今咱們惹上這些人，看來想要全身而退是難了。」她嘆了口氣，起身給張順欠身。

「當初是我把事情想得太簡單，如今趁你還沒深入，之前我那番挽留你的話權當沒說過，待你傷勢養好，你便離開這是非之地吧。」

張順卻哈哈大笑了幾聲。「小姐何必如此，我張順雖說只是個小人物，但豈是貪生怕死之輩，這話我且當作是小姐一番好意，而非是對我的侮辱。剛才我既受了小姐一禮，往後必定盡最大之力助小姐行事。」

都說到這分兒上來了，姚姒還能再說什麼，一時間也有些尷尬，可更多的是對張順的敬佩。

「好！張叔一番大義，我姚姒也不扭捏，今後這話再不提。」

二人又說了會兒話，姚姒念著張順身上帶著傷，便不再多言，讓他就在寺裡養傷。

既然張順如今平安歸來，姚姒就不得不思考她要面對的問題，趙旆明顯是個極難纏的人物，但他至少到現在為止還不是她的敵人，甚至可以說是她將來為數不多的倚仗，可要她就此輕易向他妥協，一時半刻也難下決斷。

不同於姚姒的費心苦思，趙旆則是神情輕鬆地與住持慧能大師下棋。

幾局下來，慧能輸了一子，只見慧能耍賴地把棋一推，唬著臉道：「不下了，跟你下棋忒沒意思，就不能讓讓老和尚嗎？年輕人太不厚道了！」慧能笑得賊兮兮的。「怪不得昨兒把人家小姑娘欺負得落荒而逃。」

趙旆慵懶地向後一靠，似笑非笑道：「怎見得就是我欺負了人家？」

慧能朝他翻了個白眼。「行了，在老和尚面前你就裝吧。」又佯裝感嘆道：「你老子年輕時可比你乖多了，你小子一來就騙了我的好茶去討姑娘歡心，怎麼著，真看上眼了？不過那姑娘年紀小了些，生得也單薄，只怕你娘是看不上的。」

見慧能越說越不靠譜，趙旆畢竟也才十四、五歲，真說到男女之事上，又哪裡真能無動於衷，在自家叔祖面前到底有幾分不自在，習慣性地摸了摸鼻子，忙把話題扯開。

「眼見著那位身子越發不好起來，就是爹也不敢在這個時候輕舉妄動。秦王與東南官商連成一片，光是東南之地的孝敬銀子就夠他養那幾萬私兵了，也正因為如此，十三姑娘手上的東西越早拿到，秦王也許會稍微顧忌些。我們趙家雖說一向不攪和到立嗣裡，可秦王在西北軍裡插的一手，我們不得不防。」

慧能見趙旆說起正事，也收起玩笑之色。「趙家之所以能興旺百年，靠的除了軍功，亦是從不往皇嗣上打主意，可如今定國公府隱隱為那人所猜疑，秦王的窮追猛打下，定國公府要是再一味退讓，只怕將來也落不得半點好。以老和尚之見，到底往哪邊靠，你爹怕是早有決斷了！」

趙旆正色道：「如今靠向哪邊都有嫌疑，一動不如一靜。西北軍既已遭忌，將來新帝上位，這既是保命符也是催命符，我們勢必要尋另一條生路來。既然現在東南海患之勢如同水火，不若我們放手在東南一搏，眼前便得一線喘息之機。長遠來看，若除盡東南海寇，即便失去西北軍，咱們家也不至於沒了依仗。」

慧能眼中讚賞之色十分明顯。「敢情說了半天，是要我老人家去做說客，你老子怕是捨不得西北軍吧。」

趙旆也不作態，淡笑道：「幫不幫您老看著辦，要是再使人催我回京城，我就躲在您這小廟裡悠哉度日。幾兩老君眉哪夠看，喝多了西北烈酒，甚是想嚐嚐那埋在桃花林底下的梨花白。」

慧能鬍子一吹，老大不高興。

第二十六章　火燒家廟

到了第三天法事已做完，姜氏遣人來接姚姒回府，紅櫻瞧著她朝後山的桃花林望了好幾眼，顯得有些不甘心，等到上了馬車，紅櫻挨近她道：「剛才有人傳話給奴婢，小姐往後若要聯絡趙公子，只管往東大街一間名叫金玉坊的古玩鋪子送信，那人還說，不管小姐遇到什麼困難，只要小姐願意，那人定會出手幫咱們擺平。」

姚姒嗤笑一聲。「他倒是好大的口氣，只怕事情沒這麼簡單，有一便有二，若咱們凡事依賴他行事，只怕正是合了他的心意。」見紅櫻一副癡迷樣，姚姒想到那日在桃花林的一番較量，嘆了口氣。「罷了，左右這事也不是一時半會兒能解決的，想那麼多做甚，人與我為善，我便與人為善吧。」

回到芙蓉院已是申時，她略微梳洗便去見姜氏。姜氏的正屋裡傳來笑聲，待她進了屋，果然見到一名三十多歲的圓臉婦人挨著姜氏坐，這婦人面相觀之可親，她猜這人定是周太太。

姜氏見她來，忙把她拉到身邊仔細看了通，這才指著周太太讓她行禮。姚姒福身落落大方地給周太太見了禮，周太太笑容滿面地從丫鬟手上拿了個鑲螺鈿的檀木小匣子做見面禮，見姜氏含笑點頭，她才接過周太太的禮。

見過周太太，又與周家小姐名喚淑姊兒的見禮，周太太見姚姒年紀雖小卻沈靜端莊，嘴上便誇起來。「還是姊姊會調教人，婧姊兒已是不凡，便是姒姊兒小小年紀也是這般毓秀內蘊，哪像我的這個冤家，眼見都快及笄了，還是這般嬌憨不知事，可不愁人！」

淑姊兒聽到她娘這般說她，果真嘟起嘴來抱怨。「娘就是偏心，瞧見了好的便拿女兒來說事。罷了，姜伯母疼我，我還是做姜伯母的女兒算了。」言罷抱著姜氏的手臂直搖，惹得姜氏笑聲連連，直說留淑姊兒下來不讓走了。

屋裡氣氛很愉快，就連姚婧也難得地說了幾句話，看得出來她同淑姊兒很投緣。周太太面相觀之可親，姚姒看屋裡這情形，兩家只怕已有做親的打算，覷了個空，便拉著孫嬤嬤問周公子的人品，孫嬤嬤的笑容裡有止不住的喜氣。

「周公子是周太太的嫡長子，生得是一表人才，最要緊的是性子溫和，今年才十七歲，便已有秀才的功名。這周家在山東也是大族，加上太太與周太太自小要好，若說兩家要做親，這周公子亦算是上上首選。」

姚姒卻沒孫嬤嬤這樣樂觀，且不說她對周家一無所知，僅憑周太太的幾句話還看不出什麼來，即便周家樣樣都不錯，但以姚婧身為二品大員嫡長女的身分，她十分清楚，沒有足夠的利益，姚老太爺和姚蔣氏不放話，姜氏也不能在姚姒的親事上作主，再說還有個姚三老爺，事情的變數還多著呢。

孫嬤嬤但看姚姒的面色，便猜出她的心思。「周太太確有結親的意向，這幾日把婧姊兒常常叫在身邊說話，看得出來頗為滿意姑姊兒，太太看在眼裡也是樂見其成的，昨兒太太便給三老爺去信問這門親事做不做得。」

姚姒便不再作聲，這周公子她定是要摸一摸其底才好。

周太太雖說是姜氏的客人，但姚蔣氏從來都是把面子做得足足的，作為姚家真正的女主人，周家又是山東望族，族人多有出仕，姚蔣氏自是不會放過結交周太太的機會。在得知周太太的歸期後，姚蔣氏特地設小宴替周太太母子三人餞行。

蘊福堂的西花廳裡，姚蔣氏帶著四房媳婦陪著周太太一桌，而淑姊兒那桌只由四房嫡女作陪，庶出的幾位小姐一個都未出席。山東乃孔府聖地，禮教上相對福建要嚴苛得多，嫡庶向來分明。見微知著，看來姚蔣氏頗為禮遇周太太，這門親事應該有得談。

姚府難得有外男來家裡作客，何況這周公子家世人品都甚是不錯，幾房未訂親的小姐對淑姊兒異常熱情，姚姒掩嘴好笑，眼睛瞟向姚姑。

見妹妹對自己這般打趣，姚姑雖極力掩飾，但臉頰卻飄上兩團紅暈，她自是瞧見幾位堂姊妹的急切，頗為惱怒地回了妹妹一記眼色。

姚姒看這情形，曉得她怕是對周公子也是滿意的，越發想要試探一下周公子的人品。等散了宴席，趁著大奶奶招待客人移步花園聽書之際，招來綠蕉如此這般吩咐一通。

約莫過了大半刻鐘，綠蕉悄悄回到姚姒身邊嘀咕半晌，姚姒抬眼尋了圈大奶奶，便又交代綠蕉一番，過沒多久，大奶奶尋了個藉口離開。

到了晚上掌燈時分，姚姒拿著鋪蓋擠到姚娡的床上賴著不走。

姚娡頗為無奈，姊妹倆擠著一張床，很快聊起天，姚姒有意把話題往周公子身上引。

「姊，妳覺得那周公子怎樣？」

姚娡扭捏了半晌，嗔了妹妹一眼。「什麼怎樣，一個鼻子兩隻眼唄，妳個小壞蛋，問這麼多做什麼？」

姚姒故作嘆氣。「唉，原來還想著告訴姊姊下午發生的新鮮事，現在看來不必了，一個外人何必理會。」

聽這話中有話的，姚娡氣得捏了妹妹的兩頰。「什麼話還不快說。」

姚姒連忙告饒。「我說我說。」

姚娡這才放手，卻聽她道：「宴席結束後，媛姊兒使了些手段與周公子見了面，嘖嘖，真想不到媛姊兒這樣豪放，才見人沒幾次就訴起衷腸。」

姚娡一臉驚訝，姚姒再不吊著她。「周公子起先站得離媛姊兒遠遠的，後來聽媛姊兒越說越不像樣，把周公子眉頭皺得老高，嚴辭厲語好生教訓了一番，虧得媛姊兒還不死心，朝周公子丟了個荷包便哭著跑開了。」

「後來呢？」姚娡忙問。

「我就知道媛姊兒有鬼，特地叫綠蕉盯著她，出了這一遭，我自是讓人把這事告訴大嫂。那周公子倒也是個齊全人，難得心地不壞，只是把荷包交給大嫂，沒半句說媛姊兒的不是。」姚姒瞟了眼姚娡。「藉著這件事，倒也看出周公子的品性。周公子出身大族，作風倒也正派，維護了媛姊兒的名聲，把大事化小小事化無。」

姚娡聽得目瞪口呆，半晌不出聲。

姚姒乘機說道：「不怪我拿這話來探姊姊的底，周家雖然家世不錯，但最重要是周公子的人品不差。只是也得看姊姊的心意，妳若不同意，咱們便跟娘說，讓娘拒絕了。姊姊若有心，旁人再如何阻攔，我自有法子促成此事。」

姚娡再不作那小兒女羞態。「兒女親事自有父母作主，我、我聽娘的，娘總歸是為我好的。」

姚姒拉過她的手直笑。「傻姊姊，好東西總有人搶，我明兒就跟娘說去，周姊夫跑不了啦！」

姚娡急忙捂住她的嘴，姚姒哪裡怕這紙老虎，兩人又打成一片。

這周公子比起前世的宋三郎不知要強多少倍，但人無完人，看來要找人去山東查查這周家的底細才行。

送走了周太太母子三人，大奶奶覷了個空，親自到姜氏跟前為姚媛賠不是。

姜氏哪裡真同她計較。「不怪妳們，媛姊兒大了也有自己的心思，好在周公子是個性情寬厚之人，好歹保住媛姊兒的臉面，往後還勞妳多教導，若是在外頭生出這樣的事，咱們家的小姐可都沒法做人了。」

看來姜氏還是存了氣的，大奶奶更加羞愧難當，一迭連聲保證會好生教導媛姊兒，又賠了許多不是，姜氏才給了幾分好臉色。

大奶奶何嘗想攬這燙手山芋在身上？奈何大太太如今在家廟，大老爺成天不著家，大爺對這個妹妹又是十分疼愛，大奶奶滿肚子苦水不知跟誰訴。

廖嬤嬤不知打哪兒知道了這件事，如今金生被大老爺乾晾著不起用，家裡少了多少進項她是清楚的。若是她在老太太跟前替大太太求個情，多少能消弭大太太對她的成見。自己再賠些小意，大太太勢必會借驢下坡。如果能藉此事讓金生做大太太的眼睛，繼續在大老爺身邊聽差，無疑是個機會。

廖嬤嬤轉頭就把這件事說給姚蔣氏聽。

「雖說媛姊兒有錯在先，但這麼大的姑娘家，沒個親娘在身邊教導，難免行差踏錯。再說以往大太太在府裡的時候，媛姊兒可不是這樣的。」這意思可就多了，隱隱有幾分指責大奶奶未盡長嫂之責。

姚蔣氏臉色陰沈，在她眼皮子底下出了這檔子事，大奶奶也淨瞞著不報。廖嬤嬤的話說得好，孩子只有親娘才疼。

「這事能怨誰？怨她娘自己不做好，累得姑娘沒人教。」

「大太太也是著緊大老爺，難免行事偏激了些，但一心為大老爺倒是真的。唉，大太太雖說醋勁大，卻是最疼兒女的，媛姊兒這孩子畢竟年紀還小，有老太太您教也是一樣，姊兒能學到您的一分本事，也夠啦。」

廖嬤嬤的馬屁拍得好，姚蔣氏臉色好看了些，又問了些大太太這些時日在家廟的情況，卻沒鬆口要接大太太回來。廖嬤嬤深知姚蔣氏的性子，什麼事情外人只能點到為止，說得多了反而起疑，她不再多言，待下了差卻叫人立即給大太太送信。

這事沒能瞞過大奶奶，大奶奶轉身就讓瑞珠給孫嬤嬤送信。

孫嬤嬤頭一個便向姚姒回了此事。

姚姒當然不希望大太太回來，以大太太的精明，秋菊之事過不了多久就會曝光，這步棋就成了廢子。不，不能讓大太太回府。

過了兩天，姚姒招焦嫂子進來問話，得知張順的傷養得差不多了，便低聲交代她一些事情。

見焦嫂子驚疑不定，姚姒笑道：「不要緊，莫傷了無辜性命就好，一定要做得隱密，讓張順不留下任何把柄就成。」

大太太在廟裡待了近兩個月，吃食用度何止大變，再者家廟裡住的都是些無兒無女或是守寡的族人，大太太風光了這麼些年，哪裡能過這般清苦的日子，再住下去她怕是要瘋掉了。如今好不容易有機會回府，別說廖嬤嬤只是求她安排金生回大老爺身邊，便是割她的肉做藥引，大太太也肯自己動手。

大太太自得了廖嬤嬤的信，就時刻盼姚蔣氏派人來。

哪知大太太沒盼到人來，卻盼來一場大火，把家廟燒得一乾二淨，所幸無人傷亡。大太太半夜被人拖出屋子，等到天亮，才發現自己臉上黑漆漆的，頭髮也燒焦了幾縷，身上中衣也破了幾個洞。

大太太何曾這樣狼狽過，更讓人絕望的是，原本建得莊嚴非凡的家廟已化成一堆焦灰，廟裡的祖先牌位和供奉的菩薩全葬送在火海裡。

大太太雙眼一翻，徹底暈死過去。

聽到家廟被燒得精光，姚蔣氏一口氣沒穩住，險些栽倒下去。廖嬤嬤眼疾手快地拉了一把，姚蔣氏才穩住。

對一個正興旺的家族來說，供奉的祖先牌位被燒，無疑是非常不吉利的事。姚蔣氏寒霜罩面，開口便罵來報信的馬婆子。

「你們這幫刁奴，平常縱著你們胡來不打緊，這下子把我姚家的祖先牌位都燒沒了，你們這當的是好差啊！」

那馬婆子知道茲事體大，很有可能性命不保。這起失火說來也奇怪，但如今想來還是因為大太太才釀成火災。

馬婆子決定豁出去了，急道：「老太太饒命啊！老奴這當了多少年的差，小差錯是有的，但大亂子還從沒有過。您不知道，自大太太住進廟裡，便不大思飲食，大太太是金貴人，丫頭們許是心急，便顧不得廟規，夜裡避了人常開小灶燉些人參老雞和燕窩，老奴亦是睜隻眼閉隻眼就放了過去。若非火是從廚房起的，老奴也不敢往這上頭想啊，還求老太太明察！」

姚蔣氏氣得心口疼，指著馬婆子大罵。「你們自己當差不盡心，還把這事往老大媳婦身上扣，好大的膽子！」

馬婆子頓時顧不得擦鼻涕眼淚，連連對天發誓絕無半句虛假，若有便叫她兒孫不得好死。

眼瞅著馬婆子發下重誓，姚蔣氏心裡是信了幾分。

大太太的習性她如何不清楚，向來在府裡好吃好喝慣了，去了家廟又哪裡是個婆子能壓得住的？姚蔣氏深悔將大太太打發去家廟，這才釀下如此大禍。原本她心裡還有些鬆動要接大太太回府，如今看來這就是個攪家精，真是有她在哪裡就不安生。

姚氏一族的家廟不明不白付之一炬，老太爺竭力安撫族人，花錢又出力替族裡做了許多善舉，把族田多添了兩千畝不說，又許諾要修族學，請名儒來教導族中子弟，並補貼每戶族人一些銀錢，才把族長之位保下來；姚蔣氏給琉璃寺添了一千兩香油錢，作了十幾天法事，並安排人按族譜把祖先牌位重刻起來，又請風水師看過風水後，開始重修家廟。

姚蔣氏對內對外都聲稱是下人失職，引發廚房起火，暗中卻將大太太送到一個偏遠的鄉下莊子裡。

這件事其他四房的太太們一致保持沈默，唯獨廖嬤嬤是失望又絕望，金生眼見是被大老爺棄了，生生丟了塊肥肉，讓廖嬤嬤肉疼得吃不下飯。

第二十七章 借刀

姚姒是火燒家廟的始作俑者，這事瞞過了別人卻瞞不過趙斾。

兩人自琉璃寺裡一番較量後便再沒接觸，兩人默契十足都不動聲色地試探彼此的能耐。

她明知趙斾極有可能拿這事做把柄來要脅自己，但顧不得那麼多了。如今家廟燒毀，即便重建，沒兩、三個月是修不起來的。上一世姜氏枉死家廟，若是那些木雕的冰冷牌位真能顯靈，又為何縱容姚家後人幹出這種殺人放火的勾當？如今她做出這種大逆不道之事，僅僅是希望上天眷顧，扭轉姜氏被火無情吞噬的命運，即便要她下地獄也在所不惜。

只是姚姒卻有些枉做小人，應該說對趙斾的心機與耐心她還不夠瞭解。

趙斾不但未拿這件事添堵，還送了她一封信，信中道盡洪家的始末，以及這次姚、洪兩府做親的利益交換。

兵匪勾結、沆瀣一氣地橫行海域，姚家的膽子實在是夠大的。

姚姒當機立斷給趙斾回了封信，她在信中道明，待過了五月初五端陽節後，東西她會親手奉上。很快趙斾回了信，信中只說君子一諾值千金，他等得起，讓姚姒有什麼要求儘管提，只要他能辦到的絕不食言。

既然雙方達成共識，姚姒也不矯情，信回得相當直接，只要他趙斾不食言，今後一定會有求於他頭上，只盼他趙公子亦能當得起這「君子一諾值千金」的話。

趙旆接到回信，很是難得地哈哈大笑起來，笑完對青衣問道：「你有沒有得罪過女人？」

這話問得青衣一臉莫名其妙，老半天才苦著臉回道：「主子呀，小的可沒敢背著您勾搭女人，小的至今也就想著青橙一個人，哪裡敢得罪她呀？不然一顆毒不死人又讓人活不下去的藥往小的飯裡一下，小的可就冤枉了。」

趙旆瞧他那沒出息樣，裝著一臉高深莫測地教導屬下。「這世上小人可以得罪，可千萬別得罪女人。」

家廟雖重建，但老太爺與姚蔣氏都是信佛之人，認為這是上天降警示，老太爺不但在外廣施銀兩行善，姚蔣氏更讓全府上下吃半年素齋，且到了年歲的丫頭都發落出去配人。由於二奶奶有了身孕，這協理大奶奶管家的事情自然就落到二太太頭上。二太太新官上任三把火，拿著公中的銀子收買人心，大手一揮，乘機給各屋添置使喚丫頭。

姜氏在二太太送來丫頭後，把錢姨娘母女也叫來挑人。錢姨娘看這勢頭，當即明白這是要給小姐們挑陪嫁丫頭了。錢姨娘十分上心，屋子裡立了十五、六個十歲到十三歲的小丫頭。小丫頭們各有眼色，這屋裡的人誰嫡誰庶一眼分明，有幾個大膽的便目光殷殷地往姜氏這邊瞧，生怕挑到姚嫻身邊。

錢姨娘一口氣堵在胸口十分難受，臉上的戾氣一閃而逝。

姚姒將錢姨娘的一番神色都瞧在眼裡，不過是幾個勢利丫頭，就讓錢姨娘的情緒起伏這樣大。由此不難推斷，往日她在姜氏手下討生活，必定是積了滿腔的怨恨，這樣看來錢姨娘是有動機要害姜氏的。轉頭想到上次廖嬤嬤與錢姨娘私下見面的目的，她的心不由得往下沈了幾分。

姚蔣氏最近為了家廟的事很是操勞了幾日，又動了氣，是以頭痛得越發厲害，性情便暴躁幾分，屋裡服侍的丫鬟婆子連大氣都不敢出。

廖嬤嬤一向是老太太的貼心人，於是試探地問：「您這是頭痛又犯了，要不奴婢替您捏捏？」

「嗯！」姚蔣氏手一揮，丫鬟婆子們輕手輕腳地退了出去，並把東次間的門給掩上。

廖嬤嬤上前把姚蔣氏的頭髮打散開來，手勢嫻熟地從肩膀開始按捏。她力道使得巧，微痛伴著舒服一陣陣的，姚蔣氏過了半晌才吁了口氣。「不服老都不行，這才忙活幾日，這頭便沒日沒夜地痛，瞧了多少大夫也無用。」

廖嬤嬤小意道：「您哪裡是老了，您這是為了子孫操盡了心，咱們府裡老太太您呀就是根定海神針！」

姚蔣氏睃了一眼廖嬤嬤，若是尋常她聽到這話，必定會心情好起來，但今兒顯是有心思，末了看了看緊閉的房門，嘆道：「妳侍候我四十多年，也唯有妳最清楚我，想我為姚家也不知付出多少辛勞，才有如今這份家業，說我是家裡的頂梁柱也不為過。妳陪在我身邊也自有所見，當初傅氏作怪，後來還虧得妳替我除了這個眼中釘，只念著這份情，我便不會虧了妳一家子。」

聽話聽音，廖嬤嬤道：「怎麼，老太太莫非遇到什麼煩心事了不成？」

姚蔣氏便嘆氣。「眼下確有一樣煩心事，這人越老心就越發軟了，要是當年也就是一句話的事。」

廖嬤嬤跟了她多年，心頭隱隱猜到幾分，於是表起忠心。「老太太您是有大福氣的人，那些煩心事哪裡需要您的手來？您一句吩咐，老奴便卯足勁去做，保證給您妥妥地辦好。」

姚蔣氏越發滿意。「妳辦事我是放心的，妳也知道老三的事，咱們姚府一大家子的前程，說穿了都繫於他一身。原本還有個姜家在，倒也能借些勢，可如今姜家倒下去了，老三又沒個子嗣，這始終是我的心病。」

廖嬤嬤試探著問：「老太太，您的意思是……」

「姜氏便是我的心病。」姚蔣氏做了個殺頭的動作，眼中閃過一絲毒辣。

「不怪我狠心，當初姜家出了那麼大的事，休了她外人亦說不得咱們半分不是，只她是個沒廉恥的，竟生生要斷了我老三的香火。這樣的人活著無益，不如成全了老三，把這正室的位置讓出來，我便留她一個牌位得享我姚家子子孫孫的香火。」

過沒兩天，廖嬤嬤又在錦春亭偶遇錢姨娘。上回廖嬤嬤和錢姨娘見面，皆因廖嬤嬤無意間見姚蔣氏在相看人，滿心以為老太太是在為三房挑貴妾，於是就拿這件事來找錢姨娘獅子大開口，討要兩間鋪面為報酬，事後廖嬤嬤會為錢姨娘打聽人選是哪家，並承諾錢姨娘會在老太太面前替她說話，到時讓老太太答應送錢姨娘和那貴妾一同去廣州服侍三老爺。錢姨娘何等精明，並不大相信廖嬤嬤的話，再說兩間鋪面對錢姨娘來說實在肉疼，便說要考慮幾日。

只是如今廖嬤嬤顯然改變策略，對錢姨娘笑了笑。「老奴上回不過是試探一下姨娘罷了，老奴雖說愛那些黃白之物，但姨娘是老奴一手操辦進府的，按說還有分香火情在，這些年也從姨娘這裡得了不少好處，哪裡還真要姨娘捨出幾間鋪子來。」

錢姨娘自是不信廖嬤嬤的話，廖嬤嬤又問：「敢問姨娘一句真話，若是老奴真要姨娘兩間鋪子，姨娘果真能作得錢家的主？」

廖嬤嬤不給錢姨娘回話的機會，頗有幾分心照不宣地笑道：「看來姨娘也有幾分不肯定。是了，這人不為己，天誅地滅，姨娘也不必覺得心寒。」

廖嬤嬤確實猜中錢姨娘的心思，對於廖嬤嬤當時的提議她的確很動心，事後也往錢家設在彰州的鋪子裡送信，錢家幾兄弟對於捨出兩間鋪子很有意見，錢姨娘不是不心寒的，但她自信能說服幾個兄弟，只是卻有一重顧慮，廖嬤嬤貪婪成性，手段百出，萬一開了這個頭，往後若是隨意向自己索要，到時又該如何？可是現在廖嬤嬤話風卻變了，很是值得思量。

廖嬤嬤卻對錢姨娘推心置腹起來。「姨娘傻了不成？這世上誰都不可靠，唯有從自己肚子裡爬出來的兒子才是終身能靠的人，姨娘的心思還是放在三老爺身上為好呀。」

錢姨娘實在摸不透廖嬤嬤，只得順著她的話道：「嬤嬤的話在理，只是嬤嬤也明白，不是我不想生，是沒這機會。太太把我帶回來這麼些年，可從不提讓我去廣州服侍三老爺，只留一個桂姨娘在那邊，這是防著我呀。我做這麼多都暖不了太太的心，如今瞧著娘家也不大靠得住，不瞞嬤嬤，我這心裡竟是比黃連還苦。」

廖嬤嬤見機道：「只要姨娘有這分心意便好，若是姨娘有機會能替三老爺生個子嗣，老太太說了，孩子生出來就抱到老太太屋裡養，姨娘也跟著一起照顧小少爺，姜氏的手伸得再長，只怕也不能伸到老太太屋裡。」

廖嬤嬤給錢姨娘畫了塊大餅，錢姨娘正苦於溺水之人找不著浮木，而今哪還管得了廖嬤嬤的意圖，只要讓她心想事成，別說廖嬤嬤圖她錢家的幾間鋪子，就是要她犯下幾條人命，她也是敢的。

「這些年大夫說我身子底很好，想要再生育不成問題，就連劉道婆都說我有宜男之相，若我錢氏能有一番造化，必不會忘了嬤嬤的大恩。」

廖嬤嬤見火候到了，遂和錢姨娘一陣咬耳朵，光天化日下，二人竟密謀害人的勾當。

錢姨娘回到重芳齋，依舊與往常一般做起針線，只是好幾次被針扎破手指猶不自知，神思恍惚想了大半夜，到了天明時分，才拿定主意。

錢姨娘掐著點兒進了屋，規規矩矩地給姜氏行了禮，便道明來意。「容婢妾冒昧，婢妾入府這麼些年，娘家人也從未來探過婢妾，這些時日婢妾是夜夜夢到家母，實在是想念得緊了，婢妾想求太太給個恩典，讓婢妾娘家母親來府探望。」

姚姒正要進門同姜氏辭別好去學堂裡上課，聽到錢姨娘忽地提到娘家人，便心生警惕起來。

只聽到裡頭姜氏道：「這也不算多大的事，既是妳思念母親，叫人來府裡探妳一二也無妨，回頭我讓人跟大奶奶說一聲，府裡自有對姨娘親眷的定例，妳們母女多年未見，到時好好說說話，我這裡也不必讓妳母親來見。」

姜氏這番話可以說是非常體貼錢姨娘，錢姨娘笑著道了謝，便把她母親來府裡的日子給定下來，細細碎碎地又說了些她娘家添丁的事。

姚姒不由得想到，昨兒錢姨娘才與廖嬤嬤見面，兩人鬼鬼祟祟在錦春亭說了半個時辰的話，今日便來求姜氏讓她娘家母親進府來探親。姚姒原本漸漸焦躁的心才平復幾分，只要錢姨娘開始動作，她就不怕跟著這條線查不到什麼。

下午焦嫂子進府，姚姒先問了秋菊那邊的進展，焦嫂子便道：「趁著大老爺忙家廟的事，秋菊便花了些力氣收服福壽，福壽一心不讓金生再回到大老爺身邊，加上秋菊又許了他一些好處，又有那樣大的油水誘惑，福壽倒是全沒顧忌起來，再過兩天咱們的人估計著就能搭上大老爺這條線，開始著手進些船來貨。」

「很好，我的意思是鋪子不急著開張，盡著銀子從大老爺那條線上先把貨給攢齊了再說。讓秋菊謹慎些，務必要儘快從大老爺那裡弄到帳本，妳去遞話給她，她的身分文書已弄好，什麼時候交帳本，她便什麼時候脫身，一切就看她的了。」

焦嫂子忙應是，不該問的一句也不多話。

姚姒沈思片刻又吩咐。「妳替我傳個話給張叔，讓他這些時日分一些人出來先替我盯緊廖嬤嬤和錢姨娘身邊的柳嬤嬤，無論她們在府外的任何行跡都瞧仔細了，妳兩天進來一次告訴我。」

待焦嫂子都聽明白了，姚姒便讓紅櫻送她出去。

隨後，焦嫂子陸陸續續遞進來一些消息，有一件事引起姚姒的注意。

金生接手老太太位於城西的米鋪大掌櫃，廖嬤嬤因著這件喜事，在府外大肆宴請，錢姨娘身邊的柳嬤嬤當日送了份大禮，兩人便再沒交集，而錢姨娘除了侍候姜氏外，亦是安分守己地待在重芳齋。

金生被老太太重用的事情讓姚姒起了疑慮，她思前想後，越發覺得這裡頭有問題。

第二天便是五月初一，姚府定例是每月初一發放月例銀子，這一日亦是各房各院的下人走動頻繁的日子。

姚姒開了自己的銀匣子，拿了五兩銀子出來給綠蕉，又對她好生吩咐，綠蕉笑嘻嘻地接過銀子，直讓姚姒放心，這點差事難不倒她。

到了掌燈時分，綠蕉回屋來，她臉上紅通通的，身上亦有股酒味，收拾清爽後，便來回話。

「奴婢使了幾個小錢讓幾個小丫頭故意在水生家的必經路上說了些難聽的話，無非是金生得老太太看重，水生比不過金生，廖嬤嬤偏愛大兒子等等。水生家的當時就黑了臉，氣呼呼罵了一通才甘休。到了中午，奴婢請了幾個相好的姊妹在廚房擺了一桌，桑大娘便把水生家的拉到桌上，席間眾人把水生家的胡亂灌了一通酒，奴婢趁著送她回屋裡醒酒時，故意拿話激她，水生家的狠狠呸了聲，說什麼拿命換來的東西老娘還看不上，那老貨心頭只得她大兒，我且瞧著哪日遭了報應，反正老娘沒得過那老貨半分好處，倒也不怕報應到老娘身上來。」

綠蕉還要再說下去，紅櫻朝她使了個眼色，就見姚姒已經面色發白，那雙黑幽幽的眸子冰冷無情，叫人瞧得心裡直發毛。

第二十八章 作死

姚姒確實被這話驚到了，此刻心裡起了滔天大浪。姚蔣氏好算計，自己怕髒了手，便叫下人做起害人的勾當，錢姨娘十有八九是被人拿來做了刀啊！

怪不得上一世錢姨娘能帶著姚嫻跟新的三太太焦氏一起去了三老爺的任上，可是以姚蔣氏的周全狠毒，她一定會除去錢姨娘而不是放任她去廣州，那麼有可能錢姨娘做下殺害主母的事情，回過神來肯定察覺自己性命堪憂，便拿著這件姚家的把柄向焦氏投誠，焦氏才會帶著她離開姚家一去經年。

姚姒有了推測後，拿起桌上的筆將事涉姜氏的幾個人都寫下來，姚老太爺、姚蔣氏、廖嬤嬤、錢姨娘，甚至還有姚三老爺，她該怎樣絕了這些人要害姜氏的念頭？

姚姒首先分析姚老太爺這個人，所有姚家人在他眼裡都是籌碼，隨著姜家的倒下，姜氏自然成了無用的棄子。姚老太爺會想要與焦家結親，只能說明他已陷入自己編織的海上王國夢，那麼姚家的榮華富貴便是他的軟肋，顯然當初讓秋菊接近大老爺從而偷帳本是對的，有了這本東西在，姚老太爺再想動姜氏的命也得掂量著。

其次是姚蔣氏，這個剛愎自用的內院第一人，若是姚老太爺只稍微露出那麼一丁點想要除去姜氏的心意，姚蔣氏便會把這事做成十二分。她想除掉姜氏的心是迫切的，所以利用廖嬤嬤和錢姨娘做劊子手。

其實姚姒要除掉廖嬤嬤並不難，只是這個時候若將她除掉，姚蔣氏勢必還會找另一個人來。與其和一個全然陌生的人鬥法，還不如想辦法制伏住廖嬤嬤，或許還能利用廖嬤嬤對姚蔣氏來個致命一擊。

最後是錢姨娘，姚姒能留她到現在，不過是想要弄清楚上一世姜氏被害的前因後果，如今既然猜到了一些可能，無謂多說，這個蛇蠍女子，倒是沒必要留她性命，就看這次她是怎麼作怪的，到時作死了卿卿性命可怨不得她。

姚姒想明白了接下來的打算，已然到了半夜，她推開小窗，黑沈沈的天空像一頭巨獸罩下來，遠處幾棵柏樹成了光怪陸離的影子。她立在窗前良久，莫名的情緒堵梗在心頭。還有一個姚三老爺，這個名義上自己的親爹，他又是個怎樣的人？

五月初二，錢太太隻身攜了個小婢進了錢姨娘的重芳齋，錢姨娘母女兩人十幾年未見面，此時團聚自然是好一番敘舊。

到了午飯時間，姜氏打發人送了席面來，錢姨娘難得大手筆打賞了送席面的小丫頭。姚嫻在席上作陪，祖孫三人用完了飯，錢姨娘便打發姚嫻，讓柳嬤嬤在門外守著，關起門和錢太太說起了悄悄話。

到了下晌，錢姨娘淚眼送別了錢太太出門，如來時一樣，錢太太很低調地坐了小轎離去。

可是等錢太太才出姚府大門，潛在暗處的人立即回月兒港向趙旆回報。

「回主子，屬下並沒看錯，那錢太太確實是當年烜赫一時的和仁堂萬家僅存的後人，前些日子咱們的人在雙陽縣盯梢，瞧見錢太太進出了幾回生藥鋪，屬下讓人把她買的幾味稀罕藥材都記下來交給青橙。適才屬下問青橙，那幾味藥材瞧著像是當年宮裡配的一味毒藥，那錢太太今日進了姚府看望親女錢姨娘，屬下怕出亂子，特地回來報主子知曉。」

趙旆若有所思，片刻後讓人把青橙叫來。

屋裡很快進來一名高挑纖瘦的女子，那女子年約十七、八歲，秀麗的面容，但氣質清冷，她恭恭敬敬地給趙旆行禮，青衣腆著臉朝趙旆狗腿地笑了笑，那雙眼睛就巴不得黏在青橙身上，哪管他主子朝他不滿地一瞥。

趙旆單刀直入問青橙。「那味藥是什麼藥性？當真是先前宮裡秘制的毒藥？」

青橙點頭道是。「萬家和仁堂在宮裡留傳下來的幾味藥，就數這味毒藥最有名氣。無色無味藥效快，沾一小滴便要人命，向來是宮中必備之藥。後來隨著萬家沒落，這味藥便失傳了。」

趙旆往椅背一靠，過了一會兒便吩咐先前那暗衛接著回去當值，回頭便對青橙笑道：

「這回有個差事還非妳莫屬……」

姚姒第二日就私下招來安插在錢姨娘身邊的眼線穗兒，只可惜穗兒也沒打聽到有用的消息。紅櫻便嘆氣道：「小姐，錢姨娘母女行事鬼鬼祟祟的，怕是又要起什麼么蛾子，咱們的人又打聽不到，這可怎生是好！」

姚姒也急，特別是眼瞧著離姜氏事發沒兩天了，錢姨娘說不定在這兩天內就要有大動作，而秋菊那邊還什麼都沒拿到。

她在房中轉了幾圈，卻苦無對策，便打算若實在不行，就把柳嬤嬤給綁了嚴刑逼問，總會問出些什麼來，只是這樣一來，難免打草驚蛇。

就在姚姒左右為難的時候，綠蕉進來回道：「小姐，您什麼時候給太太請了個女大夫來？太太剛才讓人來叫小姐，奴婢便扯了個謊說小姐在更衣，這會子小姐快去太太那邊瞧瞧。」

姚姒和紅櫻相視一眼，彼此的眼裡都存了疑惑，好在她醒神得快。「可不是，前兒讓紅櫻去請的人，瞧我忙得都給忘了。」

等到姚姒進了屋，就見姜氏與那位女大夫有說有笑的，那女子十七、八歲的年紀，相貌清麗，氣質明淨，令人一見便生好感。

姜氏笑著向女兒招手。「妳個小人精，怎麼想起來給娘請大夫調養身子了，還別說，這位青橙大夫果然醫術了得，我兒有心了！」

姚姒臉一紅，青橙已朝她盈盈一福。「十三姑娘，桃林一別後，十三姑娘別來無恙吧？」

姚姒霎時明白這個青橙是趙斾的人，她還了一禮。「辛苦姊姊了。」心裡卻忍不住猜測，趙斾叫人上門，莫非有重要的事情？她按捺住急切，略問了問青橙姜氏的身體狀況，得知無恙後，便找了個由頭帶青橙回了自己的屋子。

紅櫻和綠蕉遠遠地立在廊下，姚姒坐在屋裡一臉防備地盯著青橙。「趙公子這又是做哪一齣？幸虧我娘沒起疑心，也不知道妳這大夫是真的會診脈還是假裝的。」

青橙怪異地笑了聲，忽地出手如飛地擒住姚姒的手腕，兩根手指極快地搭在她的脈門上，過了小半刻鐘才道：「妳這小身板，能活下來還真是不容易。」

姚姒瞪了青橙一眼，青橙皺起眉，問她：「前些時候妳可是大病了一場？」

見姚姒有些詫異，點了下頭卻沒放下戒心，青橙頓時覺得好笑。「小丫頭，這是誰要妳的小命啊？只有深諳藥性之人才想得到這辦法，藥物本身不能亂用，若是有意為之，把相生相剋的藥材混在一起，就算不去掉人半條命，也會使人昏迷不醒，這麼狠毒之人真是杏林敗類。」

姚姒這下再也鎮定不了，她眼罩寒霜。「姊姊這話可莫亂說，怎地就見得我是吃錯了藥呢？我打小身子就弱，把藥當飯吃是常事，若是有人立意要害我，在藥材上面動手腳可是逃不過大夫的眼睛。」

青橙瞧她小小年紀卻分外鎮定，尤其那鋒利的眼神，便不再逗她，挑明來意。

「妳聽我說，京城有家仁和堂，家主姓萬，三十幾年前萬家便是宮裡御醫，最拿得出手的便是製藥，因此京裡的藥材生意幾乎被萬家壟斷。只可惜富貴迷人眼，萬家做錯事，被先帝下旨滿門抄斬。當時萬家有個小女孩被奶娘帶出門，僥倖逃過一劫，她奶娘帶著她賣身進了一戶人家做奴婢，後來有個秀才遊歷京城生了場大病，恰好被這萬家小姐救了，那秀才感念萬家小姐，不介意她奴婢之身，就把她娶回家。」

她頓了頓，復道：「這秀才姓錢，萬家小姐先後給錢秀才添了幾個兒女，只可惜錢秀才日漸拮据，於是把大女兒給了人做妾。前些時日這錢太太在雙陽縣的幾處生藥鋪買了些稀罕藥材，恰好叫我得知了。這幾味藥材可配得一味好藥，這味好藥無色無味只得一小滴吃下去，便是神仙也難救。」

這可真是及時雨！姚姒激動得從椅子上跳起來，一把拉住青橙的手。

「妳說的可是真的？」許是發現自己太急切，又匆忙放開，緩了幾息方道：「趙旆叫妳來的用意是什麼？若是擔心東西的安全，你們大可不必，我說到做到，過了五月初五端陽後，我自然會雙手奉上。」

這小丫頭防心倒不小，青橙笑了笑。「我主子只說叫我來提醒姑娘，要是有用得著的地方，便是留我多住幾日也無妨。不妨再告訴妳，令堂這身子也有些問題，我替令堂把脈，發現令堂體內有些餘毒未清。當年令堂產後大出血怕不是偶然，這麼些年來未能再孕，並非如幾個庸醫所說傷了身子，而是餘毒所致。」

姚姒這回才算對她的醫術深感佩服。「給姊姊賠不是了，都是我小心眼，還請姊姊不要見怪。」

她起身施了一禮。「就算我欠姊姊一份人情，妳能替我母親把餘毒清乾淨嗎？她時常頭痛，痛起來全身發熱，這幾年發作得越發頻繁了。」

青橙覺得好笑，這丫頭是屬狗的不成，一聞著味兒就立即變了態度，她順勢道：「瞧妳姊姊長姊姊短的，我這白受了幾聲姊姊也要付出點代價，看在妳面上我就留下來住幾天，說好了只有幾天，我那兒還有一堆草藥沒人看管呢。」

姚姒自然對青橙表示極大的感激，叫人來把她隔壁的屋子儘快收拾出來，又帶著青橙在姜氏面前扯了個謊，說是要留青橙一些時日替自己調養身體，姜氏自是不疑有他，交代孫嬤嬤安排好丫頭服侍。

有了青橙這個聖手在，姚姒彷彿吃了顆定心丸，如果錢姨娘要對姜氏下毒，至少她們現在已經預知先機，是可以防患於未然的，想著想著卻靈機一動，錢姨娘這麼個毒瘤，何不將計就計……

姚姒親自去找青橙，並請她幫忙。「趙公子答應過我，只要我提的要求不過分，他沒有不答應的，我敬重姊姊一身好醫術，為人又仗義，自是不會讓姊姊做違背良心之事。」

青橙思量了片刻。「說吧，要我做什麼？」

「很簡單，姊姊到時只需要……」姚姒附耳細聲對她交代了一番，青橙聽得眼睛一亮，想都未想便答應下來。

五月初五端陽節，彰州有個習俗，每到端陽這日，各家大戶在彰州城外的九龍江舉辦賽龍舟，各家準備賽船和人手，贏了不只有豐厚的獎勵，更是替主家掙得臉面。是以這一日極熱鬧，大戶人家在江邊搭起花棚子，內宅的婦人坐在垂著紗簾的花棚子裡，可以將賽事盡收眼底；而外面的人卻又看不到裡頭，到了這一日，便是不常走動的女眷都會想來看上一眼賽事。

姚家是彰州數一數二的人家，早早就在江邊搭起花棚子。到了端陽這日，各房的太太、奶奶、大姑子、小姊妹們是全體出動，偏姜氏要守孝不能來，而錢姨娘見主母不去，她一個姨娘也不好往外頭湊，是以姚家這一日就剩下姜氏與錢姨娘在家，其餘的就算是丫頭婆子也泰半來江邊瞧熱鬧了。

姚姒自然是從善如流，姚娡原本不大願意來，想要在家裡陪姜氏，還是姚姒軟磨硬泡地把她拉了來，姊妹倆找了個不顯眼的位置坐下來，沒多久姚娡就被外頭的熱鬧吸引，竟也踮起腳往外瞧。十四、五歲的年輕姑娘，哪個不愛熱鬧，若把她丟在府裡，過會子若真出了那事，只怕會嚇著姚娡。

外面鑼鼓陣陣，姚姒面上雖不顯，心裡其實甚是忐忑，她一向不是個瞻前顧後之人，只是錢姨娘畢竟是一條人命，雖說只要錢姨娘自己不作死，就不會有性命之憂，可錢姨娘若真的動手了，她只能安慰自己，那是錢姨娘自掘墳墓，與他人無關。

「小姐，喝杯消暑茶吧，小姐體弱，仔細熱著。」紅櫻不知打哪兒端了碗茶來，輕輕放在姚姒手上。

「可不是，這才五月天，看來今年暑日難過了。」姚姒細聲道。

姚娡回頭瞧了妹妹一眼，對紅櫻道：「妳個乖丫頭，怪不得妳主子喜愛妳，我跟前的采菱、采芙就沒這麼機靈。」

她的大丫頭采菱好笑道：「都是奴婢們笨，主子要茶喝，奴婢這就去拿。」

姚姒嗔了她一眼。「姊姊忒不厚道了，妳要逗丫頭們，可別拉我的紅櫻下水。」

兩姊妹逗了一下嘴，姚姒輕吁了口氣，看了眼沙漏，給紅櫻使了個眼色，紅櫻尋了個機會便走開了。

第二十九章　報應

正午時分，日頭正是毒辣之時，三三兩兩的人成堆擠在樹蔭下。

遠遠地只見江面上有兩條龍舟甩掉其餘的，速度竟出奇的快，其中一艘龍舟上的旌旗樹著一個「姚」字，而另一條則是焦家的船。

民眾開始沸騰起來，焦家是製船起家，歷來是端陽賽龍舟會上的魁首，沒承想今年姚家的船竟然能與焦家比肩，這叫那些賭焦家贏的人心裡緊張起來。

姚蔣氏安坐在竹篾編製的圈椅上，二太太、四太太及五太太坐在下首，時不時給姚蔣氏湊趣。

「老太太，我瞧著今年咱們家倒是能奪個魁首下來。」二太太看江面上姚家的龍舟隱隱有超過焦家的勢頭，興高采烈道：「年年賽龍舟都是焦家拿第一，雖說這賽龍舟不過是玩樂的趣事，可這一回若是咱們家奪了魁首，到底是個好意頭，還是老太太您的福氣大，這才帶旺了咱們家子孫！」

二太太拍起馬屁那是得心應手，幾句話就把姚蔣氏哄得眉開眼笑。

五太太難得笑道：「可不是，借二嫂子的吉言，今年幾個哥兒都要下場，老太太的福氣深厚，到時哥兒幾個下場前必定要給老太太多磕幾個頭，好叫老太太把這福氣過些給孫子才好。」

五太太不聲不響的幾句話，比二太太不知高明了多少，姚蔣氏頓時笑容滿面，指著五太太道：「好、好，老五媳婦這話深得我心，難得妳把這事時刻掛在心上，我姚家有妳這樣的好媳婦，何愁不興旺！」

得了姚蔣氏的誇，五太太很是謙虛，廖嬤嬤忽然激動地喊了聲：「咱們家贏了！」姚蔣氏面上一喜，嗔了廖嬤嬤一眼。「好生說話，怎麼回事？」

廖嬤嬤咧開老嘴笑道：「老太太，咱們家的龍舟贏了焦家的船，今年是咱們家得了魁首呀！」

幾房太太哪裡還坐得住，紛紛給姚蔣氏道喜，棚子裡頓時熱鬧起來，杜、李家等人都來湊熱鬧，最後焦家的大太太也含笑走了進來，姚蔣氏撇開其他人，迎了焦大太太幾步。「今年勞你們家承讓了！」

焦大太太似乎毫不介意輸給姚家，她上前幾步攙了姚蔣氏。「老太太，您這話就見外了，今年是您家得了去，我這心裡是真的鬆了口氣！」

焦大太太的神情不似作偽，這份大度很是難得，一個當家主母就是要有這種器量，更何況今年姚家能奪第一，這裡頭又何嘗沒有焦家的退讓與示好之意？對於焦家的這份知情識趣，姚蔣氏在心裡暗暗讚賞，待焦大太太越發親熱起來。

棚子裡是一片鶯聲燕語，誰也沒注意到紅櫻悄身從外走了進來，趁人不注意時，附耳在姚姒身邊說了幾句話，姚姒幾不可見地點了點頭。

「老太太，不好了，出大事了啊！」忽然外頭傳來一聲嚎叫，緊接著一個身著草灰色比甲的婆子驚慌失措地跑進來，撲通一聲跪下，也不瞧屋裡是什麼情形，只是一通嚎哭。「老太太，出大事了！」

這婆子鬢髮散亂，前胸後背上都被汗水浸濕，臉上也不知是汗還是淚水的糊了一臉，有眼尖的丫頭婆子這一眼瞧過去，這不是三太太身邊的管事婆子孫嬤嬤嗎？怎地成了這副模樣？

姚蔣氏醒神得快，厲聲一喝。「出了什麼事？這般慌慌張張的，好聲氣說話，到底怎麼了？」

孫嬤嬤顧不得抹臉上的水漬，大聲哭道：「三太太歇過午覺起來，錢姨娘便來找太太說話，丫鬟奉了茶後，太太和錢姨娘就都出了事，鼻子嘴裡不停冒血，臉也烏青了，這會子三太太和姨娘人事不省啊！」

就在眾人倒抽一口氣的同時，孫嬤嬤扯著嗓子又是一通嚎哭。「我苦命的三太太呀！娘家才剛出事，前不久又遭人陷害，害得三太太要自請下堂，這會子竟莫名其妙中了毒，老太太，這是誰想要咱們三太太的命啊？」

孫嬤嬤這話一出頓時炸了鍋，彰州有頭有臉的人家皆在，都是家大業大的，哪個家裡沒幾件陰私事，誰想要姜氏的命，這還真不難猜。尤其是焦大太太在聽到此話後，不露痕跡地往姚蔣氏身上瞅了眼，隨後便老神在在，既不看笑話也不用異樣眼神與眾人交流，較之剛才親熱的樣子是判若兩人。

姚蔣氏朝廖嬤嬤恨恨地睃了眼，這會子她也不明白，明明是錢姨娘給姜氏下毒，怎麼會變成兩個人都中了毒？她一時半會兒也沒好主意，靈機一動，兩眼一閉索性裝暈倒，廖嬤嬤眼疾手快，一時把人扶住了。

姚蔣氏這一計倒是好的，立意是叫家中的醜事別讓人多知道一分，只是她萬萬想不到這一計不僅沒成效，反而讓姚姒得了說話的機會。

姚姒拉著姚娡跑過來，兩人俱是一臉驚慌失措，姚姒跑上前把孫嬤嬤扶起來，一邊哭道：「嬤嬤您別怕，是不是錢姨娘對我娘下的毒？」

不待人反應過來，便又道：「我就知道，個個都想要我娘的命！我娘沒生兒子，娘家又倒了，我娘這會子要是沒了，我爹就會給我們娶個後娘！老太太啊，孫女不想要後娘，我要我娘！」

她這又哭又叫的，一個哭嗝打上來，轉頭就往姚蔣氏撲去，雙手更是抓著姚蔣氏的衣裳又拉又扯的，搖得裝暈的姚蔣氏心火騰騰往上冒，人都死了不成，怎麼就沒一個人把這丫頭拉開？

所謂童言無忌，可信度也就越高，幾位串門子的太太們此時已經交頭接耳起來，這姚家的水還真深，怪不得年初姜氏要跪大門自請下堂。

這姚家真毒啊，人家都自請下堂了還不讓，偏要把人命給整沒了才罷。

二太太直到這會子才回過神來，她瞅了眼同樣還在愣怔的五太太，二太太自詡見多識廣，這麼點小事哪難得倒她，該是她在老太太面前立功的時候了，於是立刻吩咐人把姚姒拉開，叫人把老太太抬到隔間的榻上，又讓人去請大夫，並打發人去告訴老太爺此事。待諸事安排妥當，她覷了眼驚慌的大奶奶，嘴邊撇過一絲不屑，轉頭二太太又半推半送地把看熱鬧的客人一一給送出了門。

孫嬤嬤早被姚姑扶到一邊，這時候大奶奶正在問孫嬤嬤一些事，四太太和五太太則在隔間服侍老太太。

二太太丟下孫嬤嬤走到姚蔣氏榻前，見老太太醒了便邀功。「老太太，人都被媳婦送走了，媳婦剛才也同幾位太太們打好招呼，她們萬不會把剛才的事亂傳的，且媳婦也打發人去和老太爺說，您這會子如何了？一會兒大夫便來了……」

姚蔣氏一聽這話腦中一發熱，隨手就拿了個軟枕向二太太砸去。「妳個蠢貨！」

姚蔣氏這一通發作，實在算是二太太倒楣，她這小聰明姚蔣氏怎會不明白，只是二太太不明白越描越黑的道理，她多此一舉囑咐各家太太保密，但天下沒有不透風的牆，越是想要捂住反而越是捂不住，二太太這完全是被遷怒了。

二太太哪裡敢躲開，雖說枕頭砸不痛人，但面子卻是真的丟了一地。

她這還在迷糊間，姚婷連忙把二太太一拉，連同她自己給姚蔣氏跪下。「祖母息怒，母親也是一時糊塗，您身子要緊，還是一會兒給大夫瞧瞧，若是無礙您再吩咐回府，這會子府裡怕是鬧翻天了。」

好個避重就輕，五太太瞟了眼姚婷，手上動作也不含糊，連忙要拉二太太起身。「婷姊兒這會子還給妳祖母添什麼亂呀，老太太哪裡是在怪罪妳母親，妳替五嬸娘去瞧瞧大夫來了沒？」

五太太做起和事佬，姚蔣氏也就順著坡下了地，她深深嘆了口氣，對二太太道：「起來吧，還沒妳姑娘機靈，妳這幾十年算是白活了。」

二太太回頭一想，頓時冒了身冷汗。

姚姒雖然哭得傷心，拉著孫嬤嬤問東問西的，可耳朵尖，把隔間發生的事聽得清清楚楚，好個二太太，可算是幫了大忙，原本她還在煩惱如何利用流言來替姜氏保命，如今看來不需要了，適才那些人就是最佳的流言散播者。

錢姨娘還真敢往姜氏茶裡下毒，可怨不得她將計就計，被毒死該是她錢氏的報應。

姚府眾人火速趕回府，姚蔣氏直接去了芙蓉院。

此時姚蔣氏心裡是存了十分疑惑，忙問錦蓉。「三太太怎麼樣了？錢姨娘如何？大夫看過後都怎麼說？」

錦蓉嘴皮子也利索。「三太太和錢姨娘都在太太的屋裡躺著，大夫來瞧過了，太太的呼吸已平穩下來。倒是錢姨娘，大夫給灌了藥便搖頭，說錢姨娘也就是這一天半會子的事了。」

「怎麼會這樣？好端端的人竟然會中毒，妳們是怎麼當差的？」姚蔣氏氣急敗壞，怎地要死的不是姜氏而是錢姨娘？這下子打草驚了蛇，再想要姜氏的命便沒那麼容易了。

錦蓉聽到姚蔣氏這樣疾言厲色，嚇得當即就跪在姚蔣氏腳邊哭道：「老太太，您要給三太太作主啊！這是有人想要害三太太，青天白日的，這毒是如何下到茶水裡的？還要老太太查明！至於錢姨娘，奴婢不敢懷疑錢姨娘，但事發當時，孫嬤嬤便使人把三房的院子搜了個底朝天，確確實實在錢姨娘屋裡搜到一瓶東西。錢姨娘屋裡的丫鬟婆子竟都不知道姨娘何時藏匿的，奴婢不得不大膽猜測，三天前錢太太才進府裡來瞧過錢姨娘，若說這裡頭沒什麼……」

「大膽賤婢！這也是妳能胡亂揣測的？」

姚蔣氏氣得心口疼得緊，照這樣看來倒不是錢姨娘失手，而是落入了姜氏的陷阱中。姜氏順手便把這礙眼的錢姨娘收拾了，好一個深藏不露的姜氏啊，為了把事情鬧大，她竟然敢以身試毒。

姚蔣氏再沒理會跪在地上的錦蓉，扶著廖嬤嬤的手就進了內室。

此刻姜氏和錢姨娘一邊一個分別躺在床上和羅漢榻上，姚蔣氏瞟了眼，姜氏倒是呼吸平順，錢姨娘則面呈青紫之色，看來只有進氣沒出的氣了。

廖嬤嬤往錢姨娘的榻邊先是仔仔細細瞧了會兒，然後伸手在錢姨娘鼻端探了會兒，轉頭對姚蔣氏搖了搖頭。姚蔣氏對她使了個眼色，廖嬤嬤便往姜氏的床邊走去，待走近便細瞧了姜氏的面容。

姜氏雖說臉色蒼白，卻不像錢姨娘的灰敗，便知這回是真的大難不死。

姚蔣氏來時便吩咐人把三房的小姐們都拘在蘊福堂，也不讓別人隨便進入芙蓉院。這會兒姚蔣氏大約心裡有了底，走到外間吩咐廖嬤嬤去把大奶奶及五太太叫來。

很快大奶奶和五太太連袂而至，兩人臉色都不大好。

姚蔣氏便問大奶奶查得如何了，大奶奶回道：「老太太，孫媳把三房的所有丫鬟婆子都審了一遍，三嬸娘茶水房裡的丫鬟荷蕊說，錢姨娘來到正房，姜氏吩咐上茶，荷蕊便在茶水房裡燒了滾水，正當水開了，她突地肚子疼起來，荷蕊也沒在意，便去了趟茅房，等回來後便沖了兩碗茶遞上去。

「錢姨娘接過荷蕊的茶，親自遞給姜氏用，三嬸娘略用了一口便沒再吃，錢姨娘瞧著三嬸娘吃了茶，她自己便略吃了幾口，沒承想不過半會子工夫，三嬸娘就吐了口血不省人事，接著錢姨娘也發作了。這下子屋裡的丫頭婆子們還不知道發生了什麼事，恰好十三妹前兒請了個女大夫調養身子，事兒一出便有人請了這女大夫來。女大夫說這是中了毒，叫人拿了茶水一驗，銀針都烏黑了。孫嬤嬤到底是經過些事的，當即把三房院子裡服侍的全部拘在一間廂房裡，又帶人搜了一遍，這才在錢姨娘的屋裡搜出一瓶東西，大夫驗過，那瓶確實是毒藥。」

大奶奶說得十分詳細，姚蔣氏深深皺了眉，看了廖嬤嬤一眼，廖嬤嬤眼神閃爍，不過片刻便道：「光是這些倒也不能說是錢姨娘下的毒，如今看來這事倒有些蹊蹺，若說是錢姨娘下的毒，那錢姨娘自己又怎會喝這茶水？」

廖嬤嬤這話旨在替錢姨娘開脫，若真的被人查出什麼，到時就是姚蔣氏也保不了廖嬤嬤，她心裡不是不慌張的。

姚蔣氏不悅地朝廖嬤嬤瞟了眼，便看了眼五太太。

五太太道：「錢姨娘身邊的柳嬤嬤招了，確實是錢姨娘在三嫂的茶水裡下毒，毒藥是錢太太帶進來的。柳嬤嬤還說，錢姨娘故意讓荷蕊拉肚子，就那麼會工夫，錢姨娘身邊的穗兒便偷偷進茶水房裡下毒。兩個茶碗，三嫂慣用的是一個豆青釉描金蓮子瓷碗，而另一個則是青花瓷碗，錢姨娘事先知道三嫂的茶碗裡才有毒，可能是怕三嫂起疑心，便當著滿屋子的丫頭婆子們多吃了幾口茶，只是沒想到，兩碗茶水裡竟都有毒。」

這手法確實是像錢姨娘所為，姚蔣氏與廖嬤嬤對視了一眼，彼此眼裡閃過一絲瞭然。錢姨娘會中毒的原因不難猜，姜氏這是知道了錢姨娘會下手，故意順水推舟除去錢姨娘。

姜氏依然是那樣的狡猾！經了這件事，只怕以後想要姜氏的命就棘手了，姚蔣氏怨怪地瞧了眼廖嬤嬤，這老貨，辦事真是越發疏漏了。

姚蔣氏弄清楚原委，便當機立斷吩咐大奶奶處理，至於怎麼處理，大奶奶也是經過些事的人，恐怕三房院子裡的丫鬟婆子泰半要不見了。

大奶奶何嘗想要造這些孽，到此她還看不出姜氏中毒的真正原因，她也枉自稱是個伶俐的人。她在心裡打了個冷顫，再不願往深裡想，轉頭便出去辦事。

錢姨娘眼見是活不成了，大奶奶吩咐人把她抬回重芳齋。

第三十章 驟逝

三房的三個小姐也被放了回來，姚嫻到此時還有些雲裡霧裡的，等她一回重芳齋，錢姨娘身邊服侍的人一個都不見了，現在的幾個丫鬟婆子都是些生面孔。姚嫻顧不得去想，跑到錢姨娘的屋裡，看到已然臉色青灰，無一絲進氣的錢姨娘，頓時一陣天旋地轉。

姚姒是知道姜氏中毒的真相，沒想到青橙的醫術真不是吹的。

姜氏所謂的「中毒」症狀與錢姨娘十分相似，也不知道青橙是如何辦到的。她原來的計劃只是想先下手為強，沒有千日防賊的道理，是以便給錢姨娘製造了一個下毒的好時機，而錢姨娘確實也膽大行事。姚姒一想到這裡，便覺得錢姨娘死一萬次都不夠。

姚娡守在屋裡暗暗落淚，姚姒覷了個空去問青橙，姜氏到底什麼時候醒過來？青橙笑嘻嘻道：「不出一個時辰自然會醒，不用擔心。」

見姚姒瞪了她一眼，青橙很是不屑。「嘖嘖，真是想不到，一個小小的姨娘竟然敢對正房太太下手，這是得有多大的底氣呢？怪不得妳這小身板弱成這樣。我瞧著你們大戶人家的水就是深，一群吃飽了沒事幹的女人們，難道整天想的不是怎麼享樂，而是如何要人命不成？她們的腦子進水了嗎？」

姚姒被她的怪論調折服，也許正是她這難得的直率單純，才讓醫術這般超群。姚姒真心實意地給青橙福身行了一禮，倒是讓青橙不好意思起來。

果然過沒多久，姜氏便醒了過來，姚姑、姚姒兩人隨侍在床前，姚姑端了碗白粥一勺一勺餵給姜氏吃，姚姒則拿了帕子時不時替姜氏擦嘴。

看到兩個女兒這樣孝順，特別是小女兒做了這樣一件大事，姜氏此刻感慨萬千，若非小女兒機敏，怕她這會子真的已遭了錢姨娘的毒手。女兒還這麼小，就讓她背了一條人命，姜氏很是歉疚。

孫嬤嬤在一旁淡淡笑著，這次終於把錢姨娘這禍害除了，她心裡無限欣慰，就在這時，錦香進屋來道：「錢姨娘去了！」

過沒多久，重芳齋那邊傳來聲嘶力竭的哭聲，是姚嫻的聲音，大奶奶到姜氏跟前回話。「老太太說，錢姨娘罪有應得，府裡就不給她停靈發喪了，讓人把錢姨娘匆匆裝進一副薄棺木，好讓錢家的人來領回去安葬。」

姜氏神色複雜地愣怔了會兒。「一切都聽老太太的安排，倒是麻煩泰哥兒媳婦了。」

大奶奶自然說這是該她盡的心，走出芙蓉院，抬眼靜靜地望向重芳齋，望了半會子，還是她身邊的瑞珠催了一聲，大奶奶才自言自語道：「這世道對女人已經夠苛刻了，何苦女人還要來為難女人？」

掌燈時分，姚姒又讓青橙給姜氏把了一次脈，青橙再三保證姜氏確無大礙後，屋裡幾人才真正鬆了口氣。

青橙好人做到底，又給姜氏寫了張保養方子，這方子是去除她體內的餘毒。姜氏很是感激，把自己很愛惜的一套寶石頭面送給青橙，青橙大方地收下了。

姚姒便讓青橙索性給姚姑也把了次平安脈，得知姚姑的身子很好，無須開方子保養，姚姒便把青橙帶回屋子。

她走到書桌邊，隨手抽出一本話本，這話本名叫《雙珠記》，她很鄭重地把話本交給青橙。「我家裡出了這樣的事情，就不好再留妳住下來，這東西要好生交到妳主子手上，回去告訴他，我的條件一時半會兒還沒想好，待我想到了自然會遞話給他，到時希望他不會賴帳！」

「知道啦，妳就把心放肚子裡去，這天底下只要我主子承諾了妳，就不會不作數的。」

青橙噗哧一聲笑起來。

姚姒可不是光聽這幾句虛言就能放心的，但說話算話，如今這東西是留不得了，只要過了明日，姜氏就算是逃過一劫，只要姜氏好好的，以後自己謀求的事情只怕不會少求到趙旆頭上，如今索性爽快些。

青橙自是知道這東西的重要，也不再廢話。姚姒安排紅櫻送她到二門，紅櫻親眼瞧著青橙上了一輛馬車才回芙蓉院。

紅櫻剛進了院門，就看見姚嫻的嘴裡塞著一團帕子，被兩個婆子一邊架著一隻手往重芳齋拉去。姚嫻的臉上滿是怨恨與怒火，嘴裡一路嗚嗚咽咽地叫著，那兩個婆子很眼生，紅櫻拉住一旁的小丫頭問道：「這是怎麼回事？」

小丫頭道：「八小姐剛才來太太屋裡鬧，一進屋就甩了錦香姊姊一巴掌，說是姨娘死得冤枉，都是太太陷害姨娘的，太太原本躺在屋裡只讓人攔著，後來見八小姐鬧得不成樣，就讓人去回了老太太，這不，老太太便使人來將八小姐送回重芳齋看管起來。」

紅櫻聽了倒沒說什麼，快步回到雁回居，就瞧見姚姒小小的身影立在大紅燈籠下，她面上被燈籠的紅光掩映，竟是說不出的冶豔詭異，紅櫻一時間不敢上前回話。

蘊福堂裡，姚蔣氏臉上隱帶怒色，她把屋裡服侍的都打發下去，過沒一會兒，老太爺便踱步進來，姚蔣氏深知這次姜氏的事她又辦砸了，正不知如何向老太爺交代，老太爺瞧了老妻一眼，微微皺了一下眉，便對她道：「妳跟我來，我有事交代妳親自去辦。」

姚蔣氏無言地跟著老太爺進了臥室，老太爺良久才出聲。

「姜氏不能再留了，既已打草驚蛇，不若趁勢就此除去。姜氏既然已經中毒，又有錢氏毒發身亡在前，姜氏明兒不治身亡也沒人會說什麼，該怎麼做不用我多說。我給妳一些外院的人手，事情要做得漂亮不讓人起疑，這次莫再失手了。」

老太爺這樣平緩的語氣，是以往不曾有的，姚蔣氏的臉都臊紅了，她鄭重道：「妾身知道怎麼做，這次再不會失手了。」

申時交戌時之際，各房各院都收到姚蔣氏的令，開始關門閉戶，每戶門房前忽然多了幾個膀大腰圓的婆子杵著，有那膽大的丫頭婆子朝門房處多瞧幾眼，便被那幾個婆子走上前去幾耳光地搧起來。這一手確實震懾人心，一時間再沒人敢交頭接耳弄出點什麼來。各屋的主子們就算再心有疑竇也只能壓下，想想今日才發生的事，還是關門自掃門前雪的好。

靜悄悄的初夏夜，只得兩、三聲蛙鳴，許是覺得今夜不尋常，連蟲鳴聲都絕了。

姚蔣氏親自帶著幾個面生的婆子從蘊福堂出來，直接向芙蓉院行去。

原本服侍在她身邊的廖嬷嬷及一干人等竟一個也沒瞧見，這一行人行動間腳步輕快，不過一炷香的時間，便進了芙蓉院的門，早有臉生的婆子上來低聲報道：「孫嬷嬷和錦蓉、錦香三人都已制伏住，其他幾個小姐們屋裡服侍的已經關到了一個屋子，小姐們喝了安神湯都已睡去，您只管行事便可。」

姚蔣氏幾不可見地點了點頭，抬腳便往姜氏的內室走去，而她身後的幾個婆子也一直跟著進了內室。

姚姒的眼皮重重的，她就覺得奇怪，睡前那碗壓驚湯喝著有些不對味，但湯是姚蔣氏著人送過來的，指明是給小姐們收驚用。

姚府規矩重，老太太賞下來的東西都得恭恭敬敬地用完，加上又有送湯的婆子等著把湯碗拿回去覆命，姚姒也就喝了下去。喝完湯她就打了幾個哈欠，這才發覺不對勁，可是卻遲了，接下來她便失去知覺。

姚姒作了個夢，這夢她作了許多年，是心中打不開的死結。夢裡總是見到姜氏在火海中大呼救命，姚姒焦急地想要上前救母親，可她與那片火海之間卻阻隔重重，無論她聲嘶力竭地哭喊，甚至跑到再沒有力氣跑下去，就是跑不到姜氏身邊，只能眼睜睜看著她被火舌吞噬。

不，她心裡有一絲清明，這只是個夢，不是真實的！現實中母親還活著！

姚姒不停對自己說，甚至將手臂狠狠咬了一口，這一口她下了死勁，手臂上火辣辣的痛傳來，她緩緩睜開沈重的眼皮，等到意識稍微清醒時，她試著起身坐起來，又叫了幾聲今兒值夜的紅櫻。

半晌沒人應，發現屋裡竟然安靜得可怕，她忽地一個激靈，連鞋都來不及穿，起身就往屋外跑，將將要出屋門時，寂靜的夜裡忽地傳出一陣刻意放輕的腳步聲。

她往門縫裡望去，姚蔣氏帶著幾個面生的婆子從姜氏屋裡出來，並且邊走邊吩咐婆子們。「此間事了，趁著小姐們還未醒來，把小姐們身邊的丫鬟婆子都放回來，至於孫婆子和那兩個丫頭，使人對她們說，若是想保命就得聽話，若還鬧事，那也不必留下了。」

姚姒猛地捂住嘴甚至屏住呼吸，借著月光，她清楚瞧見姚蔣氏臉上的狠戾之色。

姜氏，依然沒能逃脫上一世的命運嗎？

她死命忍住不讓眼淚落下，此刻的姚姒是真正的心急如焚。她強迫自己冷靜下來，卻發現自己一直顫抖，臉上甚至滴下豆大的汗珠。她抬起手臂照著之前的傷口又死命咬下去，這下是真正的痛徹心腑。

疼痛使她混亂絕望的腦子回復幾許清明，她該怎麼辦？她很想衝出去，想立刻跑到姜氏身邊確認母親無恙，理智卻告訴她不能這樣做，月亮開始躲進雲堆裡，她漸漸看不清姚蔣氏的臉。

每一分於姚姒來說都是煎熬，姚蔣氏在院裡停了一會兒，屋裡便有婆子出來低聲回了幾句話，姚蔣氏微微點了下頭，對著那些婆子打了個手勢，所有面生的婆子便從各個角落閃出身形來，靜悄悄跟在姚蔣氏身後，一群人不發出絲毫聲響就這樣離開了芙蓉院。

姚姒再也等不得，推開門便拚命往姜氏屋裡跑，不過半會子工夫便到了姜氏屋裡。屋裡沒點燈，黑漆漆一片，她一陣摸索終於摸到簾子邊，用顫抖的手撩開簾子就直奔床榻前。

姜氏垂在床邊的手已經沒了溫度，她咬著牙顫抖地摸到母親臉上，姜氏的鼻端已然沒了呼吸。一陣尖銳的疼痛猛地襲來，她整個人頓時跌倒在床邊……

開平十九年五月初六，姜氏歿。姚家對外聲稱，姜氏中毒太深半夜裡沒了，連身邊服侍之人早上才發現，姜氏的身子都硬了。

姚姒不知道她是怎樣回雁回居的，她想流淚，可是很奇怪，竟無一滴眼淚流出來。身上無處不痛，痛得五臟六腑都絞在一起，痛得她就快要窒息。

她跌跌撞撞地摸著上了床，只覺得周身發冷，牙關咬得死緊卻還是止不住渾身顫抖，她縮成一團，睜著一雙快要滴血的眼睛就是不肯閉。黑漆漆的夜裡，四面八方似乎湧來無盡的惡鬼要把她吞噬。她忽地發出幾聲似哭似笑的悲愴嘶叫，卻用手死死地捂緊嘴。

鬼又有何懼？這世上真正可怕的是披著人皮的惡鬼。

老天不公！蒼天無眼！怨天恨地，姚姒最恨的其實是她自己。怪她自以為是，怪她技不如人，怪她沒能力護住母親，悔恨排山倒海襲來，她幾近成魔！

她突然間萬念俱灰，想她百般籌謀，到頭來都成了嘲笑自己的自以為是，她的外祖父依然枉死，母親同樣被謀害。老天，難道讓她重生一次的意義只是又一次眼睜睜看著親人枉死？可是無人能回答她，這光怪陸離的世界，人心淪喪，人不人鬼不鬼，魑魅魍魎橫行，仇恨在她心中掀起無邊的烈焰狂波。

如果做人只能被人欺、被人害，沒有活路，那她往後就成鬼成魔吧！

——未完，待續，請看文創風399《暖心小閨女》2

2016年4月出版

暖心小閨女

文創風 398～400

「五哥，我只恨不是男兒身，不能回報你一二。」
唉，幸好妳不是男兒身呢！
這傻丫頭，究竟啥時才能開竅啊？

兒女情長 豪情壯闊／醺風微醉

從鬼門關前走了一遭，姚姒重新回到九歲那一年，
這一年母親遭人陷害葬身火窟，她因而被祖母幽禁長達數年，
唯一的姊姊抑鬱寡歡以終，最終她也心如死灰，遁入空門……
所幸重生一回，而今禍事尚未發生，母親仍然活著，
偏偏府裡各懷鬼胎的親戚、包藏禍心的下人依舊存在，
唯有提前布局，才能護著母親、姊姊一世平安，
豈料當她揭開層層謎團後，這才發現──
原來前世母親的死，竟牽扯上龐大的朝堂陰謀，
憑她一個閨閣女兒想要力挽狂瀾，無疑是螳臂擋車！
然而都死過一回了，她還有什麼好害怕的？
只要能帶著母親逃出生天，哪怕墜入地獄也在所不惜！

2016年4月出版

甜姑娘發家記

文創風 396～397

窮不可怕，可怕的是沒有奮發的決心！
現代小資女的古代求生記
縫布偶、烤蛋糕的家政課小技能
讓她第一次創業就上手——

輕快俏皮，妙趣橫生／安然

張青一覺醒來，發現自己穿成個貧窮農女不打緊，
悲催的是，這家人可能一點都不懂什麼叫家和萬事興。
她娘與她被奶奶和大伯娘明裡暗裡的欺壓虐待，
看看大房家兩個兒子肥得流油，再看看自己風吹就倒的小身板，
就知道她的生活有多麼水深火熱啊！
不過既然讓她穿越這麼一回，就不會是來當受氣包的，
她一定要讓疼愛她的父母過上好日子！
靠著現代人的優勢，張青竭力找尋商機，
她撿來碎布做成玩偶吊飾，在市集上大受歡迎，
布偶抱枕大熱賣，讓他們一家得以蓋新屋、買良田，
還有餘錢支持她開點心鋪，販售獨門蛋糕與餅乾。
眼看家境一天比一天好，幸福的日子讓她樂呵呵～～

2016年4月出版

君愛勾勾嬋

文創風 394～395

老天待她，看似有心垂憐，實是無情作弄，
要不怎會重生一回，又欠了前世冤家的救命之恩，
而代價竟是再一世勾勾纏?!

美人嬋娟，君心見憐／杜款款

前世，她雖有皇后命，卻遭到篡位者三皇子韓拓的強娶，
不久便因頑疾未癒而香消玉殞了……
如今重生一回，本以為能憑己之力改變命運的軌跡，
哪曉得當她受困雪中險些小命不保，
竟遇上前世冤家——靖王韓拓，還承蒙他出手相救。
結緣莫結孽緣，欠債莫欠人情債，果真是所言不假，
平日他百般癡纏也就罷了，還讓皇帝親爹下了賜婚聖旨，
聖意難違啊，她只能既來之則安之。
嫁作靖王妃，枕邊人是戰功顯赫、能力卓越的王爺，
無論是朝廷動盪還是外患來襲，夫君總會牽扯其中，
可萬萬沒想到，戰場前線竟傳回了丈夫的死訊，
她不但成了下堂棄婦，還被人虎視眈眈覬覦著，
唉，為夫守節，難不成只剩青燈古佛一途了？

為流浪貓狗加油 和貓寶貝 狗寶貝

廝守終生(一定要終生喔！)的幸福機會

對人來說，貓寶貝狗寶貝只是生活的一部分，但妳(你)對牠們來說，卻是生活的全部，領養前請一定要考慮清楚——

▲ 貼心又憨厚的Buddy

性　　別：男生

品　　種：混種

年　　紀：7歲多

個　　性：親人、親狗、親貓，愛撒嬌，擁有完全不會生氣的好脾氣；活動力極佳，會基本的坐下、握手及拋接球指令

健康狀況：已結紮、已施打預防針

目前住所：桃園縣三峽區

本期資料來源：台灣認養地圖 http://www.meetpets.org.tw/content/62892

『Buddy』的故事：

五年前，在熱鬧的台北市中正區的某處、志工媽媽上班的地方出現了一隻狗狗，可憐的牠經常在此徘徊尋找食物，而暫停在路邊車子的底盤下就是牠唯一遮風避雨的家，牠就是Buddy。

還記得那年的冬天非常寒冷，看到這麼努力堅強生活的孩子，志工媽媽不忍心牠大寒天的還挨餓受凍，於是每天下班後都會拎著美味的食物帶去給Buddy。

每當志工媽媽起身離開時，Buddy都會偷偷跟著後頭，不吵也不鬧，帶有距離地跟著。有好幾次被志工媽媽發現了，因為沒辦法帶牠回家，只好不忍心地對著Buddy說道：「狗狗乖，不可以跟喔！」Buddy非常有靈性，彷彿聽得懂此話，也知道不可以給人家帶來困擾，於是就會默默轉身離開，找一個安全的車子底盤下躲起來。

志工媽媽本以為彼此的相處會一直這樣下去，直到有一天，志工媽媽去了老地方等Buddy，喊了許久，Buddy都沒有出現。志工媽媽當下慌了，很害怕也很擔心Buddy，這時志工媽媽才發現自己完全放不下這個貼心又可憐的毛孩兒。

此時的志工媽媽就下定決心。「我要找到Buddy，不再讓牠孤單地流浪！」

搜尋了一段時間，終於找到Buddy，也將牠救援成功帶回了家中。但是好景不常，因為家人反對再多養一隻寵物，最後只好委託中途之家代為照顧，並尋找能夠給Buddy溫暖幸福的主人。

真的很希望Buddy的幸福能夠快快出現，如果你/妳正在找一隻貼心的寵物作伴，請給Buddy一個機會。歡迎來信carolliao3@hotmail.com(Carol 咪寶麻)或vickey620@hotmail.com(許小姐)，主旨註明「我想認養Buddy」。

編按：想看看更多Buddy的生活照嗎？趕緊點下去：http://poki1022.pixnet.net/album

認養資格：

1. 認養者須年滿25歲，有獨立經濟能力，並獲得家人、同住室友或房東的同意。
2. 認養前須填寫問卷，評估是否適合認養。
3. 須同意簽認養寵物切結書。
4. 同意送養人日後之追蹤探訪，對待Buddy不離不棄。

來信請說明：

a. 個人基本資料：姓名、性別、年齡、家庭狀況、職業與經濟來源等。
b. 想認養Buddy的理由。
c. 過去養寵物的經驗，及簡介一下您的飼養環境。
d. 若未來有當兵、結婚、懷孕、畢業、出國或搬家等計劃，將如何安置Buddy？

暖心小閨女 1

國家圖書館出版品預行編目資料

暖心小閨女 / 醺風微醉著. --
初版. -- 臺北市 : 狗屋, 2016.04
冊 ; 公分. --（文創風）
ISBN 978-986-328-575-5（第1冊 : 平裝）. --

857.7　　105002296

著作者　醺風微醉
編輯　余一霞
校對　黃薇霓　周貝桂
發行所　狗屋出版社有限公司
地址　台北市104中山區龍江路71巷15號1樓
電話　02-2776-5889～0
發行字號　局版台業字845號
法律顧問　蕭雄淋律師
總經銷　知遠文化事業有限公司
電話　02-2664-8800
初版　2016年4月
國際書碼　ISBN-13　978-986-328-575-5
原著書名　**《闺事》**，由北京晉江原創網絡科技有限公司授權出版

定價250元
狗屋劃撥帳號：19001626
網址：love.doghouse.com.tw　E-mail：love@doghouse.com.tw